grafit

Die niederländische Originalausgabe »De bidsprinkhaan« erschien 1994 bei Uitgeverij Ellessy, Arnhem

Deutsche Erstausgabe

Chemnitzer Str. 31, D-44139 Dortmund
Internet: http://www.grafit.de
E-Mail: info@grafit.de

Umschlaggestaltung: Peter Bucker
unter Verwendung eines Fotos von Bas Silderhuis
Druck und Bindearbeiten: Clausen & Bosse, Leck
ISBN-13: 978-3-89425-546-6
ISBN-10: 3-89425-546-3
1. 2. 3. 4. 5. / 2007 2006 2005

Jacob Vis

Silvesterknaller

Kriminalroman

Aus dem Niederländischen von
Stefanie Schäfer

grafit

Der Autor

Jacob Vis, 1940 in Haarlem geboren, lebt seit vielen Jahren in Kampen. Er arbeitete 30 Jahre als Förster, bevor er sich ganz dem Schreiben widmete. Vis veröffentlichte elf Kriminalromane, ein Jugendbuch, Erzählungen und Filmdrehbücher.

Silvesterknaller ist nach *Der Kopf von Ijsselmonde* (Grafit 2004) der zweite Roman um den durch nichts zu erschütternden Inspecteur Ben van Arkel. Die Serie wurde mehrfach für den ›Gouden Strop‹, den Preis für den besten niederländischen Krimi, nominiert.

In tiefer Trauer nehmen wir Abschied von meinem lieben Mann,
unserem Vater, Sohn, Schwager, Schwiegersohn und besten Freund

CARLO VAN BEUNINGEN

Offizier des Ordens von Oranje-Nassau
*Rotterdam 3.10.1945 † Ijsselmonde 31.12.1993

Ijsselmonde:
Helga van Beuningen mit Betty und Niels

Driebergen:
J. C. van Beuningen-Kraalo

Apeldoorn:
Helen und Piet Koetsier

Olst:
Irene und Jaap Paasman mit Joan und Hans

Lelystad:
Rob Baan

Die Einäscherung erfolgt am Freitag, den 13. Januar um 14.00 Uhr
im Krematorium Olandhorst in Lelystad.

Im Anschluss besteht im Erfrischungsraum Gelegenheit zu
Kondolenzwünschen.
Es wird gebeten, von Besuchen bei der Familie abzusehen.

Zu unserer Betroffenheit und Trauer verschied in der Neujahrsnacht
unser Jagdfreund und Jägermeister

Dipl.-Ing. CARLO VAN BEUNINGEN

Offizier des Ordens von Oranje-Nassau

Carlo war ein guter Jäger und ein treuer Freund. Unsere herzliche
Anteilnahme gilt Helga und den Kindern.

Jagdvereinigung Nimrod
Haafterveen/Ijsselmonde

Wir trauern um unseren ehemaligen Vorsitzenden

Dipl.-Ing. CARLO VAN BEUNINGEN

Offizier des Ordens von Oranje-Nassau

Als Vorsitzender des Marktverbandes für Vieh und Fleisch der nördlichen Niederlande widmete sich Herr van Beuningen stets mit großer Einsatzbereitschaft, Kompetenz und persönlichem Engagement unseren Interessen.

Wir werden seiner stets in Dankbarkeit gedenken. Unser Beileid gilt der Familie, der wir die Kraft wünschen, diesen großen Verlust zu tragen.

Die Direktion und die Mitarbeiter des Marktverbandes für Vieh und Fleisch der nördlichen Niederlande

Steenwijk, 10. Januar 1994

In der Neujahrsnacht verließ uns unsere geliebte

LINDA STAM

Sie wurde dreißig Jahre alt.

Delft: Gerda und Klaas Stam
Rotterdam: Karin Stam
Sydney: Maaike Stam

Die Einäscherung findet im engsten Kreise statt.

1

Die Mietshaussiedlung Hooydonk liegt genau zwischen dem alten Zentrum von Ijsselmonde und dem neueren Teil der Stadt. Diese Lage erscheint geradezu symbolisch für seine Bewohner: junge Leute aus der Innenstadt und den alten Arbeitervierteln sowie neu Hinzugezogene aus anderen Teilen des Landes. Mit der Durchmischung der Mieter hat die Wohnungsbaugenossenschaft eine glückliche Wahl getroffen. Die Bewohner kümmern sich nicht umeinander, und die Nachbarschaftsstreitigkeiten, mit denen ihre Eltern sich das Leben schwer machen, treten hier nur sporadisch auf.

Am Silvesterabend wölbte sich eine rosafarbene Glut über Ijsselmonde, doch der Parkplatz von Hooydonk lag im Dunkeln. Die Laternen waren ausgefallen, von der Silvesterartillerie zerstört. Man füllt eine Milchdose mit Karbid und ein bisschen Wasser, hämmert den Deckel wieder drauf, klemmt die Kanone unter den Arm, und schon schießt der Deckel mit ohrenbetäubendem Knall in sein Ziel: tödlich auf dreißig Meter. Wenn man noch etwas vorhat, wartet man besser, bis die Schützen sich neue Zielobjekte gesucht haben: die Laternen auf der anderen Seite der Mietshäuser. Haben sie sich einmal verzogen, herrscht garantiert Ruhe, und das war es, was Femmy und Johan, die Insassen des einzigen Autos auf dem Parkplatz, wollten. Im Wagen herrschte brütende Hitze trotz der beißenden Kälte draußen. Femmy stöhnte, als Johan mit dem Mund den V-Ausschnitt ihres Pullovers weitete. Sie nahm seinen Kopf in beide Hände, schaute ihn mit einem Blick, den sie lange vor dem Spiegel geübt hatte, eindringlich an, und zog ihren Pullover aus. Darunter war sie nackt. Johan beugte sich mit glasigen Augen nach vorn, um ihre Brüste zu küssen.

In dem Moment stürzte der Himmel ein. Ein schwerer Gegenstand traf mit einem dröhnenden Knall auf dem Autodach auf. Femmy und Johan erstarrten vor Schreck. Der Gegenstand rutschte herunter und fiel mit einem dumpfen Schlag auf die Straße. Johan griff nach der Taschenlampe und schaute aus dem geborstenen Seitenfenster hinaus. Femmy zog sich rasch den Pullover über. Johan starrte die Frauenleiche neben seinem Auto an. Dann wandte er sich Femmy zu, die zähneklappernd an seiner Seite saß, und sagte heiser: »Verdammter Mist, das war Linda Stam!«

Commissaris Jonathan Klein, der Polizeipräsident, hob das Laken hoch und warf einen Blick auf die Frau, die tagsüber als Kindergärtnerin arbeitete und abends als Escortgirl dazuverdiente. Linda Stam war bei der Polizei von Ijsselmonde bekannt, nicht nur als Prostituierte, sondern auch als ehemalige Zeugin. Mit ihren Aussagen hatte sie den Kripo-Ermittlern Seyat und Schilder vor einiger Zeit bei der Aufklärung eines Doppelmordes geholfen. Sie hatte sich freundlich und kooperativ verhalten und sich gut mit den beiden Beamten verstanden. Wie gut, erkannte Klein an den angespannten Mienen seiner Mitarbeiter, die ihm gegenüber auf der anderen Seite der Leiche hockten.

Nachdem der Polizeifotograf Aufnahmen gemacht und der Rechtsmediziner eine erste Untersuchung durchgeführt hatte, ließ Klein Linda in die Pathologie überführen.

Der erwartete Menschenauflauf blieb aus, sodass er nur einen Mann mit der Bewachung von Johans altem Auto zu beauftragen brauchte, bis der Abschleppwagen kam, um es ins Präsidium zu transportieren. Anschließend nahmen sie Lindas Wohnung in Augenschein. Seyat öffnete die Tür mit einem Dietrich aus seiner geheimnisvollen Sammlung.

Und dort, mitten im Wohnzimmer, eine Pistole in der Hand und mit weit aufgerissenen Augen, aber mausetot, fanden sie noch einen alten Bekannten: Carlo van Beuningen, den Direktor des Schlachthofs. Es sah ganz danach aus, als hätte Carlo Linda vom Balkon gestoßen und sich anschließend in den Kopf geschossen, doch warum er das getan hatte, erschien auf den ersten Blick völlig rätselhaft. Es gab keinen Abschiedsbrief, und in dem Kalender, den sie in der Innentasche von Carlos Jacke fanden, stand auf den ersten Blick nichts, was ihnen als Hinweis hätte dienen können.

Anderthalb Stunden später versiegelten sie die Wohnung. Linda und Carlo lagen in der Pathologie, Femmy und Johan saßen zu Hause bei ihren Eltern. Seyat und Schilder begannen mit der Befragung der Nachbarn. Ijsselmonde feierte. Und Klein brachte Carlos Witwe Helga nach Hause.

Während sie im Wohnzimmer mit Blick zum Garten auf ihn wartete, wusch er sich die Hände im Badezimmer ihres großen, düsteren Hauses am Park. Er schaute in den Spiegel über dem Handwaschbecken. Die Ähnlichkeit mit John Bull war unverkennbar. Hängebacken, tief liegende, melancholische Äuglein und Falten, mein Gott, was für Falten. Eine mächtige, alte Bulldogge. Er trocknete sich die Hände ab, die jetzt anstatt nach Phenol nach Veilchen rochen, und zog seinem Spiegelbild eine Grimasse. Er hatte getan, was er tun musste, und jetzt hatte er sich einen Schnaps verdient. Ärgerlicherweise musste er die Leitung der Ermittlungen persönlich übernehmen, denn Inspecteur van Arkel befand sich auf Curaçao und Adjutant Vermeer war wegen der üblichen Neujahrseinsätze im Präsidium unabkömmlich. Noch ärgerlicher war, dass Carlo van Beuningen ein Freund von ihm gewesen war, die Art Freund, den man auf Partys traf, mit dem man gelegentlich einen Schnaps trank oder zur Jagd ging und mit dem man gewisse Dinge ohne große Formalitäten regeln konnte. Das Allerschlimmste aber war die Konfrontation Helgas mit der Leiche ihres Mannes gewesen. Später würde er dasselbe den Eltern von Linda Stam zumuten müssen, die in diesem Moment zu Hause in Delft vom Tode ihrer Tochter erfuhren.

Helga saß in einem Sessel am Fenster. Sie brachte tatsächlich ein Lächeln zu Stande, als er hereinkam, und sagte: »Er ist tot, Jonathan. Ich kann es nicht fassen. Carlo ist tot.«

»Ja«, sagte Klein. Er blickte sie forschend an und fragte: »Soll ich dir etwas zu trinken holen?«

»Ein großes Glas Wasser, bitte.«

»Mit Eiswürfeln?«

»Nein, Eis stinkt. Beeil dich, Jonathan. Ich glaube, ich brauche es sehr dringend.«

Klein ging in die Küche. Er ließ das Wasser eine Weile laufen und füllte ein Glas. Sie trank es in wenigen Zügen leer und sagte: »Noch eins, bitte. Und nimm dir auch etwas.«

Er füllte ihr Glas erneut, schenkte sich einen Schnaps ein und setzte sich ihr gegenüber. »Wie kommen Betty und Niels heute Nacht nach Hause?«, fragte er. »Ich kann sie abholen lassen, wenn du möchtest.«

»Niels hat ein eigenes Auto. Er holt Betty in Deventer ab.«

Sie ist völlig ruhig, dachte er. Da sitzt sie am Fenster und hat alles schon geregelt. Den Kindern Bescheid gesagt, die Verwandten informiert, Vereinbarungen getroffen. Vor einer Stunde hatte er neben ihr im Kühlraum der Pathologie gestanden. Carlo lag auf einem Tisch, mit einem Laken bedeckt, das seinen Kopf freiließ. Helga starrte mit steinernem Gesicht ihren Mann an. Sie drehte sich ohne ein Wort zu sagen um und ging zum Ausgang. Auch auf dem Rückweg sagte sie kein Wort. Erst als sie bei ihr zu Hause angelangt waren und er sie fragte, ob er mit hineinkommen solle, nickte sie und sagte: »Gern, Jonathan. Aber bitte wasch dir erst mal die Hände.«

Und jetzt saß sie da und schaute ihn an, als erwarte sie eine Erklärung. Als ob er, ein Freund des Verstorbenen, wüsste, warum ihr Mann auf brutale Weise eine junge Frau ermordet und anschließend sich selbst eine Kugel durch den Kopf gejagt haben soll. Er hatte nicht einmal gewusst, dass Carlo und Linda sich kannten.

»Du bist in der Wohnung gewesen«, sagte Helga. »Was ist geschehen, Jonathan?«

»Ich weiß nur wenig mehr als du, Helga.«

»Bitte erzähl mir das Wenige. Wer war diese Frau?«

»Linda Stam, dreißig Jahre alt. Kindergärtnerin und Prostituierte.«

»Ich wusste nicht, dass Carlo solche Kontakte hatte.«

»Ich glaube, niemand wusste das.«

»Ist sie bei euch einschlägig bekannt? Huren werden doch registriert?«

»Wir kannten sie, weil sie einmal als Zeugin in einem Mordfall ausgesagt hat«, antwortete er beschwichtigend.

»War Carlo schon tot, als ihr ihn gefunden habt?«

»Ja. Er muss sofort tot gewesen sein, als er …«

»… sich in den Kopf schoss«, ergänzte sie brüsk. »Hat er keine Nachricht hinterlassen?«

Er hat seine Nachricht aus dem Fenster geworfen, dachte Klein, sagte jedoch nur: »Nein, nichts.«

»Merkwürdig.«

»Ein Selbstmord geschieht oft aus einer plötzlichen Anwandlung heraus.«

»Merkwürdig deshalb, weil Carlo alles aufschrieb«, erklärte sie. »Es war eine Manie. Alles, was er tat oder erledigen musste, schrieb er auf.«

»In seinem Notizbuch sind unter dem heutigen Datum nur lauter alltägliche Dinge vermerkt.«

»Hast du es bei dir?«

»Ja.« Er reichte es ihr. Sie blätterte darin herum und fragte: »Darf ich es behalten?«

»Wir brauchen es noch eine Weile. Aber danach erhältst du es selbstverständlich zurück.«

Sie starrte das Büchlein an. »Was habt ihr jetzt vor?«

»Wir werden die Sache aufklären, Helga. Morgen erwarten wir die Experten von der Spurensicherung. Im Moment befragen zwei Kollegen die Nachbarschaft. Damit fahren wir morgen und, wenn es sein muss, die ganze Woche fort. Erst wenn alles hinterfragt, umgedreht und auseinander gepflückt ist und uns die Berichte des Gerichtsmediziners vorliegen, können wir unsere Schlüsse ziehen.«

»Mord und Selbstmord«, sagte sie hart.

»Möglich«, erwiderte er ruhig. »Aber es sind durchaus

auch andere Erklärungen denkbar. Ein Doppelselbstmord. Oder ein Doppelmord.«

»Was glaubst du?«

»Ich glaube, dass Carlo die Frau ermordet hat und anschließend Selbstmord beging.«

»Ich nicht.«

»Warum nicht?«

»Weil Carlo nicht der Mann war, der Frauen vom Balkon warf, und schon gar nicht der Typ für Selbstmord.«

Stimmt, dachte Klein. Als er Carlo in Lindas Wohnung hatte liegen sehen, hatte er wortwörtlich dasselbe gedacht, was Helga jetzt aussprach. Aber obwohl es ihm widerstrebte, einen Freund eines Verbrechens zu bezichtigen, musste er sich ehrlich eingestehen, dass es sich wahrscheinlich so abgespielt hatte, wie er es ihr eben geschildert hatte.

»Carlo hätte niemals Selbstmord begangen«, behauptete sie.

»Aber einen Mord?«

Sie zögerte. Ihre strenge Maske zeigte Risse. Jetzt müsste ich sofort nachhaken, dachte er. Aber sie sah plötzlich so verletzlich aus. Warum sollte er sie noch zusätzlich belasten? Ihr stand ohnehin noch eine schlimme Zeit bevor, ihr und ihren Kindern, für die das Ganze ein noch schlimmerer Schock sein musste. Ein Glück, dass der Fall so eindeutig lag, sofern man in einem solchen Zusammenhang überhaupt von Glück reden durfte, aber wenigstens würde es die Presse nicht für nötig halten, wochenlang darüber zu berichten. Hoffte er jedenfalls, aber man wusste ja nie, und ausgerechnet der Kontakt zur Presse zählte zu den Aufgaben, in denen seine Mitarbeiter nicht gerade glänzten.

Helga reichte ihm ihr Glas. Er füllte es, blieb stehen, während sie es austrank, füllte es noch einmal und sah erstaunt zu, wie sie es wiederum leerte.

»Genug?«, fragte er. Sie nickte und stellte das Glas ab. »Ich hätte gern eine Zigarette«, sagte sie.

»Ich wusste gar nicht, dass du rauchst.«

»Tue ich sonst auch nicht«, erwiderte sie. »Aber jetzt mache ich eine Ausnahme. Würdest du mir bitte die rote Schachtel dort geben?« Er reichte ihr das mit chinesischen Schriftzeichen verzierte Kästchen. Sie rauchte ganz routiniert. Komisch, dachte Klein. Für jemanden mit einer so empfindlichen Nase konnte eine Zigarette doch kaum ein Genuss sein.

»Was geschieht jetzt mit Carlo?«, fragte sie.

»Der Gerichtsmediziner führt morgen früh eine Obduktion durch. Die Kriminaltechniker und wir schauen uns die Wohnung an. Unsere Berichte gehen an den Staatsanwalt, und der entscheidet, ob weiter ermittelt wird.«

»Wovon hängt das ab?«

»Von dem, was wir finden.«

»Habe ich eine Chance?«

»Worauf?«

»Unbehelligt zu bleiben natürlich! Jonathan, dir ist doch wohl klar, welche Folgen ein solches Ereignis in einem Kaff wie Ijsselmonde nach sich zieht? Morgen wimmelt es hier von Leuten. Hier passiert nie etwas, und wenn, will jeder in der ersten Reihe stehen.«

»Die Presse können wir raushalten, Helga. Jedenfalls in den ersten Tagen, hoffe ich.«

»Das hoffe ich auch«, sagte sie grimmig. »Das Letzte, was ich jetzt gebrauchen kann, ist eine Horde Menschen vor der Tür.«

»Möchtest du, dass ich bei dir bleibe, bis die Kinder da sind?«

»Nein. Ich möchte es ihnen lieber selbst sagen, und ich halte es für besser, wenn wir das als Familie verarbeiten. Aber ich bin dir dankbar, dass du mich nach Hause begleitet hast.« Sie lächelte. »Und dass du dich nicht allzu polizeichefhaft verhalten hast.«

»Gern geschehen«, murmelte Klein. Er fühlte sich auf merkwürdige Weise schuldig. In einem Städtchen wie diesem sollten keine Morde geschehen. Man war hier nicht darauf eingestellt, die Polizei schon gar nicht. Hatte sich Ijsselmonde doch zu einer richtigen Stadt entwickelt? War es unbemerkt aus der Ära der Glockenspiele ins Jahrhundert der Sirenen gerutscht? Die ganze Geschichte passte außerdem überhaupt nicht zu Linda und Carlo. Weder war sie die typische Hure noch er der Typ des Mörders gewesen. Sie waren ganz normale Leute, die jetzt tot in einem Kühlfach lagen. Was war geschehen, dass der höfliche Carlo van Beuningen auf eine so widerwärtige Art seinem Leben ein Ende setzte und die Frau umbrachte, die er möglicherweise geliebt hatte? Linda war zudem keine Frau gewesen, die sich so einfach über ein Balkongeländer hätte schubsen lassen. Eine kräftige Blondine mit lauter Stimme und einem fröhlichen Lachen. Er konnte kaum glauben, dass sie tot war. Wie war sie an Carlo geraten? Oder er an sie? Hatte er sie als Freier kennen gelernt und sich dann in sie verliebt? Klein erinnerte sich daran, dass sie im letzten Jahr als Helga verkleidet in einem Pornofilm aufgetreten war. Der Regisseur hatte vorgehabt, Carlo zu erpressen, doch er wurde ermordet, und Carlo musste sich den Film im Büro von Inspecteur van Arkel ansehen. Mittendrin sprang er auf, rannte hinaus und kotzte sich im Polizeiklo die Seele aus dem Leib. Was hatte ihn später wohl zu Linda getrieben? Neugier? Ein morbides Verlangen nach dem Pornostar mit Helgas Gesicht? Wer hatte gewusst, dass Carlo und Linda sich trafen? Lindas Nachbarn zweifellos. Sogar in Hooydonk, wo die Bewohner Wert auf Anonymität legten, hatte bestimmt jemand auf Lindas Besucher geachtet. Warum hatte es eine Viertelstunde gedauert, bis jemand im Präsidium angerufen und ihren Sturz vom Balkon gemeldet hatte? Warum hatten die Leute so lange gebraucht, bis sie reagierten? Das Mädchen aus dem Auto hatte kein Wort herausgebracht, als sie sie befragen wollten. Der junge Mann war ansprechbar gewesen, aber mehr als eine Beschreibung des Knalls, mit dem Linda auf seinem Auto aufgetroffen und dann auf die Straße gefallen war, konnte auch er nicht abgeben.

Klein legte seine riesigen Hände auf die Knie und lehnte sich nach vorn. Er musste Linda und Carlo als die Menschen vergessen, wie er sie gekannt hatte. Er musste sie von nun an als Opfer in einem Fall betrachten. Ein klarer Fall. Nur die Opfer passten nicht hinein. Er brauchte Zeit zum Nachdenken, nicht zuletzt über Helgas Zweifel am Tathergang. Er hätte gern mit jemandem darüber geredet. Doch ausgerechnet die beiden, die er neben Jaap Vermeer normalerweise als Erste um Rat gefragt hätte, waren nicht da. Inspecteur van Arkel machte Urlaub auf Curaçao und Brigadier Mirjam van Roon hatte nach einer dramatischen Verhaftung, die sie um ein Haar das Leben gekostet hätte, die Versetzung nach Middelburg beantragt. Merkwürdig, dass es gerade heute Abend geschehen war, dem einzigen Abend, an dem die Jugend von Ijsselmonde auf der Straße war und die Älteren zu

Hause beisammen saßen. Warum war Carlo nicht zu Hause geblieben? Gewiss eine unangenehme Frage, aber er musste sie stellen.

»Noch eines möchte ich gerne wissen, Helga. Warum war Carlo heute Abend nicht zu Hause?«

»Er wollte mit seinen Jagdkameraden in der Jagdhütte einen trinken gehen. Es ist Tradition, dass sie am Silvesterabend die Saison offiziell beenden.«

»Sollte das den ganzen Abend dauern?«

»Von halb zehn bis halb elf. Auch Jäger haben Familien.«

»Er hätte also um elf Uhr zu Hause sein können?«

»Ja.«

Klein zögerte. »Hast du dich nicht gewundert, dass er so lange ausblieb?«

»Nein.«

»Warum nicht?«

»Du meinst, er hätte rechtzeitig zu Hause sein müssen, um den Champagner einzuschenken?«

»So in etwa, ja.«

»Ich hatte ihn gegen halb zwölf erwartet. Aber Carlo kam öfter später nach Hause, als er angekündigt hatte. Weder hatten wir Gäste noch waren wir selbst eingeladen. Wir fanden das auch ganz gut so, mal einen ruhigen Abend zu zweit zu verbringen.«

»Hast du in der Jagdhütte angerufen?«

»Nein, Jonathan! Wir führten zwar keine vorbildliche Ehe – wer von uns tut das schon? –, aber trotzdem hängte sich der eine nicht gleich ans Telefon, wenn der andere sich mal etwas verspätete.«

»Na schön, war ja nur eine Frage. Du bist diejenige, die Zweifel hegt.«

Helga schaute ihn an. »Und ich hoffe, dass du sie ernst nimmst.«

»Das tue ich«, versprach Klein. »Es weist zwar alles darauf hin, dass es sich so abgespielt hat, wie wir bisher vermuten, aber ich bin von ganzem Herzen bereit, deine Zweifel ernsthaft in meine Überlegungen mit einzubeziehen, bevor wir die Untersuchungen abschließen. Schon allein deshalb, weil ich genau wie du und Niels und Betty nichts lieber möchte, als unseren Carlo von jeder Schuld freizusprechen.«

»Manchmal war er ein richtig grober Klotz«, sagte sie. »Und er war, wie man hier sagt, keiner, mit dem man gerne Streit haben wollte. Aber er ist kein Mörder.« Sie schaute ihn an und wiederholte: »Mein Carlo ist kein Mörder!«

»Und ein Selbstmörder?«

»Er hat sich genauso wenig selbst getötet, wie du ihn ermordet hast. Ich glaube, Constance würde genauso reagieren wie ich.«

Klein sah sich plötzlich nackt in einem Kühlfach liegen, einen Zettel am Zeh. Er fragte sich, mit welchen Augen Constance seine Leiche betrachten würde.

»Das glaube ich auch. Mach's gut, Helga, es tut mir so schrecklich leid für dich. Bitte ruf mich an, wenn ich dir irgendwie helfen kann.«

2

Betty wirkte wie ein Mensch, der nach einem schrecklichen Erlebnis erstmals wieder anderen gegenübertritt: bleich, verweint, aber mit einer Entschlossenheit, die mir durch die Seele schnitt. Sie kam hinter Niels herein, der mich umarmte und mir ungeschickt auf den Rücken klopfte. Er versuchte verzweifelt, sich wie das männliche Oberhaupt der Familie zu verhalten. Von Mitleid überwältigt betrachtete ich sein junges Gesicht, die zusammengekniffenen Lippen, die bangen Augen. Während ich ihn im Arm hielt, schaute ich auch in das hübsche, jetzt fleckige, rot verweinte Gesicht meiner Tochter. Sie sagte: »Mama« und berührte über Niels' Schulter hinweg meine Hand. Dinkytoy, Carlos Rauhaardackelhündin, rannte kläffend auf sie zu. Betty hob sie hoch und wühlte ihr nasses Gesicht in ihr Fell. So blickten wir uns an, sie mit dem Hund, ich mit meinem Sohn in den Armen.

»Was ist passiert?«, fragte Betty mit merkwürdig angespannter Stimme.

Meine Gewissheit, die Situation unter Kontrolle zu haben, war plötzlich verschwunden. »Papa hat Selbstmord begangen«, antwortete ich tonlos.

»Das hast du schon am Telefon gesagt. Aber warum denn um Himmels willen?«

»Ich weiß es nicht.« Ich schaute sie verzweifelt an und wiederholte leise: »Ich weiß es wirklich nicht.«

»Wo hat er es getan?«

»In Hooydonk. Er war dort bei dieser Frau.«

»Bei Linda?«, fragte Niels schockiert.

»Ja, Schatz.«

»Wo ist er jetzt?«, fragte Niels.

»Im Krankenhaus. Morgen früh untersucht die Polizei, was genau sich abgespielt hat.«

»Im Krankenhaus?«, fragte Betty scharf. »Aber er ist doch tot?«

»In der Pathologie«, sagte ich.

»Hast du ihn gesehen?«, fragte Niels.

Ich nickte.

Er warf mir einen scheuen Blick zu und fragte: »Wie sah er aus?«

Ich dachte an das Loch in Carlos Kopf. »Nicht gut«, antwortete ich. Betty setzte den Hund ab und stürmte aus dem Zimmer. Wir hörten sie die Treppe hinauf in ihr Zimmer rennen. Die Tür fiel mit einem Knall hinter ihr zu.

Niels stand auf. »Und was jetzt?«, fragte er.

»Ich weiß es nicht, Schatz.« Ich war auf einmal hundemüde. »Ich habe alle, die es wissen müssen, angerufen. Opa und Oma Koetsier, Tante Irene, Onkel Jaap. Oma van Beuningen hat gefragt, ob du sie morgen abholen könntest.«

»Wissen die in der Firma schon Bescheid?«

»Ich habe Teun Keppel angerufen.« Teun war der Vorarbeiter im Schlachthof. Von Anfang an war er Carlos rechte Hand gewesen.

»Was hat er gesagt?«

»Er kommt gleich vorbei.«

»Um über die Firma zu reden?«

»Unter anderem, glaube ich. Aber er kommt vor allem unseretwegen. Und wegen deines Vaters.«

Plötzlich liefen ihm die Tränen über die Wangen, als

hätte man zwei Wasserhähne aufgedreht. Ich ging zu ihm hin und wollte ihn trösten, doch er wehrte mich ab und sagte rau: »Schon gut.« Ich blieb stehen. Er schnäuzte sich die Nase und sagte: »Ich gehe rauf.«

»Ja, geh ruhig.«

Leise verließ er das Wohnzimmer. Ich hörte ihn an Bettys Zimmertür klopfen, mit dem Geheimzeichen, das sie schon als Kinder benutzt hatten. Dinkytoy rollte sich in ihrem Körbchen zusammen. Ein schwarz-gelbes Auge blickte mich unverwandt an. Ich setzte mich in meinen Sessel am Fenster und starrte hinaus. Wie wohl andere Familien mit Selbstmord umgingen? Ob auch anderswo Eltern und Kinder in verschiedene Lager gespalten waren? Oben hörte ich die beiden reden. Ich sah sie vor mir: Betty im Schneidersitz auf dem Bett und Niels, der heftig gestikulierend auf und ab lief. Dinkytoy trippelte zur Tür und blieb mit erhobener Schnauze davor stehen, bis ich sie hinausließ. Ich setzte mich wieder ans Fenster und dachte an die Frau Lots, die, zu einer Salzsäule erstarrt, ihrer flüchtenden Familie nicht mehr hinterherschauen konnte. Ich schwelgte in tiefem Selbstmitleid und war froh, als es schellte, vor allem als mir klar wurde, wer das war. Es gab nur einen, der sich so energisch ankündigte: Teun Keppel. Er nahm meine Hand in seine Pranke und schüttelte sie vorsichtig, als habe er Angst, sie mir aus dem Handgelenk zu reißen. Er roch nach Seife und vermittelte mir das Gefühl, einen Verbündeten zu haben. Als wir im Wohnzimmer saßen, kamen Betty und Niels herein. Sie reichten Teun ebenfalls die Hand. Betty verkündete, sie müsse mit mir reden, aber das könne warten, solange Teun hier sei. Danke, Teun. Ich floh in die Küche und kochte Tee. Als ich zurückkehrte, saßen sie schweigend beisammen. Betty und Niels auf dem Sofa, Teun Keppel in Carlos Sessel. Er passte besser hinein, als ich erwartet hatte.

»Wie soll es jetzt im Geschäft weitergehen, Teun?«, fragte Niels.

»Morgen ist Ruhetag«, antwortete Teun. »Wegen Neujahr.«

»Ich meine ab nächster Woche. Gibt es genügend Aufträge?«

»Wir haben den *Nawijn*-Vertrag.« *Nawijn* war der bedeutendste Babynahrungshersteller in ganz Westeuropa und Carlos größter Abnehmer von Schweinefleisch.

»Hört auf!«, rief Betty. »Er ist erst seit ein paar Stunden tot und ihr redet übers Geschäft!«

Niemand sagte etwas. Betty begann durch den Raum zu tigern, Dinkytoy hinter ihr her. Unter anderen Umständen wäre es ein komischer Anblick gewesen. Betty blieb stehen und schaute mich eindringlich an. Ich griff nach der Teekanne.

»Möchte noch jemand Tee?«

»Ich, gerne«, sagte Niels. Teun nickte langsam. Betty stand immer noch an derselben Stelle und sagte: »Mama, ich möchte für einen Moment mit dir allein sprechen.«

»Gleich«, erwiderte ich. »Wir haben Besuch.«

»Ich geh dann mal«, sagte Teun und stand auf.

»Nein, bitte bleiben Sie doch noch«, sagte ich hastig. »Sie haben nicht mal Ihren Tee ausgetrunken.«

»Betty möchte mit Ihnen reden«, entgegnete Teun. »Und ich kann mir vorstellen, dass Sie jetzt gerne unter sich wären.«

Nein, ganz im Gegenteil, dachte ich verzweifelt. Das war das Letzte, was ich wollte, mit meinen Kindern allein sein. Ich hätte ihm einen Schnaps anbieten sollen. Wer setzt denn einem solchen Mann bei so einer Gelegenheit eine Tasse Tee vor!

»Möchte vielleicht jemand einen Schnaps?«, fragte ich.

Teun zögerte. »Na gut, einen.«

Niels stellte ihm eine Flasche und ein Glas hin. Teun schenkte sich ein und hielt danach die Flasche hoch. »Trinkt jemand mit?«

»Ich«, sagte Niels.

»Ich auch«, sagte Betty.

»Ich bleibe bei Tee«, sagte ich feige. »Wenn ich jetzt einen Schnaps trinke, bin ich hinterher fix und fertig.«

»Damit hast du doch sonst keine Probleme«, bemerkte Betty.

Ich ignorierte sie und hob meine Tasse, als Teun uns zuprostete. Er kippte den Schnaps mit einem Zug hinunter, schenkte sich nochmals ein und blickte mit ausdruckslosem Gesicht meine Kinder an. Niels trank vorsichtig einen kleinen Schluck, Betty dagegen leerte ihr Glas in einem Zug. Sie verschluckte sich, spuckte den Genever quer über den Tisch und stolperte hustend in die Küche. Mit einem Glas Wasser kehrte sie zurück.

»Was für ein fieses, scharfes Zeug«, sagte sie, mit einem bösen Seitenblick auf mich.

»Ach …«, machte Teun und schenkte sich sein drittes Glas ein. Er war nicht gerade ein sprühender Unterhalter, aber schon seine Anwesenheit wirkte ungemein beruhigend. Ich hoffte, er würde die Flasche austrinken und hier übernachten. Doch er stand auf, so massiv und unerschütterlich wie immer, sagte zum Abschied: »Niels, Betty«, und ging mir voraus. An der Haustür versprach er, am Montag wiederzukommen, und fügte hinzu, ich könne ihn am Wochenende jederzeit anrufen. Dann reichte er mir wieder vorsichtig die Hand. Am Auto blieb er stehen und grüßte noch einmal. Ich winkte zurück und schaute ihm nach, bis er um die Straßenecke bog. Dann kehrte ich ins Wohnzimmer zurück. Niels hing auf dem Sofa und starrte glasig vor sich hin. Betty hatte sich das Gesicht gewaschen und sah schon viel besser aus. Dinkytoy lag auf ihrem Schoß. Ich legte Niels die Hand auf die Schulter und sagte: »Komm, mein Junge, geh ruhig ins Bett.«

Gehorsam gab er mir einen Kuss und ging nach oben. Er wirkte ein wenig unsicher auf den Beinen und sah wirklich müde aus, versuchte aber, sich nichts anmerken zu lassen.

»Wie konntest du ihm bloß Genever zu trinken geben?«, fragte Betty, als er gegangen war. »Du weißt doch, dass er keinen Alkohol verträgt.«

»Er ist dreiundzwanzig«, erwiderte ich. »Und heute Abend war wirklich die richtige Gelegenheit für einen Schnaps, würde ich sagen.«

»Ja, für dich vielleicht.«

»Betty, hör auf. Wenn du mich angiften willst, geh lieber ins Bett.«

»Mein Vater ist tot!«

»Mein Mann ist tot!«

»Du hast ihn ja gar nicht geliebt! Du liebst nur dich selbst!«

»Ach, Betty.« Etwas in meiner Stimme bewirkte, dass sie den Mund hielt und mich sogar neugierig anschaute.

Nach einer Weile sagte sie: »Du wolltest mir immer mal erzählen, wie ihr euch kennen gelernt habt.«

»Willst du es jetzt hören?«

»Ja«, sagte sie. »Ich glaube, das ist eine gute Gelegenheit.«

Ich fing auf einmal an zu weinen. Ich konnte gar nicht mehr aufhören. Betty holte mir ein Glas Wasser. Ich trocknete meine Tränen und schnäuzte mir die Nase. Sie holte mir noch ein Glas und setzte sich neben mich aufs Sofa. Ich trank einen großen Schluck und fing an zu erzählen.

3

»Der Fall scheint sonnenklar«, sagte Berveas, der Staatsanwalt. »Carlo van Beuningen hat Linda Stam getötet und anschließend sich selbst. Hat jemand eine andere Erklärung?«

Niemand antwortete. Berveas war ein kleiner, rundlicher Mann mit einem freundlichen Gesicht. Auf dem Tisch lagen Fotos von Linda und Carlo, wie sie im Leben ausgesehen hatten: zwei lachende, vitale Menschen. Daneben lagen die Fotos des Polizeifotografen. Jansen, der Gerichtsmediziner, schaute in Carlos totes Gesicht. Er schüttelte den Kopf und legte das Bild zurück auf den Stapel. Klein blickte zu Seyat und Schilder hinüber, die vor sich hin starrten, zu Vermeer, dessen fleischiges Gesicht nichts von seinen Gedanken verriet, und zu Bol, dem Experten von der Kriminaltechnik, der mit besorgter Miene aus dem Fenster schaute.

»Niemand?«, wiederholte Berveas.

»Nein«, sagte Klein. »Der Tathergang ist eindeutig. Leider.«

»Sie haben die beiden persönlich gekannt, nicht wahr?«, fragte Berveas.

»Carlo war ein Bekannter von mir«, antwortete Klein. »Linda habe ich letztes Jahr als Zeugin vernommen. Sie übrigens auch. Seyat und Schilder kannten sie näher.«

»Wie kam sie eigentlich zu diesem Spitznamen?«, fragte Berveas. »Miss Fly … Was sollte das? Mochte sie Fliegen?«

»Sie mochte Männer«, reagierte Schilder brüsk. »Und die Männer mochten sie.«

»Aha, so ist das gemeint.« Berveas betrachtete Lindas Porträt. »Eine hübsche Frau. Ich kann mir vorstellen, dass sich die Männer zu ihr hingezogen fühlten.«

»Sie war attraktiv«, pflichtete Schilder ihm bei. »Und sie konnte sehr gut auf sich selbst aufpassen. Unglaublich, dass sie sich von diesem Mistkerl vom Balkon hat werfen lassen.«

»Wundert es Sie, dass sie offenbar gestorben ist, ohne dass es vorher zu Handgreiflichkeiten kam?«

»Ja.«

»Sie auch?«, fragte Berveas Seyat.

»Ja«, sagte Seyat. »Linda war stark und mutig.«

»Er hätte sie also nur vom Balkon werfen können, wenn er sie überrascht hätte?«

»Darüber habe ich die ganze Zeit nachgedacht«, sagte Seyat, die großen, leicht hervorstehenden Augen ernst auf den Staatsanwalt gerichtet. »Ich frage mich immer noch, was gestern Abend in dieser Wohnung geschehen ist.«

»Wir könnten den Ablauf rekonstruieren«, schlug Schilder vor, ein stämmiger Mann mit rotblondem Haar und leuchtend blauen Augen.

»Was hätte das für einen Sinn?«, fragte Bol. Er zog noch einmal tief an seiner Zigarette und drückte dann die Kippe im übervollen Aschenbecher aus. »Der Mörder ist tot.«

»Die Witwe bezweifelt, dass es Selbstmord war«, sagte Klein.

»Natürlich«, erwiderte Bol. »Meine Witwe würde auch zweifeln.«

»Aber Sie nicht, wenn ich Sie richtig verstehe«, sagte Berveas.

»Nein.« Bol tippte auf Jansens Bericht. »Und hier drin steht, warum. Zudem bestätigen sämtliche Spuren in der Wohnung dieses Ergebnis.«

»Commissaris?«, fragte Berveas.

»Ich kann darauf nichts erwidern«, sagte Klein. »Aber ich teile nun mal die Bedenken von Mevrouw van Beuningen.«

»Warum?«

»Wenn mir jemand erzählt hätte, Carlo habe eine Geliebte, hätte ich das schon nicht geglaubt, geschweige denn, dass er sowohl sie als auch sich selbst getötet hat.«

Bol zuckte mit den Achseln. »Nehmen Sie mal an, Sie hätten ihn nicht gekannt und nur das Beweismaterial gesehen. Was würden Sie dann sagen?«

»Dasselbe wie Sie«, gab Klein zu.

Vermeer fragte: »Wenn ein Dritter in der Wohnung gewesen wäre, der als Mörder infrage käme, hätten wir dann Spuren von ihm gefunden?«

»Es ist noch eine weitere Person in der Wohnung gewesen«, bestätigte Bol. »Logisch, bei ihrem Beruf. Neben den Fußabdrücken von van Beuningen haben wir Spuren eines anderen Mannes gefunden.«

»Irgendeine Ahnung, um wen es sich bei diesem Anderen handeln könnte?«, fragte Berveas.

»Nein. Muss aber ein großer Kerl sein. Schuhgröße 46.«

Klein dachte an das letzte Mal, als Bol einen Tatort analysiert hatte. Es war im Wald gewesen und zahlreiche Spuren waren bereits vernichtet worden. Dennoch hatte Bol zweifelsfrei den Schuhabdruck des Mörders erkannt. Bol und Seyat waren gemeinsam in der Lage, den einzigen menschlichen Blutfleck in einem Schlachthof zu finden. Ihr Befund sowie der Obduktionsbericht des Pathologen waren über jeden Zweifel erhaben. Warum konnte er es sich dann immer noch nicht vorstellen: Carlo, der Linda vom Balkon hinunterstieß und sich selbst erschoss? Es war absurd, aber Selbstmorde waren häufig absurd. Als Ermittler musste man objektiv bleiben und durfte sich nicht von persönlichen Eindrücken beeinträchtigen lassen, wie Bol ganz richtig bemerkt hatte. Dennoch nagten weiterhin Zweifel an ihm. »Woher wissen wir, dass der Mann mit den großen Füßen nicht der Mörder ist?«, fragte er.

»Weil wir ausschließlich Hautreste und Kleidungsfasern von van Beuningen unter ihren Nägeln gefunden haben«, antwortete Bol. »Was also darauf hindeutet, dass sie sich vielleicht doch gewehrt hat.«

»Die Herkunft der Hautreste wurde durch die DNA-Analyse eindeutig bestätigt«, ergänzte Jansen.

»Gut«, sagte Berveas. »Sind Sie damit einverstanden, dass wir den Fall abschließen, Commissaris?«

»Wären Sie bereit, die Ermittlungen wieder aufzunehmen, falls sich neue Aspekte ergeben?«, fragte Klein zurück.

»Natürlich. Aber wir werden uns erst dann auf einen eventuellen anderen Mörder konzentrieren, wenn wir hieb- und stichfeste Beweise haben.«

»Sämtliche Beweise liegen da vor ihnen«, sagte Jansen und zeigte auf seinen Bericht.

»Stimmt«, sagte Berveas. »Da liegen sie.«

»Sie klingen nicht sehr überzeugt«, sagte Bol.

»Nein, und ich werde Ihnen sagen, warum. All Ihre Ergebnisse bestätigen unseren ersten Eindruck: Mord, gefolgt von Selbstmord. Haut- und Kleidungsspuren, die Schmauchspuren an der Hand von van Beuningen, die

Haltung, in der wir ihn fanden, alles stimmt, aber Commissaris Klein hegt Zweifel. Und er ist schon zu lange dabei, um noch zu zweifeln, wenn ein Tathergang praktisch eindeutig aufgeklärt ist.«

»Meine Zweifel sind subjektiver Natur«, warf Klein ein. »Die Beweise dagegen beruhen auf objektiven Analysen.«

»Wissen Sie, was mir daran stinkt?«, fragte Bol. »Durch Ihre Zweifel frage ich mich allmählich, ob wir wirklich alles bis in jede Einzelheit untersucht haben. Eigentlich wollte ich mit meinem Sohn Schlittschuh laufen gehen, aber jetzt befürchte ich, dass wir uns noch einmal an die Arbeit machen müssen.«

»Nein«, bremste ihn Klein. »Am Dienstag soll es tauen und dann müssen wir vielleicht wieder bis zum nächsten Jahr warten, bis die Seen zufrieren. Ich schlage vor, die Ermittlungen bis Montag ruhen zu lassen.«

»Gute Idee«, meinte Berveas.

»Ich habe noch etwas für den Commissaris«, sagte Jansen. »Linda war schwanger.«

Schilder und Seyat schauten sich an. Klein fing ihren Blick auf und fragte: »Habt ihr das gewusst?«

»Wir haben mit ihren Eltern geredet«, antwortete Schilder. »Die Mutter erzählte, dass sich Linda ein Kind wünschte. Im Sommer hat sie eine Fehlgeburt gehabt, aber sie wollte es noch einmal versuchen. Wenn es klappte, wollte sie aus ihrem bisherigen Leben aussteigen.«

»Das hat sie ja wohl getan«, sagte Bol.

»Ich verbitte mir solche Scherze!«, erwiderte Berveas scharf.

»Ihre Eltern wussten also von ihrem Nebenjob«, sagte Vermeer. »Wie beschissen. Beschissen für sie und für die Eltern.«

»Und für die Familie van Beuningen«, fügte Klein hinzu.

»Für die natürlich auch«, sagte Vermeer. »Obwohl bei denen nicht alles zum Besten stand.«

»Woher weißt du das?«

»Ach, man hört ja so einiges.«

»Klatschgeschichten sind gefährlich in unserem Beruf«, gab Klein zu bedenken.

»Zweifel auch«, konterte Vermeer. »Wir dürfen Gerüchten zwar nicht ohne Weiteres Glauben schenken, aber wir können sie überprüfen.« Er schaute Bol an und fragte: »Wo wollt ihr denn Schlittschuh laufen gehen?«

»Auf dem Kanal vor unserem Haus. Wir wohnen hier ja direkt am Wasser und das hat zwei Vorteile: Man kann im Sommer Kanu fahren und im Winter Schlittschuh laufen.«

»Sie haben etwas vergessen«, bemerkte Schilder.

»Da bin ich ja mal gespannt. Was denn?«

»Hier in der Gegend passiert nur selten ein Mord. Und wenn, haben wir ihn in ein paar Wochen aufgeklärt.«

»Du solltest in die Großstadt gehen«, erwiderte Bol. »Was meinst du, wie viele Morde da passieren, und nur die wenigsten können wir aufklären. Jemand wie du könnte frischen Wind reinbringen. Und wäre es nur durch einen neuen Glauben an unsere Zweifel.«

»Der Gläubige zweifelt nicht«, sagte Schilder fromm.

»Sehr schön«, erwiderte Bol. »Halte deine Lampe hoch, denn Gottes Wege sind dunkel und unergründlich. Wer hat das gleich noch gesagt?«

»Bob den Uyl«, sagte Klein.

»Auch schon tot«, sagte Bol. Er trat ans Fenster und schaute hinaus. »Der Wind dreht. Ich muss los.«

Klein ging zu Fuß nach Hause. Am Weiher im Park blieb

er stehen und schaute der bunten Menge der Schlittschuhläufer zu. Er schnürte den beiden Nachbarsmädchen die Schlittschuhe zu und stellte sie aufs Eis. Zu seiner Überraschung entdeckte er Inspecteur Ben van Arkel und dessen Sohn Ben. Klein wartete, bis sie ihre Runde beendet hatten, und winkte ihnen fröhlich zu. Die beiden van Arkels schwenkten zu ihm herüber. Klein begrüßte sie mit Handschlag und sagte: »Ich dachte, ihr wärt noch auf Curaçao? Ihr wolltet doch erst nächstes Wochenende wiederkommen.«

»Das hatten wir auch vor, aber Ben muss nächste Woche schon wieder in die Schule«, sagte van Arkel. »Und hier sind jetzt die Seen und Kanäle zugefroren.« Ben zupfte seinen Vater an der Jacke: »Und darauf sollte man Schlittschuh laufen, stimmt's?«

»Ich komme gleich, du Naseweis«, sagte van Arkel. »Fahr schon mal los.« Die beiden Männer schauten dem Jungen nach.

»Er läuft gut«, bemerkte Klein.

Van Arkel nickte. »Es fehlt nicht mehr viel und er ist schneller als ich.«

»Den holst du nicht mehr ein«, bestätigte Klein zufrieden. »Was hast du nächste Woche vor?«

»Urlaub machen. Und für Ben da sein.«

»Ist Rita nicht mit zurückgekommen?«

»Nein. Sie bleibt noch ein paar Wochen bei ihren Eltern.«

Klein schaute ihn an. »Und sonst, alles in Ordnung?«

»Ja. Ich bin nur die Kälte nicht mehr gewöhnt. Ich fahre noch eine Runde.«

»Tu das«, sagte Klein. »Ich warte hier auf dich. Ich muss dir gleich noch etwas erzählen.«

Ein Mädchen stolperte an den Seitenrand, ließ sich fallen und hob die Füße hoch. Klein zog die Schnürsenkel ihrer Schuhe noch einmal nach. Auch andere Kinder baten ihn jetzt um Hilfe. Wie unendlich viel schöner war doch dieses Eisvergnügen, als die Pflichten des Commissaris in einem Mordfall zu erfüllen. Woher hatte Vermeer diese Gerüchte über Helga und Carlo? Wusste Ijsselmonde, wo die Gerüchte schneller reisten als der Wind, dass Carlo und Linda ein Liebespaar gewesen waren? Oder war Carlo doch nur einer ihrer Freier gewesen? Über Linda hatte nichts in seinem Notizbuch gestanden. Klein dachte nach, während er Schlittschuhe zuband und Jacken zuknöpfte. Wer konnte den Fall übernehmen? Er schaute Vater und Sohn van Arkel zu, die exakt im Gleichschritt hintereinander herfuhren. Van Arkel tippte seinem Sohn kurz auf die Schulter und kehrte zurück an den Rand.

»Hast du Zeit, etwas mit mir zu trinken?«, fragte Klein.

»Ja«, sagte van Arkel. »Ich habe dir eine Flasche Whiskey aus Curaçao mitgebracht. Ein wirklich fieses Zeug, aber dir schmeckt er sicher.«

»Dafür kriegst du bei mir einen schottischen«, sagte Klein. »Willst du Ben noch schnell sagen, dass du bei mir bist?«

Van Arkel lachte. »Er weiß schon Bescheid. Er holt mich nachher ab.«

»Wie kommt es, dass du schon alles weißt?«, fragte Klein, als sie im Wohnzimmer seines großen, alten Hauses saßen.

»Ich habe Bol getroffen. Er hat sich allerdings sehr kurz gefasst, denn wir wollten beide Schlittschuh laufen gehen.«

»Was hältst du von der Geschichte?«

»Ich mochte Linda gern, van Beuningen dagegen konnte ich nicht ausstehen. Und ich fühle mich schuldig, weil sich die beiden letztes Jahr durch mich kennen gelernt haben.«

»Scheinbar ein glasklarer Fall«, sagte Klein. »Mord und Selbstmord. Aber sowohl die Witwe als auch ich glauben nicht recht daran, dass er es wirklich getan hat.«

»Bol hat schon gesagt, dass ihr das nicht glaubt. Warum nicht, Jonathan? Weil er ein Freund von dir war? Oder weil seine Frau meint, ihr Mann sei zu einem Mord nicht fähig gewesen?«

»Es passte einfach nicht zu ihm.«

»Gesetzt den Fall, ich wäre an seiner Stelle gewesen, hättest du dann an den Tathergang geglaubt?«

Klein schaute ihn nachdenklich an. »Es geht hier nicht um dich.«

»Was ist bei der Befragung der Nachbarschaft herausgekommen?«

»Von den Nachbarn war nur eine junge Türkin zu Hause, die sich auf der Flucht vor ihrem Exmann und dessen Familie befindet. Ängstlich wie eine Maus. Haydar konnte nur mit äußerster Mühe etwas aus ihr herauskriegen, und das auch nur, weil er Kurde ist wie sie. Zuerst hat sie behauptet, sie hätte gar nichts mitbekommen. Später gab sie zu, zwei Schüsse gehört zu haben, aber sie dachte, jemand hätte sie als Silvesterknaller abgefeuert.«

»Auch bei den Kurden werden Feuerwerkskörper draußen im Freien abgeschossen und nicht in der Wohnung«, erwiderte van Arkel. »Hat irgendjemand van Beuningen in das Haus hineingehen sehen?«

»Nein.«

»Ist sonst irgendjemand beim Betreten des Hauses bemerkt worden? Bol sagte etwas von einem Mann mit großen Füßen.«

»Nein, auch Fehlanzeige.«

»Woher weiß Bol, dass an Silvester nur zwei Männer bei ihr waren?«

»Weil sie früher am Abend gestaubsaugt hatte. Das hat die Nachbarin durchaus gehört. Dabei wurden alle alten Fußabdrücke ausgebürstet. Wir haben nur die von Linda selbst, die von Carlo und die dieses unbekannten Mannes gefunden.«

»Er könnte also der Mörder sein. Warum sind unsere Kollegen dann derart fest davon überzeugt, dass es Mord und Selbstmord war?«

»Weil diese großen Fußspuren etwas undeutlicher sind als die der beiden anderen.«

»Der Unbekannte war also möglicherweise früher am Abend bei ihr.«

»Ja. Aber er könnte auch leichter sein oder sich leichtfüßiger bewegen oder was weiß ich …«

Van Arkel lächelte. »Kleins Beweis aus der Lameng. Vorausgesetzt, Carlo wäre nicht gestorben. Angeschossen, ins Koma gefallen, aber irgendwann wieder ansprechbar. Wie würde das Gericht urteilen?«

»Er hätte keine Chance«, antwortete Klein bedrückt.

»Was tun wir hier eigentlich, Jonathan?«

»Wir suchen nach der Wahrheit. Ununterbrochen frage ich mich, was sich tatsächlich in dieser Wohnung abgespielt hat. Wir haben sämtliche Spuren gesichert, aber keinerlei Hinweise auf das Motiv.«

»Du hast die Witwe nicht danach gefragt, nehme ich an.«

»Natürlich nicht. So unmittelbar nach seinem Tod.«

»War das Kind von ihm?«

Klein zögerte. »Wissen wir nicht. Jansen will es am Montag nachprüfen, aber ich bezweifle, ob das möglich ist.«

»Nehmen wir mal an, sie hat ihm erzählt, das Kind sei von einem anderen. Er wird wütend und wirft sie vom Balkon. Er kommt zur Besinnung, begreift, dass er die Frau ermordet hat, die er liebt, und begeht Selbstmord.«

»Würdest du das tun?«

»Ja.«

Klein blickte ihn nachdenklich an. »Du wärst tatsächlich dazu im Stande. Aber Carlo war anders. So eine gewalttätige Reaktion passte nicht zu ihm. Er hätte sie bis aufs Äußerste gedemütigt, aber körperlich hätte er ihr nichts getan.«

»Vielleicht hat er sie wirklich geliebt«, meinte van Arkel.

So wie er Rita liebt, dachte Klein. Bens Frau war die unabhängigste Person, die er kannte. Ein Schwan, der einst als hässliches Entlein begonnen hatte. Sie hatte Sozialkunde studiert, doch nach einem Jahr unter Kommilitoninnen, die Pullover strickend ihre Seelen entblößten, flüchtete sie an die Kunstakademie, wo man ihr Talent entdeckte. Rita wurde Bildhauerin. Sie war originell, mancher hielt sie für außergewöhnlich begabt. Ihre Werke verkaufte oder verschenkte sie. Ben hatte ihm einmal anvertraut, dass er Angst hatte, sie zu verlieren. Klein dachte an seine eigene Frau. Constance und er hatten beide viel verloren. Ihr autistischer Sohn Hubert lebte in einer betreuten Wohngruppe ganz in der Nähe seines Elternhauses, war aber so unerreichbar fern von ihnen wie ein Außerirdischer. Im Vergleich dazu lag Curaçao um die Ecke.

»Wie war's in Curaçao?«, fragte er.

»Warm. Sehr windig. Schöne Menschen.«

Wie geschaffen für Rita, dachte Klein, fragte aber stattdessen: »Würdest du gern dort wohnen wollen?«

»Nein. Ich mag den Wechsel der Jahreszeiten.«

»Und Rita?«, erkundigte sich Klein vorsichtig.

»Sie könnte sich vorstellen, dort zu leben. Vielleicht zieht sie ganz dorthin, wenn Ben mit der Schule fertig ist.«

»Oder nach deiner Pensionierung.«

»Wer weiß. Was willst du in dem Fall unternehmen, Jonathan?«

»Ich habe ehrlich gesagt gehofft, du hättest eine zündende Idee.«

Van Arkel lächelte. »Ich habe noch eine Woche Urlaub. Was würdest du davon halten, wenn ich mich neben der Hausarbeit und ein paar anderen Dingen, die ich mir vorgenommen habe, ein wenig mit den Angehörigen unterhielte? Da ich sie nicht kenne, kann ich ihnen leichter auf den Zahn fühlen als du.«

»Das ist wirklich eine gute Idee. Berveas wird auch froh darüber sein. Du würdest dich also vorerst auf Helga und die Kinder konzentrieren?«

»Eine weitere kriminaltechnische Untersuchung hätte keinen Sinn. Damit bringen wir nur die Kollegen gegen uns auf. Und Lindas Familie hat überhaupt keine Ahnung. Die Witwe van Beuningen dagegen weiß garantiert, was Carlo bei Linda suchte.«

»Helga ist eine harte Frau, Ben. Bildschön, hart wie Stahl.«

»Genauso wie ich«, entgegnete van Arkel gelassen. »Vor allem wenn sie durch ihre Vermutungen indirekt jemand anderen eines Doppelmordes beschuldigt.«

»Du konntest Carlo wirklich nicht ausstehen, oder?«

»Für mich war er ein arroganter, ungehobelter Pinsel, der sich für etwas Besseres hielt als uns Normalsterbliche.«

»Schade, dass du ihn nie richtig kennen gelernt hast. Vielleicht erhältst du ja postum noch einen positiveren Eindruck von ihm.«

»Du glaubst, dass dein Freund Carlo es nicht getan hat, weil ein solcher Tod nicht zu dem Mann passt, den du gekannt hast. Aber das größte Rätsel ist das Motiv. Ich hoffe, dass es ein triftiges Motiv war. Bevor ich mich mit der Witwe unterhalte, würde ich übrigens gerne dieses Notizbuch sehen, das ihr bei ihm gefunden habt.«

4

Das Wohnzimmer mit Blick auf den Garten war geräumig und dunkel, trotz des Erkers mit den fünf hohen Fensterscheiben. Das trübe gewordene Glas dämpfte das Licht, was dem Raum, der einst hell und sonnig gewesen sein musste, eine düstere, altmodische Atmosphäre verlieh. Van Arkel stand mit den Händen auf dem Rücken im Erker und schaute hinaus, obwohl es nichts Besonderes zu beobachten gab, außer vielleicht dem Rotkehlchen, das am Teich herumhüpfte.

»Bitte setzen Sie sich doch, Inspecteur«, sagte Helga.

Er nahm ihr gegenüber Platz und sagte: »Schöner Garten. Von den Nachbarn sieht man hier gar nichts.«

»Stimmt«, bestätigte Helga, die ihr Leben lang in Häusern gewohnt hatte, von denen aus man beim besten Willen nichts von den Nachbarn sah.

»Kommen viele Vögel in Ihren Garten?«

»Kohlmeisen, ab und zu ein Rotkehlchen, wie Sie sehen. Im Sommer hatten wir ein Amselnest im Efeu.«

»Haben Sie an Ihrem Teich manchmal Probleme mit Reihern?«

»Nein.«

»Ich schon. Letzten Monat kamen gleich drei Stück. Haben alle Fische aufgefressen.«

»Tss, was Sie nicht sagen. Mitten in der Stadt?«

»Ja, kaum zu glauben. Und die sind ja kein bisschen scheu, diese Viecher.«

»Und was unternehmen Sie dagegen?«

»Ich überlege, einen Plastikreiher aufzustellen. Aber

meine Frau findet die Dinger hässlich. Da kannst du ja gleich einen Gartenzwerg hinstellen, sagt sie.«

»Ihre Frau hat ganz Recht, Inspecteur. Aber ich nehme an, Sie sind nicht gekommen, um sich mit mir über unsere gefiederten Freunde zu unterhalten.«

»Nein, ich bin hier, zum Sie über das Ergebnis unserer Untersuchung in Kenntnis zu setzen.«

»Warum sind Sie gekommen und nicht der Commissaris? Er leitet doch die Ermittlungen?«

»Nein, das tut der Staatsanwalt. Wie ich Ihnen bereits erklärt habe, koordiniere ich ab heute das weitere Vorgehen. Auf Bitten des Commissaris.«

»Gut, das war mir nicht so richtig klar geworden. Also, wie lautet das Ergebnis?«

»Ihr Mann tötete Linda Stam und anschließend sich selbst.«

Er schlug die Beine übereinander und lehnte sich zurück. Einen Moment lang befürchtete er, sie würde ihm die Augen auskratzen, doch sie blieb nur stocksteif und mit abwesendem Blick sitzen.

»Mein Mann hatte Recht«, sagte sie. »Sie sind ein Flegel.«

»Beleidigung ist strafbar, Mevrouw. Halten Sie sich bitte etwas zurück.«

»Tue ich. Sonst hätte ich das Wort Mistkerl benutzt.«

Van Arkel stand auf und ging zur Tür. »Ich finde schon allein hinaus. Guten Tag.«

Helga sprang auf. »Bitte bleiben Sie doch, Inspecteur. Ich bin ziemlich durcheinander, das müssen Sie verstehen. Sie waren sehr direkt und da habe ich wohl ein bisschen überreagiert.«

Jetzt setz dich schon hin!, dachte sie, und er tat es.

»Darf ich Ihnen eine Tasse Tee anbieten? Oder etwas Stärkeres?«

»Eine Tasse Tee, vielen Dank.«

Van Arkel zeigte auf das Klavier und fragte: »Wer von Ihnen spielt?«

»Betty, wenn sie zu Hause ist. Und ich. Spielen Sie auch Klavier?«

»Nein, Saxophon.«

»Klassische Musik?«

»Lieber Jazz, obwohl ich seit Kurzem in einem klassischen Saxophonquartett mitspiele. Sofern man da von Klassik reden kann. Das Instrument gibt es ja noch nicht so lange.«

Helga setzte sich ans Klavier und ließ ein paar Akkorde erklingen. Ihre Hände ruhten kurz auf den Tasten, dann stimmte sie eine Sonate von Mozart an. Sie hatte einen wunderbaren Anschlag.

Van Arkel applaudierte lautlos. »Bravo, Sie spielen wirklich sehr gut.«

»Ach, ich übe viel zu unregelmäßig. Und es ist nicht leicht, eine geeignete Begleitung zu finden. Gibt es Stücke für Saxophon und Klavier?«

Er lächelte. »Sicherlich.«

»Vielleicht sollten wir einmal zusammen spielen, Inspecteur.«

Wieder lächelte er, und sie fragte ihn: »Gefällt Ihnen mein Vorschlag nicht?«

»Im Gegenteil. Ich stelle mir gerade vor, wie wir gemeinsam *Rhapsody in Blue* spielen.«

»Wer weiß. Möchten Sie noch eine Tasse Tee?«

»Gern.« Er wartete, bis sie ihm eingeschenkt hatte, und fragte: »Wie lange wohnen Sie schon hier?«

»Seit zweiundzwanzig Jahren. Zuerst wohnten wir neben dem Schlachthof. Aber das war unerträglich. Dieser Gestank!«

Sie wirkte vollkommen normal: eine Tee trinkende Dame in ihrem Refugium. Ob sie hier wohnen bleiben würde? Es schien, als errate sie seine Gedanken. »Das hier ist ein gutes Haus«, sagte sie. »Groß und solide gebaut. Wenn man allerdings wie ich in einer Art Schloss aufgewachsen ist, ist jedes Haus gerade mal groß genug. Und wo wohnen Sie?«

»Zwischen der Voorstraat und der Ijsselkade. Mit Blick auf die Ijssel.«

»Augenblick … und Ihre Frau ist Bildhauerin, richtig? Dann wohnen Sie in dem weißen Haus an der Ecke der Voorstraat. Ist das nicht der ehemalige Bürgermeisterwohnsitz?«

Van Arkel lächelte. »Eine Hälfte davon. Erstaunlich, dass Sie das wissen.«

»Ich habe schon öfter davor gestanden und es mir angesehen«, bekannte sie. »Mit verliebten Augen, muss ich gestehen. Wissen Sie, dieses Haus ist groß und komfortabel, aber es ist auch düster und hellhörig und es müsste eine Menge daran getan werden.«

»Wollen Sie hier wohnen bleiben?«

»Noch kommen die Kinder an den Wochenenden regelmäßig nach Hause, aber sobald sie ganz auf eigenen Füßen stehen, suche ich mir etwas Kleineres, hell und mit schöner Aussicht. Ein Haus wie Ihres wäre ideal.«

»Es hat meine Frau damals mit Ijsselmonde versöhnt.«

Helga lächelte. »Sie wäre also nicht zu einem Tausch bereit?«

»Nein.« Er erwiderte ihr Lächeln. »Und ich auch nicht.«

»Schade.« Sie reagierten beide mit derselben bedauernden Geste und mussten lachen.

»Sind Ihre Kinder zu Hause?«

»Ja, im Prinzip schon, nur heute Nachmittag habe ich sie weggeschickt. Sie machen mich ganz verrückt, obwohl sie inzwischen erwachsen sind. Sie bleiben hier« – bis nach der Einäscherung, wollte sie sagen, überlegte es sich aber noch einmal anders – »so lange wie nötig.«

Sie hatte nichts Mitleiderregendes an sich. Im Gegenteil: Sie wirkte stark und ausgeglichen. Bewundernswert. Rita wäre außer sich vor Kummer. Hoffte er jedenfalls ...

»Dürfte ich mir das Zimmer Ihres Mannes einmal ansehen?«

»Jetzt? Es ist nicht mehr aufgeräumt worden, seit ...«

»Umso besser.«

Sie stand auf, hielt sich kerzengerade. War diese Selbstbeherrschung eine Pose oder hatte sie mit seinem Tod gerechnet? Warum zweifelte sie daran, dass er Selbstmord begangen hatte? War es eine Schutzbehauptung nach außen hin?

Helga öffnete die Tür zu Carlos Zimmer. Es war ein großer, quadratischer Raum mit Fenstern zu beiden Seiten. Gedämpftes Licht. Drei hohe Bücherschränke. Ein Eichenholzschreibtisch mit eingelassener grüner Schreibunterlage. Zwei Clubsessel mit abgewetzten Armlehnen. Jagdgewehre in einer Vitrine. Rehgeweihe über dem Kaminsims. Es roch nach Hunden, Tabak und Holzfeuer. Im Kamin lag ein verkohltes Holzscheit. Van Arkel betrachtete die Fotos auf dem Schreibtisch: eine junge Helga, ein Mädchen, das ihr sehr ähnlich sah, und ein Junge mit ernstem, offenem Gesicht.

»Ihre Kinder?«

Sie nickte. »Die Fotos stammen vom letzten Jahr.«

»Wie alt sind die beiden?«

»Betty ist neunzehn, Niels wird vierundzwanzig.«

»Hat sich Ihr Mann gut mit ihnen verstanden?«

»Ja. Sie haben ihn sehr geliebt.«

»Und Sie?«

Helga trat ans Fenster und schaute hinaus. Nach einer Weile sagte sie, den Rücken zu ihm gewandt: »Es ist ein harter Schlag. Für uns alle.«

»Sie glauben nicht, dass er es getan hat, stimmt's?«

Sie drehte sich um und blickte ihn an. »Stimmt.«

»Warum?«

»Schauen Sie sich doch mal um, Inspecteur. Ist das das Zimmer eines Mörders?«

Er lächelte. »Ich weiß nicht, wie das Zimmer eines Mörders aussieht.«

»Warum nicht?«, fuhr sie ihn an. »Schließlich ist es Ihr Beruf, so etwas zu wissen!«

»Dies sieht wie das Zimmer eines Mannes aus, der sich hier zu Hause fühlte«, entgegnete er ruhig. »Ob er ein Mörder war, wird sich im Laufe der Ermittlungen herausstellen.«

»Sie haben Ihr Urteil schon gefällt«, reagierte sie verbittert.

»Nein, Mevrouw. Ich gebe zu, dass alles auf Mord und Selbstmord hindeutet. Aber wir schließen die Ermittlungen erst ab, wenn wir alles überprüft haben. Auch unsere Zweifel. Ihre, Jonathans und meine.«

»Ihre?«, fragte sie überrascht. »Warum zweifeln Sie?«

»Das Ganze ist einfach zu melodramatisch. Ich habe gestern Abend die Akte gelesen, nachdem mein Sohn zu Bett gegangen war, und anschließend war ich noch weniger von der bisherigen Hypothese überzeugt. Meiner Meinung nach fürchtete Ihr Mann nichts mehr, als sich lächerlich zu machen.«

»Wie alt ist Ihr Sohn?«

»Dreizehn.«

»Was haben Sie beide gestern Abend gemacht, bevor er zu Bett ging?«

»Wir haben ferngesehen und eine Partie Schach gespielt.«

»Carlo hat immer mit den Kindern Dame gespielt, als sie in seinem Alter waren.«

»Beim Damespielen putzt Ben mich vom Brett. Im Schach kann ich mit ihm mithalten, weil er es als Spiel betrachtet. Dame dagegen ist für ihn ein Sport und es macht ihm keinen Spaß, mit einem Vater zu spielen, der kein Gegner für ihn ist.«

»Verstehen Sie beide sich gut?«

»Letztes Jahr habe ich befürchtet, den Kontakt zu ihm verloren zu haben, aber seit er nicht mehr Fußball spielt, hat sich unser Verhältnis wieder eingerenkt.«

Sie lächelte. »Sicher standen Sie bei den Spielen an der Seitenlinie.«

»Ja, und manche Jungs können das nicht vertragen, wie ich im Nachhinein feststellen musste.«

»Hat Ihr Vater das nicht getan?«

Er lachte. »Mein Vater war gegen jeden Sport. Vor allem gegen Leistungssport.«

»Welchen Sport haben Sie betrieben?«

»Judo.«

»Sie sagten Leistungssport. Waren Sie gut?«

»Ich war Europameister im Mittelgewicht.«

Daher die Ohren, dachte sie. Schade, wenn die nicht

wären, sähe er richtig gut aus. »Und während Ihr Dame-Champion schlief, lasen Sie also Carlos Akte. Was weckte sonst noch Ihr Misstrauen außer seinem atypischen Verhalten?«

»Das Motiv. Niemand begeht zwei Morde ohne ein Motiv. Und ich habe keine Ahnung, was ihn getrieben haben könnte. Sie vielleicht?«

»Nein.«

»Wissen Sie, wie Ihr Mann über den Tod dachte?«

»Er betrachtete ihn als das absolute Ende.«

»Und wie dachte er über das Leben?«

»Er sah es als etwas, das einfach da war, ohne Plan oder göttliche Vorsehung. Carlo war, wenn man ihm denn ein Etikett aufkleben möchte, ein Realist. Er nahm das Leben, wie es kam.«

»Und gewaltsames Sterben war ihm vertraut.«

»Er hat vierundzwanzig Jahre lang Schweine geschlachtet und bei der Jagd hunderte Tiere geschossen, aber das alles ist nichts im Vergleich zum Tod eines Menschen. Ein totes Tier ist Fleisch. Wir verzehren es. Ein toter Mensch dagegen bleibt ein Mensch.«

»Wie dachte er über Treue? Über Freundschaft?«

Helga antwortete nicht. Nach langem Schweigen sagte sie: »Sie wissen, wie er gestorben ist. Daher wissen Sie auch, dass er eine Freundin hatte, die er vielleicht ermordet hat, vielleicht auch nicht, aber jedenfalls war sie seine Geliebte.«

»Wussten Sie von ihr?«

»Ich roch sie an ihm. Ekelhaft, nicht wahr? Eine Frau mit einer Hundenase kann man nicht betrügen. Carlo wusste das und trotzdem hat er es getan. Er hat mich betrogen, obwohl wir Freunde waren …«

»Erzählen Sie mir von ihm«, bat er.

Sie zögerte. »Dann werden Sie aber noch eine Weile hier sitzen.«

»Ich habe Zeit genug.«

»Und Ihr Sohn? Möchte der den Sonntag nicht mit seinem Vater verbringen? Und Ihre Frau?«

Er lächelte. »Meine Frau ist auf Curaçao und unser Sohn läuft auf dem Veluwesee Schlittschuh. Ich muss ihn erst in einer Stunde abholen.«

»Eine Stunde genügt nicht.«

»Für den Fall hat Ben einen Hausschlüssel. Er weiß, dass ich arbeiten muss.«

»Ein selbstständiger Junge. Ist er Ihnen ähnlich?«

Sie sah, wie sein Blick weicher wurde, und voller Schrecken wurde ihr klar, wie ihr eigener Sohn auf den Tod seines Vaters reagierte.

»Er ähnelt uns beiden, mir und meiner Frau«, antwortete van Arkel. »Da er meinen Vater sehr mag, schlägt das Pendel manchmal ein wenig zu meinen Gunsten aus. Aber er ist unbestreitbar unser gemeinsamer Sohn.«

5

Unser Sohn, hat der Inspecteur gesagt. Das machte ihn mir auf einmal sympathisch. Carlo sagte immer *mein:* mein Sohn, meine Tochter, mein Hund, meine Frau. Er wäre jetzt bestimmt mit Betty auf dem Eis. Als wir noch eine normale Familie waren, gingen wir oft alle vier zusammen Schlittschuh laufen, aber in den letzten Jahren machten sich die beiden meist allein auf den Weg. Im Rückblick waren damals sogar die Winter schöner. Die Luft war klar und roch nach Eis. Eis riecht nicht, pflegte Betty mir zu erwidern, und dann legte Carlo sich auf den Bauch, um ihre Behauptung zu überprüfen. Niels hatte keinen richtigen Spaß am Schlittschuhlaufen. Meistens fuhren wir hinter den anderen beiden her, kamen aber nicht weiter als bis nach Elburg. Für Betty war das ein Katzensprung; schon mit zwölf Jahren hielt sie mühelos mit Carlo Schritt. Im Winter 1988, als alle Wasserläufe zugefroren waren und sogar der Elf-Städte-Lauf wieder einmal stattfinden konnte, unternahmen sie Touren, die Niels und mir absurd weit erschienen, obwohl wir mit dem Auto der Schlittschuh laufenden Meute folgten. Wir parkten den Wagen am Ziel und liefen Carlo und Betty entgegen. Niels fand nichts dabei, dass seine vier Jahre jüngere Schwester besser lief als er, und für Betty war diese Tatsache ebenso selbstverständlich wie unbedeutend. Einer der Gründe, warum sie in Deventer studieren wollte, war die Kunsteisbahn, auf der Carlo und sie in eislosen Wintern trainierten. Manchmal rief Carlo spätnachmittags zu Hause an und sagte Bescheid, er fahre nach Deventer, um mit Betty Schlittschuh zu laufen, und wenn er nach Hause kam, roch er nach Schweiß und Würstchen und anderen undefinierbaren Eisbahngerüchen.

Niels und Carlo unternahmen andere Dinge. Sie spielten Schach und gingen zusammen auf die Jagd. Wenn ich sehe, wie ihn der Tod eines Tieres mitnimmt, frage ich mich manchmal, ob Niels ein richtiger Jäger ist, aber er kann jedenfalls hervorragend schießen. Carlo war zugleich stolz und ein wenig neidisch auf die sichere Hand seines Sohnes, der ein Kaninchen mit der Büchse schießen kann.

Ab und zu gingen Betty und ich mit auf die Gänsejagd. Wir vier und der Hund fuhren zusammen in einem Ruderboot zum Ostufer des Zwarte Water und kamen dann Stunden später, durchgefroren bis auf die Knochen, mit ein paar Gänsen wieder. Das waren so unsere gemeinsamen Unternehmungen. Nicht schlecht eigentlich, verglichen mit den Familien unserer Freunde.

Das fand auch der Inspecteur mit dem Mafiosogesicht. Wir saßen in Carlos Zimmer. Er hatte auf meine Bitte hin den Kamin angeheizt und schaffte es tatsächlich, das Feuer in Gang zu halten, was Carlo nie gelang, wenn wir abends in seinem Zimmer beisammen saßen. Ihm ging es immer aus. Ansonsten waren diese Abende nicht übel. Schließlich hatten wir immer noch ein gutes Verhältnis. Bis diese Hure dazwischenkam. Ich hatte eine Art Verhör erwartet, weil ich schon seit Monaten von Linda wusste, aber van Arkel sagte nichts. Ab und zu hockte er sich ans Feuer, das brannte, wie ich es noch nie in diesem Kamin hatte brennen sehen, und tat etwas Geheimnisvolles, wodurch die Flammen hoch auffloderten. Ich befürchtete schon fast einen Schornsteinbrand, aber dann verteilte er die Scheite mit dem Schürhaken und kurz darauf brannten sie wieder gleichmäßig.

»Möchten Sie etwas trinken?«, fragte ich. »Im Schrank steht eine Flasche Whiskey.«

»Gern. Trinken Sie einen mit?«

»Ich mag Whiskey nicht besonders, aber einen nehme ich auch.«

»Wasser und Eis?«

»Nein danke, pur.«

Er mochte offenbar Whiskey, denn er schenkte ein Glas unverschämt voll, reichte mir das andere und prostete mir zu.

Wir tranken, stellten unsere Gläser hin und lächelten uns an. Wenn Carlo das hätte sehen können, er hätte sich kaputtgelacht.

»Ich weiß nicht, wo ich anfangen soll«, sagte ich.

Wieder lächelte er. Auf einmal sah er richtig charmant aus. »Ganz einfach«, antwortete er. »Am Anfang.«

»Wir haben uns in Wageningen kennen gelernt. Carlo studierte Viehzucht, ich Landschaftsarchitektur. Als sich herausstellte, dass wir uns zueinander hingezogen fühlten, so sehr, dass wir ans Heiraten dachten, fragte mein Vater ihn nach seinen Zukunftsplänen. Danach fragten Väter früher und sie erhielten eine gebührliche Antwort. Carlo wollte nach Argentinien auswandern. In Südamerika war Grund und Boden billig, und wenn man etwas von seinem Fach verstand, konnte man es weit bringen. Doch mein Vater drohte, die Einwilligung in unsere Heirat zu verweigern, wenn er auf seinen Emigrationsplänen beharrte. Heute hört sich das lächerlich an, aber damals war es ein Argument, das ein zukünftiger Bräutigam ernst nahm. Mein Vater schlug vor, einen Schlachthof zu kaufen, in dem Carlo, wenn er wollte, argentinisches Fleisch verarbeiten konnte, vorausgesetzt, seine Tochter bliebe in den Niederlanden. Carlo nahm seinen Vorschlag an und 1969 heirateten wir.«

»Ihr Vater bestimmte also über Ihre Zukunft.«

»Ich liebte Carlo. Und es gab einen besonderen Grund, warum ich ihn wollte und keinen anderen. Doch ich hatte keine Lust, nach Argentinien oder sonst wohin zu emigrieren. Wenn Carlo gegangen wäre, wäre ich hier geblieben. Und wenn es nie wieder einen anderen Mann gegeben hätte, dessen Geruch ich hätte ertragen können ...«

»Geruch?«

»Ja, Geruch. Ich besitze einen extrem ausgeprägten Geruchssinn, Inspecteur. So gut, dass ich Sie mit verbundenen Augen inmitten einer Menschenmenge finden könnte. Wie ein Hund, sagte Carlo immer.«

Er lächelte. »Außergewöhnlich. Und Ihr Mann war der Einzige, den, äh ...«

»Ich ertragen konnte«, ergänzte ich. »Alle anderen, die mich umwarben, hatten irgendwelche Ausdünstungen an sich, die mich abstießen. Manche Menschen riechen richtig widerlich, besonders Männer. Aber Carlo roch für mich, wie ein Mann riechen musste.«

»Wusste er das?«

»Natürlich. In einer Ehe kann man so etwas nicht verbergen, selbst wenn man es wollte. Nicht in einer Ehe wie der unseren.«

»Wie war Ihre Ehe?«

»Am Anfang? Wir hätten füreinander die Sterne vom Himmel geholt.« Ich schaute ihn an und fragte: »Kennen Sie dieses Gefühl?«

»Ja.«

»Wie sind die Sterne in Curaçao?«

»Hell.« Sein Gesichtsausdruck blieb unbewegt, aber seinen Augen sah ich an, dass ich ihn getroffen hatte.

»Seien Sie mir nicht böse«, sagte ich reumütig. »Das war nicht nett.«

»Witwen sieht man vieles nach. Wie ging es später weiter?«

»Wir wohnten neben dem Schlachthof und das war einfach furchtbar. Dieser Gestank!«

»Trotzdem sind sie ein paar Jahre dort wohnen geblieben. Warum?«

»Ich hatte etwas gutzumachen, Inspecteur. Meinetwegen war Carlo hier geblieben. Mein Vater hatte den Schlachthof gekauft und mir die Anteile überschrieben. Ich fand, dass ich kein Recht hatte, mich zu beklagen.«

»Aber irgendwann sind Sie dann doch umgezogen.«

»Ja.«

»Kamen die Sterne mit?«

Ich zögerte. »Nein, sie waren inzwischen ein wenig verblasst. Als ich mit Niels schwanger war, blieb ich an den Tagen, an denen wir Nordwind hatten, bei meinen Eltern. Carlo sagte nichts dazu. Ich konnte nicht anders, sonst hätte ich das Kind mitsamt dem Schlachthofgestank ausgebrochen.«

»Sie sagten, dass Sie die Anteile besaßen. Bedeutet das, dass Ihnen die Firma gehörte, deren Direktor Ihr Mann war?«

»Ja, zunächst schon. Mein Vater hatte die Bedingung daran geknüpft, dass ich jedes Jahr an unserem Hochzeitstag zwei Prozent der Anteile an Carlo überschrieb, bis wir bei unserer Silberhochzeit jeder über fünfzig Prozent verfügten.«

»Das wäre also in diesem Jahr gewesen.«

»Am dreizehnten September.«

»War die Affäre mit Linda die erste Gelegenheit, bei der Ihr Mann Ihnen untreu war?«

»Das geht Sie nichts an!«

Er musterte mich eine Weile schweigend und sagte dann: »Wie Sie wollen.«

»Ich verstehe nicht, was solche Fragen mit Ihren Ermittlungen zu tun haben.«

Er trank sein Glas leer. »Ausgezeichneter Whiskey.«

»Möchten Sie noch einen?«

»Nein danke.«

»Warum wollen Sie das alles wissen?«

»Ich möchte in der Lage sein, mir ein Bild von Ihrem Mann zu machen. So vollständig wie möglich und am liebsten ein anderes als das, welches ich letztes Jahr von ihm erhalten habe.«

»Carlo erwähnte, dass Sie sich nicht verstanden haben.«

»Stimmt.«

»Wie war denn eigentlich Ihre erste Reaktion, Inspecteur, als Sie von der Sache erfuhren?«

»Wenn Ihr Mann noch gelebt hätte, hätte ich ihn in die Mangel genommen.«

Schon möglich, dachte ich. Dagegen wäre das Verhör vom letzten Jahr ein Kinderspiel gewesen. »Warum war er Ihnen derart unsympathisch?«, fragte ich.

»Ich weiß nicht. Da trafen wohl zwei Welten aufeinander.«

»Und trotzdem sitzen Sie hier, in seinem Sessel.«

»Ein guter Platz, um ihn aus einer anderen Perspektive zu betrachten.«

»Was denken Sie über mich?«

»Sie erstaunen mich.«

»O ja? Warum denn?«

»Weil Sie so ruhig sind. Als sei nichts geschehen. Sie regen sich auf, wenn ich nach den Eskapaden Ihres Mannes frage, aber die Tatsache, dass er sich und einen anderen Menschen umgebracht hat, scheint Sie kalt zu lassen.«

»Alles Fassade, Inspecteur. Wäre es Ihnen lieber, mich händeringend und verzweifelt zu erleben?«

»Das hätte ich eher verstanden. Als Jonathan mir erzählte, dass Sie Ihren Mann für unschuldig halten, wurde ich neugierig auf die Frau, die an ihren Mann glaubt, obwohl alles darauf hinweist, dass er seine Freundin ermordet und sich den Konsequenzen entzogen hat.«

»Und jetzt sind Sie von mir enttäuscht.«

»Ich habe mich nur gefragt, was ich hier eigentlich suche.«

»Die Wahrheit«, sagte ich.

Er lachte. »Ich finde nicht einmal *Ihre* Wahrheit.«

»Ich habe Ihnen alles gesagt!«

»Nein, das haben Sie nicht. Sie haben mir genau das erzählt, was Sie erzählen wollten. Aber ich weiß immer noch nicht, was ich eigentlich wissen wollte. Nennen Sie mir nur einen Grund, warum er es nicht getan hat, außer dem, dass Mord nicht sein Stil war.«

»Aber das ist der Grund, Inspecteur, verstehen Sie das doch!«

»Der Richter verlangt Fakten.«

»Sie haben die Fakten, ich habe die Gewissheit. Carlo hat es nicht getan.«

»So kommen wir nicht weiter«, sagte er schroff. »Entweder Sie reden mit mir oder ich gehe.«

»Sie sind ein richtiger Esel. Ein starkes, störrisches Tier.«

»Zwei Esel. Jeder strebt in eine andere Richtung.« Er machte Anstalten aufzustehen. »Der eine macht sich jetzt auf den Weg nach Hause.«

»Noch einen Augenblick«, bat ich. »Wie geht es jetzt weiter?«

»Das entscheidet der Staatsanwalt.«

»Ja, aber was werden Sie unternehmen?«

Wieder dieser eigenartige Blick. »Ich erzähle ihm, was Sie mir erzählt haben.«

»Und das reicht nicht, um die Ermittlungen weiterzuführen.«

Er nickte.

»Aber was soll ich denn nur tun?«, fragte ich verzweifelt.

»Reden Sie mit Jonathan oder Berveas. Leuten aus Ihren Kreisen.«

Was hatte er bloß gegen uns? »Was habe ich falsch gemacht?«, fragte ich.

»Sie haben geschwiegen«, antwortete er. »Das ist Ihr gutes Recht, aber es ist unvernünftig. Wenn die Ermittlungen fortgesetzt werden sollen, obwohl alles auf Mord und Selbstmord hindeutet, dann nur, wenn Sie konkrete, triftige Gründe vorbringen.«

»Meine Aussage würde dem Richter nicht reichen?«

»Er würde Sie zwar anhören, aber umstimmen ließe er sich nur durch Fakten.«

»Sie sind sehr direkt. Was glauben Sie eigentlich?«

»Das, was sich beweisen lässt.«

»Meine Bedenken halten Sie also für Unsinn.«

Er schüttelte den Kopf.

Überrascht fragte ich: »Einerseits glauben Sie mir nicht, was ich gut verstehen kann, wenn sich jemand streng an die Fakten hält, aber ganz von der Hand weisen Sie meine Zweifel auch nicht. Also was denn nun?«

»Sie kannten ihn wie kein anderer Mensch auf der Welt und Sie glauben, dass er es nicht getan hat. Auch Jonathan glaubt es nicht. Die Antipathie zwischen Ihrem Mann und mir machte zwar ein näheres Kennenlernen unmöglich, aber jetzt sitze ich hier in seinem Sessel, höre Ihnen zu und denke bei mir: Sie erzählt nicht, was sie weiß, sondern nur, was sie vermutet. Dennoch glaube ich Ihnen.«

»Das wundert mich.«

Er lächelte. »Wir lassen uns von der fixen Idee leiten, dass ein echter Herr keinen Mord begeht.«

»Ein echter Herr ermordet keine Hure. Ob ein Richter das glauben würde?«

»Nein.«

»Die Beziehung zu dieser Frau war im Übrigen nichts Ernstes.«

»Ihre Eltern behaupten, er wollte sie heiraten.«

»Sie war eine Hure! Wussten ihre Eltern das nicht? Es ging nur um Sex!«

»Nur darum?«

»Ja! Sie passte überhaupt nicht zu ihm.«

»Woher wissen Sie das?«

»Weil ich ihn kenne! Er wollte einfach nur mit ihr ins Bett!«

»Und warum hat er dann Selbstmord begangen?«

»Sagen Sie es mir, Inspecteur! Ich akzeptiere jeden plausiblen Grund, der nicht im Widerspruch zu dem Carlo steht, den ich sechsundzwanzig Jahre lang gekannt habe.«

»Wussten Sie, dass sie schwanger war?«

Ich zögerte. »Nein.«

»Und wenn sie ihm eröffnet hätte, das Kind sei von einem anderen?«

»Jetzt hoffen Sie wohl, ich würde sagen: Dann hätte er sie vom Balkon geworfen und sich in den Kopf geschossen. Nein, Inspecteur, Carlo hätte nachgeprüft, ob sie die Wahrheit sagte, und wenn es so gewesen wäre, hätte er die Konsequenzen gezogen und sie verlassen.«

»Nehmen wir einmal an, er hätte das Kind eines anderen akzeptiert und sie hätte ihn dennoch abgewiesen.«

»Auch dann wäre er gegangen. Carlo war kein Mann für eine alles verzehrende Liebe.«

»Sie sagten doch, für Sie hätte er die Sterne vom Himmel geholt.«

»Aber er hätte mich nicht umgebracht. Und er hätte niemals, für keinen Menschen auf der Welt, Selbstmord begangen. Sie sind ermordet worden, alle beide. Überaus raffiniert, von jemandem, der wusste, was er tun musste, um alles überzeugend nach einem Mord und anschließendem Selbstmord aussehen zu lassen. Aber Carlo hat es nicht getan. Darauf würde ich meinen Kopf verwetten.«

»Wegen solcher Wetten sind schon Königinnen gestorben. Ich bewundere Ihre Hartnäckigkeit, aber vor Gericht hätte das alles keinen Bestand.«

Ich schwieg. Natürlich konnte er mit dem, was ich ihm erzählt hatte, nichts anfangen. Es war ja nur die Spitze des Eisbergs. Der wahre Sachverhalt war zu widerlich, um ihn in Worte zu fassen. Vielleicht würde ich später einmal darüber reden können. Aber im Moment sagte ich erst einmal nichts und starrte bloß ins Feuer. Kurz darauf kam Niels herein. Er blieb in der Tür stehen und sagte: »Oma ist da. Kommst du?«

»Ich komme. Niels, das ist Inspecteur van Arkel. Mein Sohn Niels.«

Niels warf ihm einen gleichgültigen Blick zu, reichte ihm aber artig die Hand. »Kommst du?«, drängte er nochmals. »Oma ist ziemlich durcheinander.«

»Gehen Sie nur«, sagte van Arkel. »Wenn es Sie nicht stört, würde ich gern noch einen Augenblick hier bleiben.«

Ich nickte. Ich ging ins Wohnzimmer und sah gerade noch, wie Betty die Treppe herunterkam und Carlos Zimmer betrat.

6

Betty lehnte mit dem Rücken an der Tür. Van Arkel machte sich daran, den Schreibtisch zu durchsuchen. Schneller, als sie erwartet hatte, fand er das Geheimfach. Er blätterte in dem roten Notizbuch ihres Vaters und steckte es ein. Bettys wütende Geste ignorierend schloss er die Schubladen und schlenderte an den Bücherschränken entlang. Ab und zu nahm er ein Buch heraus und stellte es anschließend wieder an seinen Platz. Er blätterte in den Ordnern aus dem Schränkchen neben dem Schreibtisch. Dann setzte er sich auf die Fensterbank und schaute Betty an, die noch immer an der Tür lehnte. Ein schönes Mädchen. Ebenbild ihrer Mutter. Nur das Kinn hatte sie von ihrem Vater.

»Hielt er sich oft hier auf?«, fragte er.

Sie nickte.

»Du auch?«

»Ich wohne nicht mehr hier.«

Er lächelte. »Als du noch hier gewohnt hast, meine ich.«

»Ja.«

»Ihr habt euch also gut verstanden?«

»Ja.«

»Und wie ist das Verhältnis zwischen dir und deiner Mutter?«

»Nicht so besonders.«

»Und wie verstanden sich deine Eltern?«

»Weiß ich nicht. Fragen Sie doch meine Mutter.«

»Deine Mutter sagte, sie und dein Vater hätten eine gute Ehe geführt.«

Betty zuckte mit den Schultern.

»Bist du da anderer Meinung?«

»Ist mir doch egal!«

»War ja nur eine Frage. Hast du deinen Vater gesehen?«

»Nein.«

»Möchtest du ihn noch einmal sehen?«

»Nein!«

»Was willst du denn?«

»Dass Sie weggehen und das Notizbuch meines Vaters zurücklegen!«

»Ich behalte es vorerst noch eine Weile. Aber später bekommt ihr es natürlich zurück.«

»Sie sollen es jetzt sofort zurücklegen! Sie dürfen es nicht einmal lesen! Sie denken wohl, Sie können sich alles erlauben, nur weil Sie von der Polizei sind!«

»Es könnte Beweismaterial sein, Betty.«

»Es hat Papa gehört!«, erwiderte sie heftig. »Sie müssen es zurückgeben!«

»Das tue ich auch. Später.«

»Worüber haben Sie mit meiner Mutter geredet?«

»Über den Tod deines Vaters.«

»Was hat sie gesagt?«

»Sie glaubt, dass er es nicht getan hat.«

Betty schwieg.

»Glaubst du, dass er Selbstmord begangen hat?«, fragte van Arkel.

»Ja.«

»Warum, Betty?«

Sie zuckte mit den Schultern.

Er zog das Buch heraus und fragte: »Steht die Antwort hier drin?«

»Nein.«

»Wusstest du, dass dein Vater Linda Stam kannte?«

»Ja.«

»Auch, dass sie ein Verhältnis hatten?«

»Ja.«

»Hat er dir davon erzählt?«

»Ja. Er wollte sie heiraten.«

»Also wollte er sich von deiner Mutter scheiden lassen.«

»Natürlich. Man kann nicht mit zwei Leuten zugleich verheiratet sein.«

»Was hat er dir sonst noch über seine Pläne mit Linda erzählt?«

»Er hatte keine Pläne mit Linda!«, fuhr sie ihn an. »Sie wollten eben heiraten.«

Er lächelte. »Und das nennst du ›keine Pläne haben‹? Hör mal zu, Betty, ich versuche, herauszufinden, was dein Vater am Silvesterabend getan hat. Du sagst etwas ganz anderes als deine Mutter. Sie behauptet, dass er ermordet wurde, du sagst, dass er Linda und sich selbst tötete. Wem soll ich glauben?«

»Mir.«

»Und warum?«

Sie lachte grimmig. »Das haben Sie nicht begriffen? Mama würde niemals etwas sagen, das an ihrem Image kratzt.«

»Zum Beispiel, dass ihr Mann sie wegen einer jüngeren Frau verlassen wollte.«

»Mama schämt sich vor ihren Freunden, dabei sind das solche Idioten! ›Oh Helga, wie furchtbar!‹ Bah, ich kann sie förmlich rumschleimen hören, diese blöden Zicken und diese widerlichen Kriecher. Ich will, dass Papa in aller Stille beerdigt wird.«

»Ich glaube, deine Mutter möchte dasselbe wie du.«

Betty schüttelte erregt den Kopf. »Nein, sie will ein Riesenbrimborium veranstalten.«

»Und was möchte Niels?«

»Keine Ahnung.«

»Hat sie nur mit dir darüber gesprochen?«

»Sie sagte, es solle eine ganz normale Beerdigung werden. Was sie denn so als normal betrachtet.«

»Kennt sie deine Meinung über das Motiv?«

»Über so etwas kann man mit Mama nicht sprechen. Im Übrigen geht es sie nichts an.«

»Vielleicht solltest du doch mal mit ihr darüber reden«, schlug er vorsichtig vor. »Oder wäre es dir lieber, ich würde das übernehmen?«

»Nein! Wenn es sein muss, tue ich es selbst.«

»Es muss sein.«

Sie schaute ihn mit einem eigenartigen kleinen Lächeln an. »Wenn es nicht so läuft, wie ich es will, gehe ich nicht zu der Beerdigung.«

»Das kannst du nicht machen!«

»O doch.«

Van Arkel hatte die Nase voll. »Eine Beerdigung ist das Letzte, was man für einen geliebten Menschen tun kann. Du gehst nicht wegen deiner Mutter hin, sondern wegen deines Vaters und dem, was er dir bedeutet hat.«

»Er ist tot.«

»Er lebt in dir und in deinem Bruder weiter und in jedem, der ihn gut gekannt hat.«

»Ach, Blödsinn. Wenn man tot ist, ist alles vorbei. Das hat er selbst gesagt.«

»Ich gehe jetzt nach Hause«, sagte van Arkel. »Denk noch mal darüber nach. Bist du bereit, deine Aussage zu unterschreiben, wenn ich sie dir schriftlich vorlege?«

»Ja.«

»Hast du noch etwas hinzuzufügen?«

»Nein.«

»Du hast mir nicht alles gesagt, was du weißt.«

»Alles, was für Sie wichtig ist. Der Rest ist etwas zwischen Papa und mir.«

»Okay. Ruf mich an, falls du es dir anders überlegst.«

Als er an ihr vorüberging, tippte sie wütend auf seine Brusttasche. »Das Buch gehörte Papa und mir. Und jetzt, wo er nicht mehr ist, gehört es mir allein.«

»Du kommst wie gerufen«, sagte Klein, der am Saugrohr des Staubsaugers herumhantierte. »Halt bitte mal diese Feder hier fest, Ben. Das blöde Ding springt jedes Mal raus.«

»Lass mich mal.«

Klein schaute bewundernd zu, wie van Arkel den Apparat zusammensetzte. »Du bist handwerklich wirklich geschickt«, sagte er. »Wieso bist du eigentlich bei der Polizei?«

»Das habe ich mich heute Nachmittag auch gefragt«, antwortete van Arkel. »Wenn du ihn nochmal auseinander nimmst, musst du die beiden Federn über diese Arretierungen schieben.«

»Wenn er nochmal streikt, nehme ich ihn einfach mit ins Büro«, sagte Klein. »Hast du bei den van Beuningens irgendetwas in Erfahrung gebracht?«

»Nein. Helga van Beuningen beharrt darauf, dass er ermordet wurde, und die Tochter behauptet, dass ihre Mutter lügt.«

»Warum sollte Helga Bettys Meinung nach lügen?«

»Weil Mord besser in ihre Kreise passt als Harakiri. Dass Carlo sich in eine Nutte verliebte, war noch halbwegs nachzuvollziehen, aber dass er sich wegen einer Nutte umbringt, ist eine Beleidigung. Deshalb erklärt sie ihn kurzerhand zum Opfer.«

Klein nickte. »Mir kam es auch etwas unwahrscheinlich vor, dass sie von gar nichts gewusst haben wollte. Sie war mir zu ruhig am Silvesterabend. Aber wie du weißt, glaube ich auch nicht an die Selbstmordtheorie.« Er lächelte. »Wobei ich natürlich zu ihrem Bekanntenkreis zähle ...«

»Betty kann die Freunde ihrer Mutter nicht besonders gut leiden.«

»Die Freunde der Eltern als natürliche Feinde der Kinder. Ich dachte, diese Einstellung hätten wir schon seit einer Generation überwunden.«

»In konservativen Kreisen bleibt eben alles beim Alten.«

Klein grinste. »Hast du dich bei den van Beuningens halbwegs wohl gefühlt?«

»Es ging. Der Whiskey war gut.«

»Möchtest du noch einen?«

»Nein, ich muss gleich nach Hause. Ben wollte spätestens um fünf Uhr zurück sein.«

»Dann musst du los«, bestätigte Klein. »Was sollen wir denn bloß mit diesem Fall anstellen, Ben?«

»Ich würde gerne noch eine Nacht darüber schlafen. Wir sollten morgen mit den Kollegen darüber diskutieren und danach eine Entscheidung treffen. Ich möchte morgen auch nochmal in die Pathologie.«

Klein kannte van Arkels Angewohnheit, eine Weile in der Nähe des Mordopfers zu verbringen. Eine Art Totenwache. Manchmal brachte es ihn auf eine Idee, manchmal verwirrte es ihn eher, aber stets hatte er das Gefühl, anschließend mehr über den Toten zu wissen. Die Kollegen rissen makabere Witze darüber – der Inspecteur spricht mit dem Tiefgekühlten –, doch das gehörte dazu. Ein Toter wurde zu einem Fall und einen Fall löste man oder nicht, und je weiter man von einer Lösung entfernt war, desto zynischer wurden die Witze.

»Was meinst du, Ben?«

»Ich glaube, Betty hat Recht. Linda hat ihn abgewiesen, aus Gründen, die wir nie erfahren werden, und er ermordete sie, weil sie ihn der Lächerlichkeit preisgab.«

»Klingt plausibel. Aber warum beging er Selbstmord?«

»Er wollte alles für Linda aufgeben, Jonathan. Seit heute Nachmittag ist mir klar, was das in euren Kreisen bedeutet.«

»Das sind nicht ›meine‹ Kreise, Ben.«

»Ich hab's nicht böse gemeint.«

»Der äußere Schein war für Carlo weniger wichtig als für Helga, und er wäre garantiert kein Grund für ihn gewesen, sich umzubringen. Ich glaube, seine Freunde hätten notfalls nachvollziehen können, dass jemand in äußerster Verzweiflung zu einem Mord fähig ist.«

Van Arkel nickte.

»Hat sie dir von den Anteilen erzählt?«, fragte Klein.

»Ja. Er hatte tatsächlich vor, Linda zu heiraten, und nach meinem Dafürhalten war er realistisch genug, mit seinen achtundvierzig Prozent etwas Vernünftiges anzufangen.«

»Hat sie dir eigentlich leid getan, als du so mit ihr geredet hast?«

»Nein, komisch was? Es war, als säße Elektra vor mir. Ich habe mich gefragt, ob ich Partei für die Mutter oder für die Tochter ergreifen sollte. Beides Biester und beide verliebt in Agamemnon, doch er stirbt und sie überleben. Sie halten sich nicht an ihren Text!«

Klein lächelte. »Trotzdem spielen sie nur ihre Rolle. Hast du in seinem Zimmer irgendetwas entdeckt?«

»Dieses Notizbuch habe ich in seinem Schreibtisch gefunden. Betty erschrak, als ich es herausnahm.«

»Was steht drin?«, fragte Klein interessiert.

»Lyrische Pornografie«, antwortete van Arkel.

Klein blätterte in dem Büchlein herum. »Wer ist H?«

»Heuschrecke. Betty erzählte, dass er Helga so nannte, wegen ihrer langen Beine.«

»Wundervolle Beine«, murmelte Klein. Er blätterte weiter und gab van Arkel das Büchlein enttäuscht zurück. »In seinen lyrischen Ergüssen geht es hauptsächlich um Linda. Und um Schweine.«

»Zwei wichtige Themen für Carlo. Betty wollte nicht, dass ich das Buch mitnahm, und ich traue ihr nicht zu, dass sie sich Sorgen über die Schweine ihres Vaters macht.«

»Aber worüber macht sie sich denn Sorgen?«

»Über den Skandal in der Öffentlichkeit, glaube ich. Sie verteidigt den Selbstmord ihres Vaters und fällt ihrer Mutter in den Rücken. Merkwürdig.«

»Einfach unmöglich«, erwiderte Klein.

»Ach, Betty ist ganz klar die Tochter ihres Vaters. Und sie ist trotz ihrer neunzehn Jahre noch ein Kind. Heftig, undifferenziert, grausam. Was weißt du eigentlich über sie?«

»Nichts«, antwortete Klein. »Wegen Hubert ist das Thema Kinder bei unseren Bekannten tabu. Und Betty meidet unsere Partys wie die Pest.«

7

Der brave Inspecteur ist plötzlich zu einer Bedrohung geworden. Was hat Betty ihm erzählt? Warum bin ich so dumm gewesen, mich auf Diskussionen einzulassen? Ich hätte weinen sollen, die schöne, untröstliche Witwe spielen, jeden spüren lassen, dass hier tiefste Trauer herrscht. Carlo ist tot, die Frage, wie wir das Problem mit seiner Affäre lösen sollen, hinfällig, und natürlich gibt es keinen triftigen Grund, warum er nicht selbst eine Lösung herbeigeführt haben sollte, auf seine eigene, rigorose Art. Denn auch das war bezeichnend für ihn: Wenn er etwas tat, dann gründlich. O Carlo, aber warum musstest du etwas so Lächerliches tun? Eine Hure heiraten wollen, eine neues Leben anfangen, wie ein Operettenbaron! Was suchtest du bei dieser Frau? Glück? Glück ist ein Frauenwort, hat Willem Frederik Hermans einmal gesagt, und verdammt, er hatte Recht damit. Unser Glück ist irdisch und greifbar, und weil Wiedererkennbarkeit zum Glück dazugehört, streben wir alle nach denselben vertrauten Dingen: ein gepflegtes Heim, ein blühender Garten, eine festlich gedeckte Tafel, Kinder, die auf dem Gymnasium gute Noten erzielen, als Einzige ein Kleid von Frans Molenaar zu tragen, die ordinäre Bewunderung einer Gruppe Bauarbeiter auf einem Gerüst. Diese Art Glück. Zu banal, um es in Worte zu fassen. Und das tun wir auch nicht, o nein, wir unterhalten uns über unverfängliche Themen, und wenn sie unverhofft doch nicht so unverfänglich sein sollten, sorgen wir dafür, dass es dabei ausschließlich um andere geht. Andere lassen sich scheiden, andere haben drogenabhängige Kinder, andere haben Männer, die sich nicht benehmen können oder ihren Job verlieren. Jeden Tag eine Prise Glück, ein Kompliment zum schönen Haus, dem schönen Garten, den schönen Kindern, den schönen Beinen oder, noch besser, verbrämter Hohn, aus dem der Neid spricht.

Die anderen bestimmen unser Glück. Für einen selbst bleibt wenig übrig, nur die Fantasie, und meine reicht aus, um die Realität in einen angenehmen Tagtraum zu verwandeln. Frauenträume … Rosa Wölkchen in einem Luxusdekor. Warum sollte man dieses Dekor verlassen, um noch glücklicher zu werden? Welche Frau würde ihre Errungenschaften aufgeben, um einem Schatten nachzujagen, und sei es in Gestalt eines Prinzen aus Fleisch und Blut, der sich anböte, gebraucht und anschließend zertrampelt zu werden? Carlo lag einer Hure zu Füßen, einem Callgirl mit einer Mietwohnung und einem winzigen Auto. Ihr einziger Vorteil war ihre Jugend. Huren haben keine Jugend, Carlo, Huren haben nur einen Unterleib und damit saugen sie sich an dir fest, bis du ausgeblutet bist.

Ich wusste es schon seit Mai, aber erst im Juni redeten wir zum ersten Mal darüber.

Er teilte es mir in dürren Worten mit. Dabei schaute er aus dem Fenster, und wenn es nicht so absurd gewesen wäre, hätte man meinen können, er wolle mich auf irgendetwas im Garten aufmerksam machen.

»Heiraten?«, wiederholte ich, plötzlich von Panik ergriffen.

»Ja«, antwortete Carlo. »Ich will sie heiraten.« Es klang so beiläufig, als teile er es irgendeinem Bekannten mit.

»Carlo, bist du verrückt geworden?«

»Ich bin verrückt nach Linda«, erwiderte Carlo. »Das bringt mich manchmal aus dem Gleichgewicht. Aber ansonsten bin ich vollkommen normal.«

»Würdest du mir bitte ein Glas Wasser holen?«, bat ich. Carlo ging in die Küche. Ich hörte ihn im Gläserschrank kramen, den Wasserhahn aufdrehen und ein Glas umspülen. Sattsam bekannte, alltägliche Geräusche. Er stellte mir das Glas hin und lehnte sich an die Fensterbank. Wir wagten es nicht, uns anzusehen. Ich trank das Glas aus. Carlo holte ein neues. Auch das trank ich aus. Das Wasser gluckerte in meinem Magen. »Du spinnst, Carlo«, sagte ich leise. »Du bist wirklich völlig übergeschnappt.«

»Können wir darüber reden?«, fragte er in dem typischen Ton, mit dem er, wie er das nannte, alles nochmal durchzugehen pflegte.

»Das ist zu bizarr, um darüber zu reden«, erwiderte ich. »Carlo, nächstes Jahr sind wir fünfundzwanzig Jahre verheiratet!«

»Bedrückt dich dieser Gedanke nie?«

»Natürlich, aber das ist noch lange kein Grund, sich scheiden zu lassen!«

»Das stimmt. Ich will mich ja auch scheiden lassen, weil ich heiraten will.«

»Diese Linda«, sagte ich in demselben Ton wie er. »Ein passender Name für eine Hure, aber nicht wirklich geeignet für eine Mevrouw van Beuningen.«

»Das ist widerlich, Helga. Widerlich und unserer nicht würdig.«

»Dreckskerl!« Ich schaute ihn wütend an. Carlo starrte gegen die Wand.

»Warum?«, rief ich. »Begreifst du eigentlich, was du

uns da antust? Mir, den Kindern, dir selbst ... Mein Gott, du verlierst alles. Du kannst dich nirgendwo mehr blicken lassen.«

»Ich habe darüber nachgedacht«, sagte er. »Aber ich drehe mich immer nur im Kreis. Ich hatte gehofft, mit dir könnte ich darüber reden.«

»Reden! Reden!« Ich ging an die Bar und schenkte mir ein Glas Martini ein, dass es überschwappte.

»Komm, ich helfe dir«, sagte Carlo rasch.

»Hau ab!« Ich fuhr herum und warf das Glas nach seinem Kopf. Er konnte sich gerade noch bücken. Das Glas zerschellte an der Wand. Carlo packte mich an den Handgelenken, aber ich riss mich los und schrie: »Pack deinen Koffer und verschwinde!«

Er wusste nie, wie er reagieren sollte, wenn ich eine Szene machte, und so hatte er mich überhaupt noch nicht erlebt. Ich mich übrigens auch nicht. Ich trat ihm gegen das Knie. Carlo schubste mich wütend von sich weg. Ich prallte gegen die Wand. In dem Moment kam Betty herein. Sie blieb in der Tür stehen, schaute uns entsetzt an und fragte: »Mein Gott, was ist denn hier los?«

»Dein Vater wird Zuhälter«, sagte ich. »Er heiratet eine Nutte und wohnt ab heute nicht mehr hier. Bitte hilf ihm, seinen Koffer zu packen.«

Betty schaute ihren Vater an. »Papa?«

»Komm mal mit, Betty«, sagt er ruhig, ganz der vernünftige Vater, der seiner Tochter erklären wollte, dass er ihre Mutter für eine zwölf Jahre jüngere Nutte verlassen würde. Betty kam auf mich zu.

»Geh, Betty«, sagte ich. »Nimm ihn mit und lass dir von ihm erklären, was er zu erklären hat. Später kannst du es mir dann weitererzählen.«

Ich räumte die Scherben weg, wodurch ich wieder ein bisschen zu mir kam. Dann schenkte ich mir etwas zu trinken ein und wanderte mit dem Glas in der Hand durchs Wohnzimmer. Draußen war es sehr still. Ich hörte Carlo in Bettys Zimmer hin- und hergehen. Dinkytoy lief hinter ihm her, ich hörte ihre Krallen auf dem Parkett, tick, tick, tick. Carlo, du treuloser Hund! Scheidung! Mein Mann will sich scheiden lassen, weil er eine Hure heiraten will. Carlo, wie kannst du nur! So tigerte ich auf und ab, mit klopfendem Herzen und einem Kloß im Hals. Ab und zu trank ich einen tüchtigen Schluck. Ich war bei meinem dritten Glas, als Betty herunterkam.

»Papa will mit dir reden«, sagte sie. Auch sie klang schon so vernünftig. Alle waren vernünftig, alle außer mir. Ich benahm mich wie ein Fischweib und es erfüllte mich mit krankhafter Genugtuung, sämtliche Anstandsregeln über Bord zu werfen. »Worüber?«, fuhr ich sie an.

»Er will es dir selbst sagen.« Unter normalen Umständen hätte sie zurückgeschnauzt, doch nun klang ihre Stimme leise und beherrscht.

»Was hat er dir erzählt?«, fragte ich.

»Dass er Linda Stam heiraten will.«

»Sprich ihren Namen nicht aus!«, schrie ich. »Ich will ihn in diesem Haus nicht hören! Von dir nicht, von deinem Vater nicht, von niemandem, verstanden?«

»Ja, Mama.«

Ich reichte ihr mein Glas und sagte: »Schenk mir bitte noch einen Martini ein. Mit Eis.«

Betty nahm das Glas und vermied dabei sorgfältig eine Berührung mit meiner Hand. Mit derselben Sorgfalt schenkte sie den Martini ein, genau bis zum eingravierten Eichstrich, vier Eiswürfel rein, tipptopp.

»Braves Mädchen«, sagte ich. »Jetzt kannst du ihn holen gehen. Und dann lass uns bitte allein.«

Ich hörte sie die Treppe hinaufgehen. Kurz darauf kamen sie zusammen herunter. Ich konnte nicht verstehen, was sie sagten, aber es war mir auch egal. Auf einmal spielte es keine Rolle mehr. Ich ließ das Glas fallen, als er hereinkam. Mir war schwindelig und ich stützte mich mit beiden Händen auf der Sofalehne ab. Das Glas knirschte unter meinen Füßen. Schweigend sahen wir uns an. Carlo schloss leise die Tür. Ich dachte, er würde die Arme nach mir ausstrecken, und für einen Moment wünschte ich mir, mich zu ergeben, mich an ihn zu schmiegen und von ihm beruhigen zu lassen. Dann roch ich ihn und dazu noch einen anderen Geruch: Veilchen! Rasch wich ich zurück, stieß mit der Ferse an den Boden des Glases und trat ihn beiseite.

»Ich gehe fort«, sagte er.

»Damit du die Schlampe heiraten kannst?«

»Ja.«

»Bist du dir im Klaren darüber, was du da tust?«

»Nein«, antwortete Carlo. »Ich habe nicht die geringste Ahnung.«

Es klang entwaffnend ehrlich. Und trotzdem tust du es, dachte ich. Warum? Warum setzt du alles aufs Spiel: mich, die Kinder, deinen Beruf, deine gesellschaftliche Stellung … alles.

»Weißt du, was geschehen wird, wenn du das durchziehst?«

Sein Gesicht nahm einen kindlich-unglücklichen Ausdruck an. Plötzlich sah ich wieder, inwiefern Niels ihm ähnelte. Er will diese Frau, dachte ich, er will sie, koste es, was es wolle.

»Carlo?«

»Ich kann es noch nicht in vollem Umfang absehen, Helga. Für mich ist es noch ebenso unfassbar wie für dich. Ich ...«

»Ja?« Woher nahm ich noch immer diesen Funken Hoffnung? Der Mann war besessen!

»Ich habe es versucht. Ich habe sie nicht mehr getroffen, versuchte, sie aus meinen Gedanken zu verbannen. Hielt mir alles vor, was du heute Abend gesagt hast: Sie tut es für Geld. Ich dachte an dich, an die Kinder, ans Geschäft, und ich beglückwünschte mich dazu, dass ich rechtzeitig zur Besinnung gekommen war und dass diese Affäre, wie du es bezeichnest, keine Konsequenzen gehabt hatte. Aber ich verlor meine ganze Lebenslust. Sogar in der Firma fiel es auf. Der Chef ist nicht mehr der Alte, hieß es, und weil ich alles mitkriege, selbst wenn ich nicht ganz fit bin, kam es mir irgendwann zu Ohren. Teun fragte mich schließlich ganz unumwunden, was mit mir los sei.«

»Und, hast du es ihm erzählt?«

»Ja.«

»Manchmal glaube ich, du bist noch dümmer als die Viecher, die du schlachtest.«

»Schweine sind schlaue Biester.«

»Dann rede doch mal mit ihnen, bevor du ihnen einen Bolzen durchs Hirn jagst. Vielleicht kannst du noch was von ihnen lernen. Was hat Teun Keppel dazu gesagt?«

»Er sagte: Folgen Sie Ihrem Herzen.«

Ich schaute ihn überrascht an. Teun Keppel, die Bauerngrobheit in Person, in der Rolle der Kummerkastentante? »Und das hast du dann getan«, sagte ich tonlos.

»Ich ging zu ihr und stellte fest, dass sich nichts geändert hatte.«

»Bei dir.«

»Bei ihr auch nicht.«

»Carlo, dir ist doch wohl klar, dass du die perfekte Lebensversicherung bist? Was will eine Hure? Ein reichen alten Knacker, der sie heiratet, der ihr einen gewissen Status verschafft und ihr ein sorgenfreies Leben ermöglicht. Das Einzige, was sie tun muss, ist einmal die Woche die Beine breit machen und dabei nicht allzu auffällig ihren Ekel unterdrücken!«

»Du ziehst alles in den Dreck!«

»Es ist dreckig! In zwei Jahren wirst du fünfzig. Zwar hast du dich gut gehalten, aber für eine so junge Frau bist du steinalt! Was immer sie dir auch weismacht, wenn ihr im Bett seid: Was sie wirklich denkt, verrät sie dir nicht. Ihr wahres Gesicht zeigt sie nur, wenn sie glaubt, dass du sie nicht ansiehst.«

Ich sah, wie er zweifelte, doch eine Sekunde später war sein Blick wieder verschlossen wie zuvor.

»Woher willst du das wissen?«

»Ich habe mit ihr geredet«, antwortete ich ruhig.

Überrascht fragte er: »Wann?«

»Letzte Woche. Wir sind uns in der Stadt begegnet. Ich schlug ihr vor, etwas trinken zu gehen. Ich hätte nie gedacht, dass sie darauf eingehen würde, aber sie tat es und schwatzte drauflos, als seien wir alte Freundinnen.«

»Du lügst!«

Ich zuckte mit den Schultern. »Frag sie doch. Da steht das Telefon.«

»Gleich. Hat sie dir auch erzählt, dass sie schwanger ist?«

Nein! Das hatte sie mir nicht erzählt bei diesem wahnwitzigen Treffen im Mai, als eine wildfremde Frau, die mir ähnlich sah wie eine jüngere Schwester, auf mich zukam und mir eröffnete, dass sie ein Verhältnis mit meinem Mann habe. Unfassbar: ein Verhältnis mit meinem Mann! Es dauerte einen Augenblick, bis ich mich von dem Schock erholt hatte, aber danach war ich diejenige, die redete. Ich versuchte alles, um sie von ihren Heiratsplänen mit Carlo abzubringen. Ich war so dumm, sie nicht ernst zu nehmen, zu glauben, das Ganze sei nur eine Laune meines fast fünfzigjährigen Ehemannes, der noch einmal einen zweiten Frühling mit einer hübschen, aber unverkennbar einfachen Frau erleben wollte. Wenn es darauf ankäme, wäre sie keine Gegnerin für mich. Aber schwanger, mein Gott, schwanger!

»Ja«, log ich. »Und sie sagte, sie wolle es abtreiben lassen.«

Carlo schaute mich mit einem eigenartigen Blick an. »Du lügst. Es klingt sehr überzeugend, aber jetzt bist du einen Schritt zu weit gegangen.«

»Ruf sie doch an«, bluffte ich.

»Linda liebt Kinder. Ausgeschlossen, dass sie es wegmachen lassen würde.«

»Ist das Kind von dir?«

»Ja.«

Ich dachte nach. Und kam auf eine überaus gemeine Idee. Schließlich gilt die Genfer Konvention nicht für diese Art von Krieg. »Doch, sie will das Kind abtreiben lassen«, begann ich. Er wollte etwas sagen, aber ich hob die Hand und fuhr fort: »Weil es nicht von dem Mann ist, der sie heiraten will.«

Er bringt mich um, dachte ich, und zum ersten Mal an jenem Abend hatte ich Angst. Er ging hinaus. Kurz darauf leuchtete das Lämpchen des tragbaren Telefons auf.

Ich nahm ab und lauschte ihren Stimmen. Plötzlich erfasste mich rasende Wut.

»Keine Huren in meinem Haus!«, schrie ich und stürmte mit dem Telefon in der Hand zu Carlos Zimmer, während ihre Stimmen in meiner Hand weitersprachen. Ich riss die Tür auf und schmiss Carlo den Apparat an den Kopf. Er prallte an seinem Kinn ab, zerbrach den Glastisch und knallte zu Boden. Carlo stand langsam auf, den Hörer seines Telefons, aus dem jetzt ein hohes Tuten klang, wie betäubt in der Hand. Plötzlich fühlte ich mich todmüde.

»Geh weg, Carlo. Pack deinen Koffer und verschwinde. In ein paar Tagen bin ich wieder ansprechbar. Aber jetzt will ich dich für eine Weile nicht sehen. Rede mit ihr, triff eine Regelung und sorge dafür, dass sie aus deinem Leben verschwindet. Ansonsten verschwinde aus meinem.«

Carlo hob das schnurlose Telefon auf und legte es auf den Tisch. »Geh ins Bett, Helga. Morgen früh besprechen wir, wie es weitergehen soll.«

»Du gehst jetzt«, wiederholte ich.

»Das hier ist auch mein Haus«, erwiderte er ruhig. »Ich schlafe hier. Morgen früh unterhalten wir uns.«

»Raus!«

Das Lächeln verschwand. »Hör auf, Helga!«

Was sollte ich tun? Jonathan anrufen? Jonathan, hör mal zu, ich habe Carlo rausgeworfen, aber er will nicht gehen. Könntest du dafür sorgen, dass er verschwindet?

»Wenn du nicht gehst, rufe ich die Polizei«, sagte ich.

»Du machst dich doch nur lächerlich«, erwiderte er.

Ich drehte mich um und schloss die Tür hinter mir. Ich ging ins Badezimmer, nahm ein Antiacidum für meinen Magen, trank ein Glas Wasser und legte mich aufs Bett.

Es herrschte Totenstille. Als hielten alle die Luft an. Mein Magen beruhigte sich. Ich roch meinem Atem, ekelhaft säuerlich. Ich ging nach unten und holte eine Zigarette aus der chinesischen Schachtel. Noch sechs Stück waren übrig. Ich nahm die ganze Schachtel mit nach oben, legte mich aufs Bett und starrte die Decke an. Ich hörte Betty die Treppe hinunter zu Carlos Zimmer gehen. Ich wollte aufstehen und sie zurückhalten, aber ich blieb auf der Bettkante sitzen, zog meine Schuhe aus und legte mich wieder hin. Die Zigarette schmeckte auf einmal widerlich, aber ich rauchte sie auf, bis ich die Kippe nicht mehr halten konnte. Widerlich. Das Wort verdrängte meine Gedanken, wie der Rauch den Geschmack der Magensäure in meinem Mund vertrieb. Verdrängt. Verschmäht. Hilfe! Helga van Beuningen wurde verschmäht.

8

Im Februar fand Evert Hup, Arbeiter bei der Stadt Ijsselmonde, auf der Grünfläche vor den Wohnblocks von Hooydonk eine Pistolenkugel. Es war reiner Zufall: Sie geriet in die Maschine, mit der Hup die Ziermispeln beschnitt, und blockierte sie. Während er das spitze Stück Metall aus der Motorheckenschere herauspulte, fiel ihm der Zeitungsartikel über den Schlachthofdirektor Carlo van B. ein, der an Silvester seine Geliebte vom Balkon gestoßen und anschließend sich selbst erschossen hatte. Als ob nicht ganz Ijsselmonde gewusst hätte, um wen es sich bei Carlo van B. handelte! Außerdem fiel ihm ein, dass der Mörder zweimal geschossen hatte, die zweite Kugel jedoch nie gefunden wurde. Und er dachte sich, Freitagnachmittag um halb drei sei eigentlich eine gute Zeit, die Ziermispeln mit einer plausiblen Ausrede sich selbst zu überlassen.

Er fegte den Grünschnitt auf dem Weg zusammen, legte die Heckenschere auf sein orangefarbenes dreirädriges Gefährt und tuckerte zum Präsidium, wo Wachtmeester Krekels seinen direkten Vorgesetzten überging und Hup unverzüglich zu Inspecteur van Arkel brachte. Leider hatte van Arkel Besuch, sodass der arme Hup eine halbe Stunde seines kostbaren Freitagnachmittags verstreichen sah, bevor er seinen Fund melden konnte. Krekels nahm Hups Fingerabdrücke. Hup wagte nicht zu fragen, ob er die Kugel, die Krekels in einer Plastiktüte auf den Schalter gelegt hatte, dem Inspecteur persönlich übergeben dürfe. Er fragte sich gerade, ob er sie nicht lieber zwischen den Büschen hätte liegen lassen sollen, als van Arkel ihn bat, einzutreten. Hup hatte seine Geschichte in ein paar Minuten erzählt. Die Reaktion enttäuschte ihn ein wenig. Vielleicht machten sich Kugeln doch besser in der Kneipe als im Polizeipräsidium, wo man öfter mit den Dingern zu tun hatte, dachte er und freute sich schon darauf, gleich an der Theke von seinem Abenteuer zu berichten. Dafür würde er mindestens einen ausgegeben kriegen, und wenn er es ein bisschen spannend machte, vielleicht sogar zwei oder drei. Der Inspecteur dankte ihm für sein verantwortungsbewusstes Handeln und brachte ihn zur Tür.

Verdattert stand Hup auf dem Flur. Er hatte mit einer Belohnung gerechnet, die wenigstens für eine Anfangsrunde gereicht hätte, um die Aufmerksamkeit seines Publikums zu fesseln, und stattdessen wurde er mit einem warmen Händedruck abgespeist! Er beschloss, nie wieder irgendetwas zu melden, selbst wenn er eine komplette Leiche im Gebüsch fände, und ging grußlos an Wachtmeester Krekels vorbei hinaus.

Van Arkel holte die Kugel mit einer Pinzette aus der Plastiktüte und betrachtete sie unter der Lupe. Hups Maschine hatte Kratzer darauf hinterlassen, aber das Muster der Züge und Felder war noch erkennbar. Das Metall wirkte stumpf nach sechs Wochen im Freien. Auf der Rückseite zog sich eine Schleimspur entlang wie von einer Schnecke. Gab es Schnecken um diese Jahreszeit? Oder hatte sich Hup vor dem Fund geschnäuzt? Er schaute Krekels an, der vor seinem Schreibtisch stand, und fragte: »Haben Sie das Ding angefasst?«

»Ja, Inspecteur, mit meinem Taschentuch.«

»In das Sie sich reingeschnäuzt hatten?«

»Ja, Inspecteur.«

Die Schneckenspur war Krekels' Rotze! Van Arkel verzog das Gesicht und Krekels grinste.

»Haben Sie seine Fingerabdrücke genommen?«

Krekels reichte ihm das Blatt mit Hups zehn frischen Fingerabdrücken.

»Hat er allein gearbeitet?«

»Ja, Inspecteur.«

»Also niemand außer Hup und Ihnen hat die Kugel angefasst?«

»Nein ... Haben Sie ihn nicht danach gefragt?«

»Doch, mich interessiert nur, was er Ihnen erzählt hat.«

»Wohl dasselbe wie Ihnen«, antwortete Krekels trocken.

»Wann haben Sie Dienstschluss?«

»Um fünf.«

»Wir haben jetzt zehn nach vier. Ist außer Ihnen noch jemand da?«

»Bakker und Spruit sind gerade von der Streife zurück.«

»Gut, dann soll Spruit die Wache besetzen und Sie bringen die Kugel zu Adjutant Bol in Zwolle. Gute Arbeit, Krekels. Aber in Zukunft erledigen Sie solche Dinge bitte über Adjutant Vermeer.«

»Ich dachte ... Weil Sie doch den Fall bearbeiten ...«

»Vermeer ist Ihr Vorgesetzter. Wenn Sie Fehler machen, trägt er die Verantwortung.«

»Aber das war doch kein Fehler!«, erwiderte Krekels empört.

»Nein, es war alles in Ordnung. Aber jetzt machen Sie sich lieber auf den Weg, sonst ist Bol wirklich weg.«

»Was soll ich tun, wenn er nicht mehr da ist?«

»Dann geben Sie die Kugel beim Hausmeister ab und bleiben dabei, bis er sie im Tresor eingeschlossen hat. Sie lassen sich eine Quittung geben und legen die hier in den Tresor.«

»Wäre es nicht einfacher, wenn Sie jetzt in Zwolle anrufen und wir die Kugel in unseren Tresor legen würden, falls Adjutant Bol schon weg ist?«

»Krekels, das ist eine richtig gute Freitagnachmittagsidee. Warten Sie einen Moment.«

Am Montagmorgen stand Klein am Fenster von van Arkels Büro und beobachtete das Schiff, das unter der Brücke hindurchfuhr.

»Neunzig Meter«, sagte er.

»Letzte Woche hatte ich eins von hundertdreißig Metern«, bemerkte van Arkel.

»Gewonnen«, sagte Klein. »Was hast du vor, Ben? Willst du den Fall neu aufrollen?«

»Wenn nötig, schon.«

»Warum?«

»Auf der Grünfläche vor Lindas Haus wurde eine Kugel aus Carlos Pistole gefunden.«

»Stimmt, das steht hier.«

»Wundert dich das denn nicht?«

»Dass jemand die Kugel gefunden hat oder dass sie dort lag?«

»Beides.«

»Aber wir wissen doch, dass er zwei Mal geschossen hat.«

»Schon, aber nicht warum.«

»Und das kann dir die Kugel sagen?«

»Nein.«

»Spielt es denn überhaupt eine Rolle?«

»Jonathan, du hast mir den Fall übertragen, weil bei dir

die Alarmglocken geklingelt haben. Jetzt finden wir etwas, was vielleicht dein Misstrauen rechtfertigt, und du nörgelst herum.«

»Ich nörgle nicht«, antwortete Klein schroff. »Ich möchte nur, dass du behutsam vorgehst.«

»Dann mach's doch selbst!«, entfuhr es van Arkel. Draußen ertönte ein Schiffshorn. Das war der Kaventsmann der Woche: hundertfünfunddreißig Meter.

Sie schauten sich an.

»Tut mir leid«, sagte van Arkel.

»Du hast ja Recht«, sagte Klein. »Ich nörgle herum. Natürlich musst du in der Sache etwas unternehmen. Aber als ich heute Morgen Bols Bericht sah, bin ich wütend geworden, ohne zu wissen warum. Was mischt der sich da ein?, fragte ich mich, bis mir klar wurde, dass du den Bericht angefordert hast. Da habe ich mich noch mehr aufgeregt. Warum? Keine Ahnung.«

»Du bist wenigstens ehrlich. Aber warum hast du dich denn nun so aufgeregt?«

»Weiß ich wirklich nicht. Ohne erkennbaren Grund, wie ich schon sagte.«

»Willst du jemanden schützen?«

»Nein. Wen denn?«

»Helga.«

»Ach, hör doch auf! Was fällt dir eigentlich ein?«

»Gar nichts, war nur so dahergesagt.«

»Ben, hör auf mit dem Quatsch. Ich will nichts von Helga, ich kriege nichts von Helga und ich habe nichts mit Helga. Okay?«

»Okay.«

Jemand klopfte an die Tür. Schilder. Hinter ihm stand ein kräftiger Mann, der ihm ähnlich sah. »Tag, Inspecteur.

Entschuldigung, ich wusste nicht, dass der Commissaris bei Ihnen ist.«

»Ich wollte gerade gehen«, sagte Klein.

Schilder trat beiseite. »Wir wollen nicht stören, Commissaris. Ich, äh …«

»Schon gut, kommen Sie ruhig rein. Wen bringen Sie uns denn da mit?«

»Das ist mein Cousin«, erklärte Schilder. »Rens Enkelt. Commissaris Klein, Inspecteur van Arkel.«

Enkelt hatte den täuschend schlaffen Händedruck eines Bauern, der Händeschütteln für Quatsch hält.

»Rens ist Fleischbeschauer«, fuhr Schilder fort. »Er hat mir etwas über die Firma Van Beuningen erzählt, wovon ich glaube, dass er es Ihnen persönlich sagen sollte.«

»Dann bleib doch bitte noch einen Moment hier, Jonathan«, sagte van Arkel. »Setzen Sie sich, Meneer Enkelt. Tasse Kaffee?«

»Gern«, sagte Enkelt. »Mit Milch und Zucker, bitte.«

»Ich gehe welchen holen«, erbot sich Schilder. »Sie auch beide einen?«

»Gern«, sagte van Arkel. »Auch mit Milch und Zucker.«

Schilder war schnell wieder da. »Jemand bringt gleich welchen.«

»Gut«, sagte van Arkel. »Also, Meneer Enkelt, was haben Sie Roelof erzählt?«

»Ich bin Beschauer für Vieh und Fleisch«, begann Enkelt. »Heute Morgen war ich bei van Beuningen. Teun Keppel hatte mich angerufen, ich sollte frisch eingetroffene Schlachttiere begutachten. Schöne Tiere. Gut im Futter.«

»Was ist daran verkehrt?«, fragte Klein.

Enkelt lächelte. »Gut im Futter bedeutet, gut mit Hormonen gefüttert. Von außen kann man nichts erkennen, aber manchmal sehen sie einfach ein klein wenig zu prachtvoll aus. Um unerlaubte Hormongaben nachzuweisen, braucht man dann schon eine Urinprobe.«

»Haben Sie eine genommen?«, fragte Klein.

»Ja.«

»Sie sagen, die Tiere sahen gut aus«, sagte van Arkel. »Was genau hat Ihnen nicht gefallen?«

»Sie waren zu ruhig. Man stellt sich nicht mitten in eine Herde Stiere, wenn man nicht einen verdammt guten Grund dazu hat, und viele Leute würden es selbst dann nicht tun. Niemand setzt für einen Becher Stierpisse sein Leben aufs Spiel. Aber zwischen diesen Tieren konnte man einfach so hindurchspazieren. Ich konnte daneben stehen bleiben und warten, bis der Stier fertig gepinkelt hatte.«

»Was hat diese unnatürliche Ruhe zu bedeuten?«

»Dass Hormone im Spiel sind. Clenbuterol macht sie noch unberechenbarer als sonst, von anderen Hormonen dagegen werden sie außergewöhnlich phlegmatisch.«

»Aber das ist doch ein Fall für den *Algemene Inspectiedienst,* das Amt für Lebensmittelüberwachung, oder?«, fragte van Arkel.

»Ja, normalerweise wende ich mich direkt an den *AID.* Aber heute Morgen dachte ich mir, ich schaue doch lieber zuerst mal bei Roelof vorbei. Sie haben doch die Sache mit van Beuningen und seiner Freundin bearbeitet?«

»Ja, haben wir«, antwortete van Arkel. »Der Fall ist allerdings abgeschlossen.«

Schilder warf ihm einen überraschten Blick zu. »Haydar hat mir doch erzählt, dass ihr heute Morgen in Lindas Wohnung wart? Wozu denn?«

»Kann sein, dass die Ermittlungen wieder aufgenommen werden«, sagte van Arkel.

»Was war nun der eigentliche Grund für Ihr Kommen?«, fragte Klein. »Mit Hormonen behandelte Rinder sehen Sie wahrscheinlich häufiger. Wenn Sie einen Verdacht haben, wenden Sie sich an den *AID*. Warum übergehen Sie Ihre Behörde? Was ist so ungewöhnlich an diesen ruhigen Stieren?«

»Teun Keppel. Er wirkte außerordentlich beunruhigt. Als van Beuningen noch lebte, schlachteten sie Schweine. Er kannte eine Methode, das Fleisch aufzuwerten, wodurch er es preiswert kaufen und zu normalen Preisen wieder verkaufen konnte. Die Methode an sich hielt er geheim, aber wir konnten uns überall frei bewegen und uns alles anschauen.«

»Aber so sollte es doch auch sein?«

Enkelt lachte. »Ich könnte ein ganzes Buch über die Tricks der Schlachthofbesitzer schreiben, mit denen sie schlechtes Fleisch durch die Kontrollen bringen. Ein ekliges Buch. Aber van Beuningen war ein Muster an Korrektheit. Und er lieferte qualitativ hochwertige Ware, denn einen Vertrag mit *Nawijn* erhält man nicht so ohne Weiteres.«

Van Arkel dachte daran, was van Haaften, der Fleischqualitätsprüfer am Institut für Viehzucht, ihm erklärt hatte. Van Beuningen hatte eine ausgewogene Kombination von Substanzen verwendet, die die Entwicklung von Bakterien verhinderte. Als Trägersubstanz diente p-TSA, Paratoluensulfonamid. Es handelte sich um eine wirkungsvolle, aber riskante Mischung, deren Anwendung äußerste Sorgfalt erforderte. Ein Milligramm zu viel hätte eine Beanstandung des Fleisches nach sich gezogen, vor allem wenn es zur Verarbeitung in Babynahrung vorgesehen war.

»Seit Mitte Januar schlachten sie Rinder«, berichtete Enkelt. »Tiere, die innerhalb eines Jahres schlachtreif sind. Zwei Monate früher als gewöhnlich.«

»Also sind sie voll gepumpt mit Gift«, schloss Klein.

»Alles legal. Gerade noch innerhalb der zulässigen Grenzen, aber ganz legal. Nein, mir gefällt nicht, woher die Tiere stammen.«

Klein und van Arkel schauten sich an. »Woher denn?«, fragte Klein.

»Von Krans«, sagte Enkelt.

»Wer ist Krans?«

»Ein Viehhändler aus Wolvega. Er arbeitet mit einer Reihe von Rindermästern in Friesland und Overijssel zusammen. Er bringt die Jungtiere zu den Mästern und kauft sie zurück, wenn sie schlachtreif sind. Wir wissen, dass er sie mit Zeug voll spritzt, von dem die Wissenschaft noch nicht mal weiß, dass es überhaupt funktioniert. Aber es funktioniert.«

»Woher wissen Sie das?«

»Alle arbeiten für Anton Krans«, antwortete Enkelt bedrückt. »Alle und jeder, und niemand hat den Mut, ihn in seine Schranken zu weisen.«

»Sie sind kein Freund von ihm«, stellte van Arkel fest.

»Einige meiner Kollegen machen mit ihm gemeinsame Sache. Kein böses Wort über Anton Krans.«

»Aber Teun Keppel ist nicht begeistert von ihm, wenn ich Sie richtig verstanden habe.«

»Nein. Teun weiß, wo's langgeht. Wenn er für uns arbeiten würde, wäre er der Beste in den ganzen nördlichen Niederlanden. Aber er arbeitet für van Beuningen.«

»Wie verstehen sich die beiden eigentlich?«, fragte Klein. »Teun und Mevrouw van Beuningen?«

»Nicht schlecht, glaube ich«, sagte Enkelt zurückhaltend. »Jedenfalls zu Anfang. Aber Teun ist nicht damit einverstanden, dass Krans ihnen Ware liefert.«

»Warum beanstanden Sie die Tiere nicht offiziell?«

»Weil sich alles innerhalb des gesetzlichen Rahmens bewegt. Ich hoffe, dass die Urinprobe etwas ergibt, aber wenn wir wieder nur zulässige Substanzen finden oder verbotene Stoffe in zu kleinen Mengen oder neuen Dreck, der sich erst im Nachhinein wieder als verboten erweist, sind mir die Hände gebunden. Und dem *AID* ebenso.«

Wer ist dieser Krans?, fragte sich van Arkel. Viehhändler aus Wolvega? Noch nie von ihm gehört. Dabei waren dubiose Händler bei den Polizeibehörden in der Umgebung meist bekannt. Er nahm sich vor, am Nachmittag die Fühler auszustrecken. In Wolvega wusste man sicher etwas über ihn.

»Sie verdächtigen den Händler also der Verwendung von unerlaubten Hormonen, können ihm aber nichts nachweisen«, sagte er.

»Genau.«

»Wollen Sie Anzeige erstatten?«

Enkelt lachte verbittert. »Anzeige? Weswegen? Weil seine Tiere so ruhig sind?«

»Warum war es Ihnen so wichtig, uns das alles mitzuteilen?«, fragte Klein.

»Ich habe einen Enkel«, sagte Enkelt. »Er ist drei Monate alt und trinkt derzeit Gott sei Dank noch gesunde Muttermilch. Aber ich darf gar nicht daran denken, dass demnächst in seinen *Nawijn*-Babygläschen Fleisch von Krans drinsteckt. Und wäre es nur ein ppb von dem

Zeug: Was Krans reinpantscht, ist pures Gift, das garantiere ich!«

»Wie viel ist ein ppb?«, fragte Klein.

»Ein *part per billion.* Ein Millionstel.«

»Wurde er je verurteilt?«

»Einmal wegen Geschwindigkeitsübertretung und einmal wegen Gewalttätigkeit. Aber noch nie wegen Hormonmissbrauchs.« Enkelt stand auf. »Sie müssen selbst wissen, was Sie damit anfangen. Ich mache mich jetzt mit meiner Probe auf zum Amt. Danke für den Kaffee.«

»Ich erinnere mich daran, dass Linda letztes Jahr auch den Namen Krans erwähnte«, sagte Schilder, nachdem Enkelt weg war. »Als wir an dem Fall Hendrik Mulder arbeiteten.«

»Welchen Zusammenhang gibt es zwischen Krans und Mulder?«

»Linda.«

»Das musst du uns erklären«, sagte van Arkel.

»Krans war ein Freund von ihr, oder ein Kunde. In letzterem Fall muss er ein guter Kunde gewesen sein.«

»Aber das ist ein Jahr her.«

»Stimmt.«

»Es nützt uns also jetzt nichts.«

»Na ja«, meinte Schilder unglücklich. »Ich dachte, Sie beschäftigen sich noch mit diesem Fall. Ach, ich hätte Enkelt besser gar nicht hergebracht, sondern ihm einfach einen Kaffee angeboten und ihn zum *AID* geschickt, wie Sie schon sagten.«

Van Arkel schaute ihn nachdenklich an. »Sie werden nochmal ein guter Ermittler, Schilder. Sie haben eine feine Nase.« Er lächelte, als er Schilders erstauntes Gesicht sah. »Gute Arbeit. Morgen unterhalte ich mich mal mit der neuen Schlachthofdirektorin über ihren wichtigsten Zulieferer.«

»Wir haben nichts in der Hand«, wandte Klein ein. »Nichts als eine lausige Pistolenkugel …«

»Aus Carlo van Beuningens Pistole«, sagte van Arkel.

»Abgefeuert, kurz bevor er Selbstmord beging«, fügte Schilder hinzu.

»Und was beweist das?«

»Dass er auf jemanden geschossen hat.«

»Auf wen denn? Jemanden im Park? Im Stockdunkeln? Mit einer Pistole auf ein bewegliches Ziel fünfzig Meter entfernt?«

»Nehmen wir mal an, dass er die Waffe auf einen Bekannten von Linda richtete. Sie lässt X herein und stellt sich neben Carlo auf den Balkon. Carlo und X geraten in Streit. Carlo zieht die Pistole und zielt auf X, doch Linda drückt Carlos Arm hoch, sodass das Projektil im Park einschlägt. Er schubst sie weg, sie verliert das Gleichgewicht und fällt über die Brüstung. Carlo begreift, dass er seine Geliebte ermordet hat, und begeht Selbstmord.«

»Möglich«, sagte Klein. »Alles, was du sagst, wäre möglich. Leider sind die Zeugen tot.«

»Bis auf einen«, wandte Schilder ein. »Was für eine Schuhgröße dieser Krans wohl hat?«

»Seht ihr, genau davor habe ich Angst«, sagte Klein. »Wir kriegen einen Tipp und ihr habt sofort einen Verdächtigen parat.«

»Einen Zeugen«, erwiderte van Arkel. »Niemand beschuldigt Krans des Mordes.«

»Das wäre ja auch noch schöner.«

»Warum hast du solche Angst davor, dass sich deine und Helgas Vermutungen bestätigen?«

»Weil wir nichts in der Hand haben, Ben. Dass diese Kugel gefunden wurde, ist ja gut und schön, aber es bestätigt nur, was wir bereits wussten.«

»Ja, wir wussten von der türkischen Nachbarin, dass zwei Schüsse gefallen waren, aber nicht, wo das zweite Projektil eingeschlagen war.«

»Ben, was suchen wir jetzt bei der Fleischmafia? Lass die zuständige Behörde das machen. Du kannst doch keinen Stier von einem Ochsen unterscheiden.«

»Ich bleibe brav draußen stehen und streichle den Viechern die Nase.«

Klein seufzte. »Na gut, wenn du unbedingt willst. Ein Millionstel Teil. Das ist verflixt wenig. Wenn ihr schon hingeht, könnt ihr gleich fragen, wie die das messen.«

9

Heute Morgen erwachte ich mit starken Nackenschmerzen. Es war halb sechs, zu früh, um aufzustehen, zu spät, um wieder einzuschlafen. Ich wagte es nicht, aufzustehen und auf die Toilette zu gehen, und bewegte vorsichtig den Kopf auf dem Kissen hin und her. Ich schlafe auf dem Rücken, eine Haltung, die leicht zum Schnarchen führt, doch laut meinem bis dato einzigen Bettgenossen schlafe ich fast geräuschlos. Carlo erzählte zwar, ich rede manchmal im Traum, doch was ich sagte, verriet er nicht. Unverständliches Zeug, behauptete er, wann immer ich ihn danach fragte. Ich kann mich nicht an meine Träume erinnern, aber in letzter Zeit müssen es schlechte Träume sein. Ich erwache oft in Schweiß gebadet, in einer merkwürdigen, verdrehten Haltung, manchmal mit Kopfschmerzen, manchmal mit rauem Hals. Ob ich im Schlaf schreie? Zudem kommt es mir vor, als würde der morgendliche Geschmack in meinem Mund von Jahr zu Jahr ekelhafter. Wie kann man sich nur morgens küssen! Für manche scheint das der Gipfel der Wollust zu sein, ein Morgenkuss mit weit geöffnetem Mund. Als wir jung verheiratet waren, machten wir das auch, wie überhaupt alles, was sich für sittsame junge Frauen gewiss nicht gehörte, aber heute wird mir schon allein bei der Vorstellung übel.

Ich massierte meinen Nacken, erst vorsichtig, dann mit kräftigen Bewegungen, und versuchte dabei, an gar nichts zu denken. Leere deinen Geist, riet mir mein Yogalehrer, als ich ihm von den Anfällen berichtete, lass den Schmerz durch deine Fersen hindurch in die Erde strömen. Er ist ein schlanker Mann und in einer ununterbrochenen, fließenden Bewegung legte er sich hin, demonstrierte die Übung und stand wieder auf.

Die Schmerzen wurden erträglich. Ich ging ins Badezimmer und machte mich zurecht. Ich hörte die Zeitung auf die Fußmatte in der Diele plumpsen und beschloss, die gewonnene Stunde zu nutzen, um mich meinen alten morgendlichen Gewohnheiten zu widmen: Apfelsinen auspressen, Tee aufsetzen, die Zeitung lesen und überlegen, womit ich den Tag verbringen wollte. Seit ich Carlos Stelle einnehme, stehe ich morgens um halb sieben auf, dusche, ziehe mich an, esse im Stehen ein Butterbrot und fahre in die Firma. Carlo war immer um halb acht da, egal wie spät es am Vorabend auch geworden war, und ich wollte nicht hinter ihm zurückstehen. Teun meinte, das sei doch nicht nötig. Die Anwesenheit einer Frau mache die Jungs nur nervös, denn vor der Chefin konnten sie den Arbeitstag nicht mit den rituellen schlüpfrigen Witzen beginnen. Je schlüpfriger, desto besser. Davon hatte mir Carlo nie etwas erzählt. Teun übrigens auch nicht.

An meinem ersten Tag trug ich einen engen Rock und hochhackige Schuhe, der dümmste Aufzug, den man sich in einem Schlachthof mit rutschigem Boden und fünfunddreißig Kerlen mit Röntgenblick nur vorstellen kann. Der Wunsch, dass ich hinfallen würde, war fast mit Händen zu greifen, aber ich schaffte es bis zum Ende des Ganges und erklomm die schmale Eisentreppe zur Galerie, wobei die Schlachter meine Beine angafften und erst, nachdem Teun Keppel sie zur Ordnung gerufen hatte, widerwillig zurück an die Arbeit gingen. Geil sind sie, diese Schlachter, dreckig und geil. In dem Moment fühlte ich mich beschmutzt, aber der Gedanke an ihr unverhohlenes sexuelles Interesse brachte heute Morgen die Erinnerung an eine weitere angenehme alte Gewohnheit zurück, die während des letzten Monats eingeschlafen war. Ich setzte mich nackt auf den Hocker vor meinen Frisiertisch und masturbierte, wobei ich erregt mein Spiegelbild anstarrte. Ich schrie, als ich zum Orgasmus kam. Anschließend stand ich auf und betrachtete mich mit dem kritischen Blick einer anderen Frau. Sogar Betty müsste zugeben, dass man mir meine fünfundvierzig Jahre nicht ansieht, und auch nicht, dass ich zwei Kinder geboren und gestillt habe. Alles ist noch rund und fest. Die Männer schauen mir hinterher. Manche äußern ganz offen ihre Bewunderung, doch Carlo war der Einzige, der mich je nackt gesehen hat.

Carlos Tod befreite mich von der Vorstellung, dass Sex im Wesentlichen etwas Schmutziges ist, sogar mit dem Mann, den man liebt. Schmutzig und nervtötend, allen Experimenten in diesem ersten, herrlichen Jahr zum Trotz. Danach war es bestenfalls noch ein übel riechender Pflichtakt. Warum die eine Hälfte der Menschheit den Geschlechtsverkehr genießt und die andere nicht, bleibt ein düsteres, unergründliches Geheimnis. Übrigens gilt dasselbe für Tiere, wie mir aufgefallen ist. Ich habe gesehen, wie Pferde, Schweine und Affen sich paarten, und bei allen beobachtete ich dieselbe willenlose Unterwerfung der weiblichen Exemplare. Das Männchen rammelt drauflos, das Weibchen steht reglos da, mit abgewandtem Kopf, während das Männchen es in den Nacken beißt. Hat Gott das so gewollt? Warum hat Er nicht dafür gesorgt, dass diese geteilte Auf-und-ab-Bewegung im Schritt bei beiden Geschlechtern dieselben Gefühle auslöst? Wie würde die Welt aussehen, wenn der Liebesakt, beziehungsweise das uninspirierte Schauspiel, zu dem er in den meisten Ehen verkommt, bei Frauen ein stärkeres Gefühl auslöste als den Impuls, die Beine zusammenzupressen? Ich habe mich mal mit Irene darüber unterhalten. Sie reagierte mit spürbarem Widerwillen, woraus ich schloss, dass es ihr nicht anders ging als mir. Ansonsten ist dieses Thema unter Frauen tabu und auch das ist kennzeichnend für die Rolle der körperlichen Beziehungen in unserem Damendasein. Dennoch lauert der Sex hinter jeder Ecke, wann immer ein Mann und eine Frau zusammentreffen. Ob Carlo wusste, wie ich darüber denke? Nein, natürlich wusste er es nicht. Schließlich haben wir nie darüber geredet. Es ergab sich einfach, und weil wir nie darüber sprachen, dachten wir, so müsse es sein. Im Übrigen verhielt sich Carlo wie ein Herr. Außer in diesem ersten Jahr, in dem es uns gar nicht verrückt genug zugehen konnte, in dem wir uns Dinge zuflüsterten, die ich bis dahin nur zu mir selbst gesagt hatte, und wir Dinge taten, die ich bis dahin nur in meiner Fantasie getan hatte. Ich fand alles wunderbar, solange ich ihn roch. Doch als der Gestank des Schlachthofs seinen Geruch verdrängte, fingen wir an, uns im Bett wie zivilisierte Menschen zu benehmen. Er erkundigte sich höflich nach meinen Wünschen. Er stützte sich auf den Ellbogen ab und achtete darauf, dass er mir nicht ins Gesicht atmete, wenn er kam. Hinterher brachte er einen Waschlappen und ein Handtuch und meistens ging er nach unten und setzte eine Kanne Tee auf, während ich mich wusch. Der Tee tat gut; was dem vorherging war jedoch nichts im Vergleich zu unserem ersten Jahr und den drei Wochen im letzten Herbst, als wir eine ungeahnte Reprise unserer ersten Ehemonate erlebten. Das waren auch die einzigen Phasen, in denen ich nicht masturbierte. Ich hatte mit dreizehn Jahren damit angefangen und diese Gewohnheit zu einem Genuss vervollkommnet, den ich mit niemandem teilen wollte. Betty erwischte mich einmal, als ich nackt vorm Spiegel saß, eine Hand in meinem Geschlecht, mit der anderen den Spiegel umklammernd, meine Brüste am Glas reibend. Sie war neun Jahre alt. Ich vergesse nie, wie sie mich ansah. »Es hat Mama unten gejuckt, Liebes.« Sie rannte weg. Ich schämte mich zu Tode. Anschließend tat ich so, als sei nichts geschehen, versuchte, sie abzulenken, etwas Schönes mit ihr zu unternehmen. Doch ihre Unbefangenheit lag auf der Schwelle meines Schlafzimmers und zum ersten Mal gingen wir behutsam wie Erwachsene miteinander um.

Plötzlich wurde mir bewusst, dass sie zu Hause war. Hatte sie mich schreien hören? Rutsch mir den Buckel runter, Betty. Das hier ist mein Haus! Ich schreie, wann ich es will. Dennoch fühlte ich mich unbehaglich und zog mich rasch an. Beim Frühstück sagte sie nichts, warf mir nur einen forschenden Blick zu. Wir aßen schweigend.

»Was hast du heute vor?«, fragte ich, nachdem wir den Tisch abgeräumt hatten.

»Weiß ich noch nicht.«

»Hast du Lust mitzukommen?«, fragte ich in einem plötzlichen Impuls.

»Bleibst du den ganzen Tag?«

»Ja.«

Sie dachte einen Augenblick nach und sagte dann: »Warum nicht.«

Wir hörten Teun Keppels tiefe Stimme, als wir die Treppe hinaufstiegen. Eine andere bekannte Stimme antwortete ihm, und als ich die Tür zu Teuns kleinem Büro öffnete, saßen sich die beiden mit wütenden Gesichtern gegenüber. Ich dachte an mein letztes Gespräch mit Inspecteur van Arkel vor inzwischen sechs Wochen und die Erinnerung daran war ebenso deutlich wie unangenehm. Betty ging durch zu meinem Büro.

»Morgen Teun, morgen Inspecteur«, sagte ich. »Was führt Sie so früh schon hierher?«

»Die Arbeit«, antwortete er abweisend. »Ich unterhalte mich gerade mit Meneer Keppel. Anschließend komme ich zu Ihnen.«

»Die Höflichkeit in Person, wie üblich«, bemerkte ich spöttisch, doch er ignorierte mich und schaute Teun Keppel an. »Ich habe nichts hinzuzufügen«, sagte Teun.

»Aber ich«, erwiderte van Arkel, stand auf und schob mich zur Tür hinaus. Ich war zu verblüfft, um zu reagieren. Teun grinste und drückte auf eine Taste des Telefons. Ich ging in mein Büro, von wo aus man das Schlachthaus überblicken kann, ohne selbst gesehen zu werden, und in das der Gestank der toten und sterbenden Tiere nicht hineindringt.

»Was will der Typ hier?«, fragte Betty empört, doch ich bedeutete ihr, still zu sein, und drückte eine Taste auf meinem Telefon. Carlo und Teun konnten mithören, was im Büro des anderen geredet wurde, ohne dass ihre Gesprächspartner es bemerkten. Die Sprechanlage wird über eine unauffällige Telefontaste bedient. Ich betrachtete es als Vertrauensbeweis, dass Teun mir das gleich an meinem ersten Arbeitstag erklärt hatte. Der Apparat rauschte leise.

»… einfach so hier reinzuplatzen!«, hörte ich van Arkel sagen.

»Zufällig ist sie nun mal meine Chefin«, erwiderte Teun. Guter, alter Teun! Seine Stimme klang ein wenig blechern, doch man konnte ihn klar und deutlich verstehen.

»Gehört ihr jetzt die ganze Firma?«, fragte van Arkel.

»Ja. Ihr und den Kindern.«

»Und sonst gibt es keine weiteren Nutznießer oder Anteilseigner?«

»Nein.«

Was könnte befriedigender sein, als ein Verhör zu belauschen, dessen Gegenstand man selbst ist? Ich lauschte gespannt. Betty ebenfalls. Sie zeigte auf den Notizblock auf meinem Schreibtisch, aber ich bedeutete ihr mit einer kleinen Pantomime, dass das Gespräch auf Band aufgezeichnet wurde.

»Gut. Danach kann ich sie auch gleich selbst nochmal fragen«, sagte der Inspecteur. »Von Ihnen möchte ich jetzt wissen, ob an folgender Geschichte etwas Wahres dran ist.«

Er gab wieder, was er von Enkelt gehört hatte. Teun hörte zu, ohne ihn zu unterbrechen. Als van Arkel ausgeredet hatte, herrschte einen Augenblick Stille. Wir konnten ihn atmen hören, ein merkwürdiges, vibrierendes Geräusch in der Sprechanlage.

»Nun?«, fragte van Arkel.

»Dummes Geschwätz!«, sagte Teun. Ich hätte ihn umarmen können. Schade, dass ich das Gesicht des Inspecteurs nicht sehen konnte.

»Sie bezeichnen also das, was ein vereidigter Fleischbeschauer der Polizei erzählt, als dummes Geschwätz?«, fragte van Arkel. »Und er ist nicht nur vereidigter Fleischbeschauer, sondern auch Beamter im Dienst und an seinen Amtseid gebunden.«

»Amtseid, dass ich nicht lache«, sagte Teun. »Stopf ihm einen Hunderter in den Hintern und er furzt in jede Richtung, die du willst.«

Betty biss sich auf die Lippen. Ich hatte sie seit Monaten nicht mehr so fröhlich gesehen.

Van Arkel lachte leise. »Sie behaupten also, dass er korrupt ist.«

»Ich behaupte gar nichts.«

»Das merke ich«, erwiderte van Arkel trocken. »Und Sie sind auch nicht verpflichtet, sich in irgendeiner Form zu äußern, obwohl Sie dadurch unsere Ermittlungen erheblich vereinfachen würden.«

»Was habt ihr denn mit diesem Dreckszeugs zu tun?«, fragte Teun. »Sollte irgendwas nicht in Ordnung sein, schaltet Enkelt den *AID* ein, und die entscheiden dann, ob sie euch hinzuziehen oder nicht.«

»So läuft es auch«, sagte van Arkel. »Natürlich wurde Enkelts Meldung dorthin weitergeleitet. Ich sitze hier aus einem ganz anderen Grund, nämlich wegen des Todes Ihres Chefs.«

»Aber die Sache ist doch längst geklärt?«

»Es haben sich neue Entwicklungen ergeben, die eine nähere Untersuchung wünschenswert erscheinen lassen.«

»Welche Entwicklungen?«

»Wir haben die zweite Kugel aus seiner Pistole im Park vor dem Mietshaus gefunden.«

»Wegen Silvester.«

»Wie bitte?«

»Wegen Silvester«, wiederholte Teun. »Anstatt einen Knaller zu zünden, hat er seine Pistole abgefeuert.«

»Sogar an diese abwegige Möglichkeit haben wir gedacht«, gab van Arkel zu.

»Ist sie denn so abwegig?«

»Ja, ziemlich. Sie kannten ihn doch gut, vielleicht genauso gut wie seine Frau ...« Besser, dachte ich. »Können Sie sich Carlo van Beuningen vorstellen, wie er mit seiner Freundin auf dem Balkon steht und fröhlich in die Luft ballert?«, fuhr van Arkel fort.

»Nein.«

»Wie erklären Sie sich dann diese zweite Kugel?«

»Woher soll ich das wissen? Ich bin schließlich nicht dabei gewesen.«

»Welche Schuhgröße haben Sie?«, fragte van Arkel unvermittelt.

»Sechsundvierzig«, brummte Teun. »Die richtige Größe, um Polizisten mit einem Tritt zur Tür hinauszubefördern.«

»Der Mann, der am Silvesterabend bei Linda war und die beiden möglicherweise als Letzter lebend gesehen hat, hat Schuhgröße sechsundvierzig.«

Stille. Atmen. Betty und ich schauten uns an. Jetzt befördert er ihn wirklich mit einem Tritt hinaus, dachte ich. Es würde ein Kampf der Titanen werden, denn der Inspecteur wirkte ebenso stark wie Teun. Der stand offenbar auf, denn seine Stimme entfernte sich vom Mikrofon und klang kurz darauf ganz nah, als säße er auf der Schreibtischkante, ganz dicht am Apparat.

»Gesetzt den Fall, ich wäre dieser Mann«, sagte er ruhig. »Was hätte ich dort zu suchen gehabt?«

»Sagen Sie's mir.«

»Was hat der Mann mit Schuhgröße sechsundvierzig mit dem zweiten Schuss zu tun?«

»Das ist natürlich die Frage, um die es hier geht«, antwortete van Arkel. »Es gibt verschiedene Möglichkeiten.

Er kann zufällig abends vorbeigekommen sein – obwohl es kein Abend war, um zufällig vorbeizukommen. Er kann eine Nachricht für einen von beiden oder für beide gehabt haben, die so dringend war, dass sie keinen Aufschub duldete. Und er kann gekommen sein, weil Ihr Chef ihn erwartete. Carlo war so beunruhigt, dass er seine Pistole bei sich trug. Und seine Angst war berechtigt, denn der unbekannte Besucher tötete ihn, unterstützt von Linda, mit seiner eigenen Waffe, und zwar so raffiniert, dass es wie Selbstmord aussah.«

»Und Linda sprang anschließend vor Freude vom Balkon.«

»Das ist der Schwachpunkt in dieser Theorie«, gab van Arkel zu.

»Aber es wurden doch nur Fingerabdrücke von meinem Chef gefunden?«

»Es war kalt an jenem Abend. Der Mann könnte Handschuhe getragen haben.«

»Könnte«, sagte Teun. »Nehmen wir an, ich wäre es gewesen, weil ich zufällig Schuhgröße sechsundvierzig habe. Ich war es nicht, denn ich habe zusammen mit meiner Frau und meinen Kindern ferngesehen, aber nehmen wir einmal an, dass ich es war. Ich lebe vom Schlachthof! Warum hätte ich den Mann, den ich kannte wie meinen Bruder und der mich überaus anständig bezahlte, ermorden sollen?«

»Vielleicht, weil er dabei war, den Schlachthof herunterzuwirtschaften.«

Betty sah meine Verwirrung und rückte noch ein wenig näher an den Apparat heran.

»Er war mit dem Schlachthof verheiratet! Er war sein drittes Kind!«

»Und wie kommt es, dass jetzt, gut einen Monat nach seinem Tod, Gerüchte über dubiose Zulieferer die Runde machen? Früher hattet ihr einen guten Namen.«

»Den haben wir noch«, antwortete Teun. »Und solange ich hier sitze, behalten wir den auch.«

»Früher konnten die Prüfer vom *AID* hier nach Belieben ein und aus gehen«, sagte van Arkel. »Nicht dass sie häufig Anlass dazu gehabt hätten, denn die Kollegen vom *AID* erzählten mir, dass es nie Grund zu Beanstandungen gab, trotz der geheimen Methode zur Fleischaufwertung. Freier Zugang, sagte Waanders. Und jetzt? Abgeriegelt wie ein Fort!«

»Es hat sich nichts geändert«, beharrte Teun stur. »Gut, wir schlachten jetzt Rinder statt Schweine. Aber die Prüfer können sich nach wie vor überall umsehen. Der frühere Chef bestand darauf und die neue Chefin hält es genauso. Ihr könnt uns nichts anhängen!«

»Aber ihr schlachtet jetzt zum ersten Mal Vieh von Krans.«

»Na und?«

»Jetzt kommen Sie schon, Meneer Keppel! Wenn in Ihren Fachkreisen der Name Krans fällt, wird jeder sofort hellhörig. Früher hätte dieser Mann hier keinen Fuß über die Schwelle gesetzt.«

»Im letzten Jahr hat Krans lebendes Vieh noch nach Italien ausgeführt.«

»Und warum tut er das jetzt nicht mehr?«

»Haben Sie im deutschen Fernsehen die Berichte über die Tiertransporte gesehen?«

»Ja. Widerlich.«

»Deshalb lässt Krans jetzt in den Niederlanden schlachten. Und wir fahren gut damit.«

»Was ist mit Ihren früheren Lieferanten?«

»Ich habe einen Schwager im Holzhandel«, sagte Teun. »Da gibt es einen Spruch: Bäumchen groß, Pflanzer tot. Bei uns heißt es so ähnlich: Schlachter tot, Handel bedroht. Wenn man im Fleischgeschäft eine Woche lang den Betrieb stilllegt, wie es bei uns im Januar der Fall war, ist man seine Geschäftspartner los. Die Kollegen heulten Krokodilstränen und währenddessen schnitten sie mir die Schinken vom Hintern. Wir hatten Aufträge für einen Monat, die verloren wir innerhalb einer Woche. Ich arbeite nicht, flugs springt ein anderer ein. Er arbeitet für ein paar Cent weniger und da bleibt so ein Kunde dann hängen, verstehen Sie?«

»Absolut«, sagte van Arkel. »Und in dieser Situation stand auf einmal Krans vor der Tür.«

»Mevrouw holt die Aufträge ein. Ich sorge dafür, dass geschlachtet wird, was sie einholt.«

»In Ordnung. Vielen Dank.«

Ich hörte, wie der Inspecteur seinen Stuhl zurückschob, und legte den Finger auf die Taste der Sprechanlage. Betty gab mir zu verstehen, ich solle noch nicht draufdrücken. Und so kam es, dass das Band noch lief, als er eintrat. Er schaute Betty an, die in provozierender Haltung sitzen blieb.

Er lächelte. »Guten Morgen, Betty.«

Sie war für einen Moment aus dem Konzept gebracht. »Morgen«, antwortete sie mürrisch.

»Mevrouw, ich würde mich gern einen Augenblick mit Ihnen unterhalten. Vielleicht muss ich Ihnen einige unangenehme Fragen stellen. Ich überlasse es Ihnen, ob Sie wünschen, dass Ihre Tochter dabeibleibt.«

Bettys Abwehr war deutlich spürbar.

»Ich habe keine Geheimnisse vor meinen Kindern«, sagte ich. »Ich möchte, dass sie hier bleibt.« Betty sah mich überrascht an.

»Wie Sie wollen. Aber bitte schalten Sie das Band aus.« Er zeigte auf das Telefon. Betty kicherte. Hastig schaltete ich den Apparat ab.

»Sie haben also gehört, was ich mit Meneer Keppel besprochen habe«, fuhr van Arkel fort. »Was haben Sie dem hinzuzufügen?«

»Nichts«, antwortete ich.

Er lächelte und sagte: »Dann hätte ich ein paar Fragen an Sie.« Ich schaute ihn an und versuchte, genauso entspannt auszusehen wie meine Tochter.

»Sie wissen, dass Ihr Lieferant verdächtigt wird, dem Schlachtvieh illegale Hormone zu verabreichen?«

»Ja.«

»Sie wissen auch, dass er einen so schlechten Namen hat, dass der *AID* von ihm belieferte Schlachthöfe regelmäßig ohne Vorankündigung kontrolliert?«

»Ja.«

»Warum machen Sie dann mit ihm Geschäfte?«

»Weil sie noch nie verbotene Substanzen gefunden haben«, antwortete ich tapfer.

»Sie lügen«, entgegnete er ruhig. »Der *AID* besitzt eine dicke Akte über Meneer Krans, und mein dortiger Kollege Waanders wird alles daransetzten, ihn zu erwischen. Ich nicht, denn ich verstehe nichts von Fleisch, außer dass es gut schmeckt. Aber der Gedanke, demnächst Fleisch aus Ihrem Schlachthof zu essen, ist weniger angenehm, als Sie und ich uns wünschen würden.«

»Inspecteur, ich bewundere Ihre Ausdrucksweise. Wirklich. Ich bin noch nie jemandem begegnet, der so konsequent in Klischees redet. Was haben Sie mit meinen Zulieferern zu tun? Und was haben diese wiederum mit Carlos Tod zu tun? Deswegen sind Sie doch hier, oder?«

»Sie haben ja schon die Geschichte mit der zweiten Kugel gehört. Was sagen Sie zu der Möglichkeit, dass ein Dritter dort war und Ihren Mann ermordet hat?«

»Vor sechs Wochen hielten Sie das noch für ausgeschlossen.«

»Ich habe nur gesagt, dass die Indizienlage auf etwas anderes hinwies.«

»Tatsachen, Meinungen ... Was spielt das für eine Rolle? Bekomme ich dadurch meinen Mann zurück? Meine Kinder ihren Vater?«

»Nein, aber das Gesetz muss seinen Lauf nehmen.«

»Wieder so eine Klischeevorstellung!«, rief ich. »Wenn Sie sich hören könnten! Mein Gott, ist das lächerlich!«

»Bist du der gleichen Meinung?«, fragte er Betty.

»Nein, ich finde es nicht lächerlich«, antwortete sie. »Ich finde es nur gemein, dass Sie jemanden beschuldigen, nur weil er große Füße hat.«

»Ich beschuldige niemanden persönlich. Ich frage mich nur, warum dein Vater zweimal geschossen hat und warum die erste Kugel im Park gelandet ist.«

»Weil er sie als Silvesterknaller abgeschossen hat?«

»Das hatten wir schon. Kannst du dir das ernsthaft vorstellen?«

»Nein«, gab sie zu.

Auf einmal beugte er sich nach vorn. Er hat stechende, dunkle Augen, und wenn er einen so anschaut, werden sie fast schwarz. »Er war Ihr Mann und dein Vater«, sagte er langsam. »Vielleicht haben wir ihn zunächst fälschlich für einen Mörder gehalten. Vielleicht könnte es uns gemeinsam gelingen, seinen Namen wieder reinzuwaschen und ihm postum die Ehre zuteil werden zu lassen, die ihm gebührt. Warum helfen Sie beide mir nicht?«

Eine Weile sagte niemand etwas.

»Vielleicht ist es zu persönlich«, sagte ich. »Ich war enttäuscht, weil Jonathan die Ermittlungen nicht selbst leiten wollte.«

»Und Sie sind nicht zufrieden mit seinem Stellvertreter.«

»Sie sind anders als er. Sehr direkt, trotz Ihrer ganzen abgedroschenen Phrasen. Das bin ich nicht gewöhnt. Und ganz abgesehen von Ihrer Person kann ich Ihre Moralpredigten nicht leiden. Was gibt Ihnen das Recht zu unterstellen, dass wir nicht trauern?«

»Nichts«, antwortete er. Seine Ruhe ging mir allmählich auf die Nerven.

»Dann hören Sie auf damit!«, schrie ich. »Mischen Sie sich nicht mehr in unsere Angelegenheiten ein und machen Sie, dass Sie wegkommen!«

»Mama!«, sagte Betty.

Ich beruhigte mich wieder. »Tut mir leid«, sagte ich.

»Okay.«

Ich hätte ihn schlagen können. Diese gleichgültige Reaktion war schlimmer als eine Beleidigung.

»Ich erwarte Besuch«, sagte ich. »Können wir dieses Verhör später fortsetzen?«

Er lachte. Auf einmal sah er richtig nett aus. »Das hier ist kein Verhör, Mevrouw. Ich suche nur nach der Wahrheit. Sie selbst haben uns auf diese Spur gebracht. Ich komme bestimmt noch einmal wieder, auch wenn wir nichts herausfinden. Ich würde mich gerne einmal mit dem Herrn unterhalten, der bei der Trauerfeier im Namen der Freunde Ihres Mannes die Rede gehalten hat. War er sein bester Freund?«

»Ja.«

»Können Sie mir sagen, wo ich ihn erreichen kann?«

Ich schrieb ihm die Adresse von Rob Baan auf. »Sie erreichen ihn am besten in Lelystad, im Institut für Tierveredelung. Was wollen Sie von ihm?«

»Ich möchte mehr über Ihren Mann erfahren.«

»Können Sie nicht mich oder Betty fragen?«

»Das habe ich ja getan, aber Sie haben mir nicht offen geantwortet.« Da war wieder dieses jungenhafte Lächeln. »Schwamm drüber. Wir sprechen wirklich nicht dieselbe Sprache. Aber Sie können Meneer Baan jederzeit fragen, wonach ich mich bei ihm erkundigt habe. Vielleicht kann er Ihnen dann wiederum erklären, was ich meine. Danke, dass Sie Ihre Zeit für mich geopfert haben.«

Plötzlich schämte ich mich. »Ich habe Ihnen noch nicht mal eine Tasse Kaffee angeboten ...«

»Dann habe ich eben noch eine gut. Bis bald.« Er reichte uns beiden die Hand. In der Tür blieb er stehen, als sei ihm im letzten Moment noch etwas eingefallen, und sagte: »Ach ja, Enkelt macht sich übrigens Sorgen wegen der *Nawijn*-Babygläschen für sein Enkelkind. Er hat seiner Tochter geraten, auf die vegetarischen Mahlzeiten zurückzugreifen.«

Ich schaute Betty an. Sie erwiderte meinen Blick mit diesem typischen, eigenartigen Gesichtsausdruck von ihr, als hätte sie hundert Fragen und gäbe sich doch mit tausend Antworten nicht zufrieden. Teun kam herein und setzte sich auf die Kante meines Schreibtischs, der am anderen Ende ein Stück hochwippte.

»Warum haben Sie das Band ausgeschaltet?«, fragte er.

»Weil er es verlangt hat«, antwortete ich.

Er grinste und reichte mir die Kassette, die er in der Hand hielt. »Ich habe es weiterlaufen lassen. Ein praktisches System. Funktioniert sogar gegen den Willen der Polizei.«

10

»Diesem Kalb haben wir die Leber einer alten schottischen Rinderrasse implantiert«, erklärte Baan. Er hielt die Hand in die Box, in der drei Kälber mit einem Verband um den Bauch im Stroh scharrten. Das Kalb, auf das er gezeigt hatte, kam einige Schritte näher und begann gierig an seinen Fingern zu saugen. »Au!« Baan zog lachend die Hand zurück. »Das haben wir nun davon, dass wir die Viecher rückgezüchtet haben – eine urtümliche Kraft haben die!«

»Warum tun Sie das eigentlich?«, fragte van Arkel.

»Meinen Sie das Implantieren oder die Tierveredelung im Allgemeinen?«

»Das Implantieren. Der Nutzen der Veredelung ist mir durchaus klar.«

»Dann sind Sie weiter als manche anderen gebildeten Niederländer. Insbesondere Fleisch essende und Milch trinkende Niederländer. Nichts gegen Vegetarier übrigens. Implantieren ist die schnellste Möglichkeit, erwünschte Eigenschaften in unsere Zuchttiere einzubringen. Schnelleres Wachstum oder eine geringere Anfälligkeit für bestimmte Krankheiten. Dieses Kalb zum Beispiel erhielt die Leber eines Aberdeen-Angus-Rinds, weil diese Rasse einen besseren Kupferstoffwechsel besitzt als unsere einheimischen Rinder. Wobei Kupfermangel relativ häufig zu schlimmen Krankheiten führt.«

»Es sieht ganz normal aus«, stellte van Arkel fest.

Baan lachte und wirkte auf einmal wesentlich jünger als seine achtundvierzig Jahre. »Was glaubten Sie denn, hier vorzufinden? Das Labor von Dr. Frankenstein?« Er brachte eine meisterhafte Imitation von Boris Karloff. Sogar das Kalb schaute mit lieben, einfältigen Augen seinen Veredler an. »Die Tiere haben ein sehr gutes Leben bei uns«, fuhr Baan fort. »Schade, dass sie zu dumm sind, um es zu genießen. Nun ja, aber das gilt ja auch für uns, so denke ich jedenfalls manchmal, und nicht nur, wenn ich die Zeitung lese.«

Er streichelte dem Kalb über den Hals. »Genieße es, Kerlchen.«

»Wie weit gehen Sie mit dem Transplantieren von Organen?«

»So weit wir können. In dieser Beziehung sind wir Tierveredler nicht anders als die Humanmediziner. Wussten Sie, dass heutzutage fast alle Organe ersetzt werden können? Sie können mit einem Austauschherzen leben, mit einer künstlichen Niere, Plastikohren. Sie können es zweiundachtzig Tage mit einer Pavianleber aushalten, sogar Teile Ihres Gehirns können wir ersetzen, wodurch Sie vielleicht besser riechen oder schlechter wurzelziehen können, aber immer noch Sie selbst bleiben. Bis wir den Kern Ihres Ichs erreichen. Irgendwo tief in Ihrem Gehirn steckt Ihr unverwechselbares Selbst, das, was Sie zu dem macht, der Sie sind.«

»Wenn Sie genau das bei Ihrem Freund Carlo sichtbar machen könnten, was würden wir dann sehen?«

»Was für eine merkwürdige Frage«, sagte Baan lächelnd. »Sind Sie sicher, dass Sie nicht irgendwann mal Genetik studiert haben? Nicht? Schade … Wenn wir Carlos Persönlichkeit sichtbar machen könnten, würden Sie Anstand sehen, Anstand in seiner reinsten Form. Meiner Meinung nach wäre er selbst dann noch ein anständiger Kerl geblieben, wenn wir alles andere um diesen Kern herum entfernt hätten.«

»Sie haben ihn sehr geschätzt«, stellte van Arkel fest.

»Ich habe seinen Anstand sehr geschätzt«, erwiderte Baan. »Das ist etwas anderes. Dürfte ich von den Menschen, die ich so gut kenne, dass sie mir lieb und teuer sind, den Kern verwenden, um den idealen Menschen zu schaffen – um noch einmal auf die Frankenstein-Metapher zurückzugreifen –, hätte ich von Carlo nur den Anstand genommen und von anderen Eigenschaften wie Humor, Weisheit, Spiritualität …«

»Anstand und sonst nichts?«

»Doch, Mut. Carlo war ein mutiger Mann. Jetzt, wo ich darüber nachdenke, eigentlich der einzige, den ich kenne.«

»Der Typ Mann, der Frauen vom Balkon wirft.«

»Ach, Inspecteur, Sie sind so schrecklich nüchtern. Vielleicht war es ja ein Unfall. Ein Unfall, an dem Carlo schuld war, sonst hätte er nicht Selbstmord begangen. Ich kann einfach nicht glauben, dass er sie bewusst, nein, wie heißt das bei Ihnen, vorsätzlich ermordet hat. Nein, das glaube ich einfach nicht!«

»Was glauben Sie dann?«

»Wie ich schon sagte: dass es ein Unfall war. Die beiden stehen auf dem Balkon und schauen sich das Feuerwerk an und da passiert es. Linda beugt sich zu weit nach vorn und Carlo schießt sich in den Kopf, weil er ihren Sturz nicht verhindern konnte.«

»Finden Sie, das klingt logisch?«

»Wie viele logische Morde haben Sie in Ihrer Laufbahn bisher aufgeklärt?«

»Nicht einen«, gab van Arkel zu.

»Gott sei Dank«, sagte Baan. »Wo kämen wir hin, wenn

wir sogar schon Morde programmieren könnten ... Aber Carlos Selbstmord nach dem Tod seiner Geliebten, an dem er sich schuldig fühlte, wäre die logische Tat eines mutigen und anständigen Mannes. Wie meines alten Freundes Carlo ... Mir liegt viel daran, an diesem Bild von ihm festzuhalten.«

»Hatten Sie auch geschäftlich mit ihm zu tun?«

»Nein.«

»Aber Sie waren doch in derselben Sparte tätig?«

Baan lachte. »Ich bin Genetiker, Inspecteur. Carlo war Fleischtechnologe. Zwischen ihm und mir lagen noch mindestens drei andere Berufe: der Züchter, der Bauer und der Viehhändler.«

»Haben Sie sich manchmal über Ihren Beruf unterhalten?«

»Natürlich, und es gibt genügend Berührungspunkte, über die man interessante Diskussionen führen kann. Zum Beispiel über die Hormone, die Sie eingangs erwähnten.«

»Wie dachte er darüber?«

»Über Hormone im Fleisch? Tja ... Er hatte eine geheimnisvolle Methode entwickelt, mit welcher er kurz vor dem Verderben stehendes Fleisch durch die Kontrollen bringen konnte. Dabei hat er bestimmt irgendein Mittel verwendet ...«

»Und das hielt er für anständig?«

»Jetzt drehen Sie mir doch nicht das Wort im Munde um, Inspecteur. Geschäfte sind nie anständig. Ich bin Wissenschaftler, ich lebe in einer geschützten kleinen Welt. Ebenso wie Sie. Wenn Sie krank werden, bleiben Sie einfach zu Hause. Sie legen sich ins Bett und lassen sich von Ihrer Frau verwöhnen. Wenn es Ihnen etwas besser geht, spielen Sie Klavier oder lesen ein Buch, und erst wenn Sie wieder ganz genesen sind, gehen Sie wieder arbeiten. Halleluja, der Inspecteur ist wiederauferstanden, was für eine Aufgabe sollen wir ihm heute übertragen? Leute wie Carlo können es sich nicht leisten, krank zu werden. Denn wenn sie zurückkehren, sind sie pleite.«

Van Arkel lachte. »Sie haben ja keine hohe Meinung von unserer Arbeitsmoral.«

»Sie etwa?«

»Tja ...«

»Also auch nicht«, sagte Baan. »Wollten Sie mich sonst noch etwas fragen? Ich muss nämlich eigentlich gleich weg.«

»Nur noch eine letzte Frage. Wie gut kennen Sie Helga van Beuningen?«

»Mein lieber Inspecteur, Sie erinnern mich an Ihren Kollegen aus dem Fernsehen, wie heißt er noch, der mit dem Trenchcoat.«

»Columbo.«

»Genau, Columbo. Sie sind ein bisschen wie er. Geht weg, dreht sich um und stellt eine letzte, messerscharfe Frage. Helga .... ja, Helga.« Er schaute van Arkel mit einem matten Lächeln an. »Darf ich offen sprechen?«

»Natürlich.«

»Ohne dass Sie es gegen mich verwenden? Können Sie ein Geheimnis bewahren?«

»Ehrenwort.«

»Gut. Wissen Sie, ich bin nämlich unsterblich verliebt in sie gewesen.«

»Ach wirklich?«

»Ja, leider. Kommt Ihnen wohl unwahrscheinlich vor. Liegt das an mir oder an der lieben Helga selbst?«

»Letzteres, fürchte ich.«

»Fürchten Sie sich nie, Inspecteur. Fürchte dich nicht, sprach der Feigling. So, so, sie hat also nicht den besten Eindruck bei Ihnen hinterlassen, wenn ich Sie richtig verstehe.«

»Stimmt.«

»Pfui, Inspecteur, und das sagen Sie zu dem Mann, der einmal den Boden geküsst hätte, auf dem sie lief!«

»Armer Boden.«

»Jetzt gehen Sie aber wirklich zu weit!«, rief Baan halb im Spaß, halb im Ernst. »Das müsste Yvonne hören, meine Exfrau. Sie ist ganz Ihrer Meinung. Wissen Sie, dass Helga der Grund für unsere Scheidung war?«

»Interessant.«

»Ja, und das Schönste ist, dass zwischen mir und Helga nie etwas gewesen ist. Yvonne wusste, dass ich verrückt nach ihr war, aber Helga hielt mich auf eine Art und Weise auf Distanz ... Manchmal glaube ich, sie ist eine direkte Reinkarnation von Madame Pompadour.«

»Eher von Robespierre, würde ich sagen.«

»Meine Güte, das muss ich Yvonne erzählen. Inspecteur, Sie werden einen neuen Fan gewinnen. Ich gebe Ihnen ihre Telefonnummer. Sie ist noch frei.«

»Aber ich nicht.«

»Das ist heutzutage doch kein Hindernis mehr.«

»Wir in der Provinz sind in dieser Hinsicht noch etwas zurückhaltend.«

»Ziehen Sie in die Stadt, Inspecteur, hier findet man nichts dabei.«

»Ich denke nicht daran. Außerdem genügt mir meine Frau vollauf.«

»Haben Sie sie schon mal geschlagen?«

»Nein!«

»Ich meine auch nicht«, sagte Baan bedauernd. »Leider.«

»Ich frage mich immer mehr, was Sie eigentlich unter Anstand verstehen.«

Baan applaudierte geräuschlos. »Diesen Satz sollten Sie sich aufschreiben, Inspecteur. Vielleicht können Sie ihn nach Ihrer Pensionierung an einen Ratgeber für angehende Manager verkaufen. Nun aber zurück zu Helga: Sie ist wie ein Deich. Man muss sich nur trauen, über die Krone zu gucken. Und es könnte sein, dass Ihnen das Format dazu fehlt. Ihr Begriff von Anstand klingt eher nach Moralapostel, fürchte ich.«

»Ich weiß nicht, warum Sie mich beleidigen müssen«, sagte van Arkel erbost.

Baan verbeugte sich spöttisch. »Ach Inspecteur, jetzt machen Sie doch nicht ein so grimmiges Gesicht. Ich werde mich nicht mit Ihnen prügeln, dazu sehen Sie viel zu stark aus. Ich wollte damit lediglich sagen, dass Helga und Sie in zwei verschiedenen Welten leben.«

»Und Sie und Helga?«

»Dasselbe Problem, Inspecteur. Der Unterschied ist nur, dass ich sie so wahnsinnig gern besitzen wollte.«

»Wusste Carlo davon?«

»Ja, aber er hat nie darüber geredet.«

»Auch nicht mit ihr?«

»Nein.«

»Wollte Helga, dass Sie die Trauerrede halten?«

»Ja.«

»Es war eine sehr schöne Rede.«

»Besser als die von eben?«

»Unvergleichlich viel besser. Welche der beiden Geschichten ist wahr? Die von der Freundschaft oder die von der aussichtslosen Liebe?«

»Beide«, antwortete Baan. »Denn beide haben mit Carlos Anstand zu tun. Er ignorierte meine Verliebtheit in Helga, weil er unsere Freundschaft nicht belasten wollte. Das hätten ihm nur wenige nachgemacht …«

Van Arkel schwieg. Das Kalb saugte an einem Zipfel seines Mantels.

»Haben Sie ihn gekannt?«, fragte Baan unvermittelt.

»Ich habe ihn letztes Jahr als Zeugen in einem Mordfall vernommen.«

»Was für einen Eindruck hatten Sie von ihm?«

»Einen falschen, wie mir jetzt klar wird. Ich fand ihn arrogant und wenig kooperativ. Als fühle er sich weit über gewöhnliche Sterbliche erhaben.«

»Arrogant war er ganz gewiss«, bestätigte Baan. »Auf eine subtile Art, aber trotzdem …«

»Vermissen Sie ihn?«

»Jeden Tag. Es überrascht mich selbst. Wir kannten uns seit fast dreißig Jahren, das verbindet natürlich. Er war nicht der erste Freund, den ich verloren habe, aber sein Tod macht mir ganz besonders zu schaffen.«

»Könnte das an der Art liegen, wie er starb?«

Baan dachte kurz nach. »Das war allerdings ein Schock. Aber das ist nicht das Entscheidende, was einem im Gedächtnis haften bleibt. Nein, ich vermisse ihn. Ich denke oft: Was würde Carlo wohl dazu sagen, greife zum Telefon, und dann wird mir schlagartig klar, dass er tot ist.«

»Hat er Sie manchmal um Rat gefragt?«

»Natürlich.«

»Auch in beruflichen Fragen?«

»Drücken Sie sich doch mal deutlich aus, Inspecteur.«

»Die Firma van Beuningen schlachtet zurzeit Tiere, die höchstwahrscheinlich mit verbotenen Substanzen gemästet wurden. Geschah so etwas auch schon zu Carlos Lebzeiten?«

»Nein.«

»Sind Sie sicher?«

»Sicher ist nur eines auf der Welt, und Carlo allein weiß, was danach geschieht.«

»Sie behaupten also, dass das unter seiner Leitung nicht vorkam.«

»Inspecteur, Sie haben eine unangenehme, wie soll ich sagen, inspecteurhafte Art, einem Aussagen in den Mund zu legen. Sie haben mich nach meiner Meinung gefragt. Die habe ich Ihnen gesagt. Mehr nicht. Wir haben außer beim Schnaps und ganz allgemein nie über das Mästen von Schlachtvieh mit illegalen Substanzen geredet.«

»Okay.«

»Habe ich Sie richtig verstanden, dass Helga dabei ist, sich in große Schwierigkeiten zu bringen?«

»Wenn sie so weitermacht, wird der Schlachthof geschlossen.«

»Ist es wirklich so schlimm?« Baan schaute ihn erschrocken an.

»Ja.«

»Wie konnte es denn so weit kommen?«

»Die falschen Berater, glaube ich.«

»Berater? Aber sie hat doch Teun Keppel, Carlos rechte Hand. Er ist die Verlässlichkeit in Person. Er hat den Schlachthof zusammen mit Carlo aufgebaut!«

»Sie macht Geschäfte mit einem gewissen Krans, einem Viehhändler aus Wolvega. Laut meinem Kollegen vom *AID* ist er der schlimmste in den ganzen nördlichen Niederlanden.«

»Krans ... Anton Krans?«

»Ja, der. Kennen Sie ihn?«

»Kennen wäre zu viel gesagt. Ich spiele gelegentlich mit ihm Golf. Ich halte ihn für einen charmanten Gauner, aber nicht unbedingt für einen richtig krummen Hund von der Fleischmafia.«

»Sie wissen also nichts über seine Geschäfte?«

»Nein.«

»Nun, dieser Meneer Krans ist momentan der wichtigste Zulieferer der Erben van Beuningen.«

»Wie schön amtlich Sie das ausdrücken: die Erben van Beuningen.«

»Euphemismen sind dazu da, Unanständiges zu beschönigen, Meneer Baan.«

»Noch einer fürs Managerhandbuch, Inspecteur. Diesmal für die Seniorenausgabe. So, so, Anton Krans spielt also ein schmutziges Spiel mit meiner Helga ...«

»Vielleicht spielt sie freiwillig mit.«

»Sie kennen Sie nicht, Inspecteur. Helga spielt nicht gern. Weder Golf noch Bridge und schon gar keine schmutzigen Spiele.«

»Ist das eine Feststellung oder eine Behauptung?«

Baan lachte. »Sie sind mir einer. Na dann: eine Feststellung!«

»Aufgrund Ihrer eigenen, äh ...«

»Stimmt. Meine eigene ›äh‹ erfand sehr schmutzige Spielchen mit Helga. Außergewöhnlich schmutzig. Nicht für jugendliche Zuschauer geeignet.«

»Aber das ist schon lange vorbei, wenn ich Sie richtig verstanden habe?«

»Sie verstehen überhaupt nichts! Gar nichts ist vorbei, denn zwischen Helga und mir ist leider nie irgendetwas vorgefallen!«

»Könnten Sie ihr denn nicht klar machen, in was für eine Gefahr sie sich begibt?«

»Sie wollen mich als Laufburschen benutzen?«

»Ich bitte Sie als Freund der Familie darum.«

»Als Freund der Familie, der die schlechte Nachricht überbringt. Pass auf, die sind nur auf dein Geld aus. Dein Geld und dein Leben. Mein Gott, klingt das theatralisch.«

»Ja, ziemlich«, stimmte van Arkel trocken zu.

»Sie wollen also, dass ich ihr sage, sie dürfe nicht mehr mit Anton Krans spielen. Na ja, spielen vielleicht, aber keine Geschäfte machen. Was sollte sie daraufhin anderes erwidern als: Lieber Rob, kümmere dich um deine eigenen Angelegenheiten?«

»Ein mutiger, beunruhigter und anständiger Mann täte es trotzdem.«

»Ach Inspecteur, ich bin jetzt zwar beunruhigt, aber keineswegs mutig und schon gar nicht anständig. Das muss Ihnen doch inzwischen klar geworden sein. Moralapostel untereinander. Ja, ich müsste mit ihr reden … Und Ihnen anschließend gewiss genauestens Bericht erstatten?«

»Nein.«

»Nein? Welchen Sinn hat das alles dann? Für Sie, meine ich?«

»Es hat den Sinn, dass der Schlachthof bestehen bleibt und damit die Einkommensquelle von fünfunddreißig Mitarbeitern.«

Baan lachte kurz auf. »Komisch, was? Wenn Sie einen so einleuchtenden Grund nennen, fällt es mir schwer, Ihnen zu glauben. Aber ich glaube Ihnen. Wissen Sie, was der Unterschied zwischen Carlo und Ihnen und, na ja, auch zwischen mir auf der einen und Meneer Krans auf der anderen Seite ist? Meneer Krans ist kein Herr. Und Helga … manchmal glaube ich fast, sie ist auch keine Dame. Aber ich werde mit ihr reden. Noch diese Woche. Vielleicht rufe ich Sie anschließend an und teile Ihnen das Resultat meiner Mission mit.«

»Das wäre sehr freundlich von Ihnen.«

»Glauben Sie wirklich, dass ein anderer ihn ermordet hat?«, fragte Baan plötzlich.

»Nein. Ausgeschlossen, dass ein anderer als Carlo Linda vom Balkon geworfen hat. Und dass sie Selbstmord begangen hat, hält jeder, der sie kannte, für äußerst unwahrscheinlich.«

»Dasselbe gilt auch für Carlo.«

»Bei ihm weisen sämtliche Spuren auf Selbstmord hin.«

»Das könnte der Mörder äußerst geschickt inszeniert haben.«

»Genau deswegen beschäftige ich mich immer noch mit dem Fall.«

»Gut so. Motive gibt es genug. Ich könnte es zum Beispiel getan haben, weil Helga durch Carlos Tod für mich erreichbar wird.«

»Auf Ehre und Gewissen?«

»So etwas fragt man sich doch erst hinterher.«

Van Arkel tätschelte dem Kalb den Hals. Das Tier schreckte zurück. Baan lächelte. »Sie sind ihm zu hektisch. Man muss sich den Tieren ruhig nähern.«

Van Arkel versuchte, das Kalb anzulocken. Langsam kam es näher und fing an, an seiner Hand zu nuckeln. »Ganz schön kräftig!«, bemerkte er.

»Wenn Sie schon mal eine Kuh gemolken haben, wissen Sie, wie stark ein Kalb saugen muss. Es ist eine dumme Angewohnheit, in einem Versuchsbetrieb die Tiere an sich knabbern zu lassen wie an Leckerlis. Früher war es sogar verboten. Aber seit Aries Wunderspritze denken wir etwas gelassener darüber.«

»Wer ist Arie? Ihr Chef?«

Baan lachte laut auf. »Gott bewahre! Nein, Arie ist Tierpfleger. Es ist wichtig, dass die Kälber nach einer Operation ruhig bleiben. Arie ist ein Meister darin, sie zu beruhigen, aber er wollte nie, dass jemand in den Stall kam, wenn er sie versorgte. Das geht natürlich nicht in so einem Betrieb. Letztes Jahr hatten wir eine Studentin hier, nettes Mädchen. Sie interessierte sich ein bisschen für Arie und er sich für sie, und eines Tages begleitete sie ihn und wollte wissen, wie er es schaffte, die Kälber so effektiv ruhig zu stellen. Arie zierte sich ein bisschen, wollte sie aus dem Stall drängen, und in dem Moment fängt ein Kalb an zu brüllen. Arie macht den Hosenstall auf und schwupps! den Schnuller ins Maul. Das junge Mädchen machte natürlich große Augen, und wir mussten feststellen, dass unsere hygienischen Vorschriften, die ans Hysterische grenzten, ein klein wenig übertrieben waren.«

Van Arkel lachte. »Arbeitet Arie noch bei Ihnen?«

»Natürlich. Ein solches Talent lässt man in der Wissenschaft nicht so einfach gehen. Nur arbeitet er jetzt bei den Schweinen. Die haben Zähne in Unter- und Oberkiefer.«

Ein Mann in einem weißen Overall betrat den Stall und rief: »Rob! Sie sind da!« Baan winkte zurück.

»Mein Besuch ist eingetroffen. Kollegen aus Estland. Ich muss jetzt wirklich gehen, Inspecteur. Ich rufe Sie an, sobald ich mit Helga gesprochen habe.«

»Danke.«

Baan lächelte. »Ihnen fehlt nur das Pokerface, das ihre Kollegen auf dem Papier so unglaubwürdig macht. Robespierre ... Das verrate ich ihr lieber nicht.«

Van Arkel lachte. »Meinen Segen haben Sie.«

»Nein, das sollte ein Geheimnis unter Männern bleiben. Was haben Sie mit Krans vor?«

»Mit dem werde ich mich mal persönlich unterhalten.«

»Na dann viel Erfolg. Aber lassen Sie Antons Viecher nicht an sich knabbern. Davon können Sie geheimnisvolle Krankheiten kriegen. Vielleicht sogar Brüste.«

11

An einem Abend im Februar erhielt Wachtmeester Krekels einen Anruf von einem Bauern mit der Nachricht, dass ein Auto im Wassergraben neben der Straße liege, anderthalb Kilometer vor Kerkdorp, einem Weiler etwas außerhalb von Ijsselmonde. Um zehn Uhr hatte es kurz und heftig geschneit. Der Schauer hatte ebenso plötzlich aufgehört, wie er eingesetzt hatte, aber der Schnee war liegen geblieben, wodurch Bauer Beelen, der um elf Uhr von der Chorprobe zurückkehrte, auf der schmalen Deichstraße zu seinem Hof die Schleuderspur des unglücklichen Autofahrers entdeckte. Der Wagen hatte sich mehrmals um die eigene Achse gedreht und war dann von der Straße abgekommen und in den Graben gerutscht. Beelen stieg aus und ging zu der Stelle, wo die Spur am Straßenrand endete. Die Scheinwerfer des untergegangenen Autos brannten noch schwach, aber die Wasseroberfläche lag in der stillen Winterluft so spiegelglatt da, als sei nichts geschehen. Beelen konnte nicht schwimmen, aber selbst wenn, wäre er nicht ins Wasser gegangen. Er verschwendete keine Zeit mit ebenso heldenmütigen wie nutzlosen Rettungsversuchen, sondern fuhr nach Hause, alarmierte die Polizei, fuhr zurück an den Unfallort und wartete. Zwanzig Minuten später trafen sie ein: ein Rettungswagen mit den Sanitätern Dekker und Scholtens sowie ein weißer Polizeivolvo mit Hoofdagent Roelof Schilder in Begleitung seines Kollegen Spruit. Schilder stand kurz vor der Beförderung zum Brigadier, während Spruit trotz gleicher Anzahl an Dienstjahren noch lange

Hoofdagent bleiben würde, weshalb er einen verständlichen Groll gegen seinen bevorzugten Kollegen hegte. Schilder schüttelte Beelen die Hand und trat mit ihm ans Ufer. Die Scheinwerfer des Wagens waren inzwischen erloschen. Schilder erteilte Spruit den Auftrag, den Volvo quer auf den schmalen Deich zu stellen und die Scheinwerfer auf den Graben zu richten. Im grellen Licht konnten sie die Umrisse des Fahrzeugs erkennen. Das Dach lag ungefähr einen halben Meter unter Wasser. Die beiden Sanitäter standen neben Schilder am matschigen Straßenrand.

»Was sollen wir tun?«, fragte Scholtens, der Ältere der beiden.

»Ich weiß nicht«, meinte Schilder. »Wer immer in dem Auto saß, ist entweder raus oder tot.«

»Aber wir können ihn doch nicht einfach so da drin sitzen lassen?«, fragte Dekker entsetzt.

»Wie willst du ihn denn rausholen?«, fragte sein Kollege zurück.

Dekker gab keine Antwort. Er zog seine Stiefel und seine Kleider aus und ging in Unterhose ins Wasser.

»Dekker! Komm zurück! Du bist wohl verrückt geworden!«, rief Scholtens, aber der jüngere Mann ließ sich vom Uferrand gleiten und schwamm zu dem Wrack.

Scholtens stellte entgeistert fest, dass auch Schilder sich auszog.

»Noch so ein Idiot! Tu doch jemand was!«, rief er, aber Spruit verzog sich nur in den Volvo und holte Taschenlampen heraus, von denen er eine Beelen gab.

Das Wasser war so kalt, dass Schilder sich beherrschen musste, um nicht schreiend wieder rauszuspringen. Er schwamm hinter dem jungen Sanitäter her, der untertauchte und versuchte, die Fahrertür zu öffnen. »Licht!«, brüllte Schilder. Spruit stellte die Scheinwerfer des Volvo auf das verunglückte Auto ein.

Die beiden Männer im eiskalten Wasser arbeiteten zusammen, als hätten sie nie etwas anderes getan. Sie öffneten die Tür und zogen den Fahrer heraus. Der Mann war klein und leicht. Dekker hielt ihn fest, während Schilder ein zweites Mal untertauchte und den Rücksitz abtastete. Er fühlte eine Kiste und ein paar lose Flaschen, und obwohl ihm fast die Lunge platzte, griff er in einem plötzlichen Impuls nach einer von ihnen.

»Zurück«, keuchte er, als er wieder auftauchte. »Ist niemand mehr drin.«

Sie schleppten die Leiche zwischen sich mit, halb schwimmend, halb in dem weichen Modder watend. Scholtens schlug eine Decke um Schilder und Dekker und begann, sie trockenzureiben. »Los, helft mal mit!«, blaffte er Beelen und Spruit an, die mit der Taschenlampe in der Hand tatenlos zusahen. Während sie die Retter kräftig abrubbelten, warf Scholtens einen Blick auf den toten Mann. Er fragte Beelen: »Wo wohnen Sie?«

»Ganz in der Nähe.«

Scholtens bugsierte Schilder und Dekker auf die vordere Sitzbank des Rettungswagens und legte ihre Kleider hinten rein. Dann schob er mithilfe von Spruit die Leiche in den hinteren Teil des Wagens. Beelen griff nach der Flasche, doch Schilder sagte in scharfem Ton: »Geben Sie die Flasche bitte meinem Kollegen!« Beelen reichte sie an Spruit weiter, der sie achtlos in den Volvo legte.

Es war angenehm warm in der Küche des Bauernhofs. Schilder und Dekker saßen in Decken gehüllt am Ofen.

Mevrouw Beelen gab ihnen eine Tasse Suppe. »Ihr müsst ja wirklich verrückt sein«, meinte sie.

»Komplett verrückt«, stimmte Scholtens zu. »Aber sollte ich jemals ins Wasser fallen, dann hoffe ich, dass die beiden Nachtdienst haben.«

»Ach«, sagte Dekker, und Schilder grinste und blies in die Suppe. »Kennen Sie den Mann?«, fragte er.

»Arend Schoenmaker«, sagte Beelen. »Er ist landwirtschaftlicher Betriebsbetreuer. Einer, der im Krankheitsfall den Bauern vertreten kann.«

»War er schon mal bei Ihnen?«, fragte Schilder.

»Ja, einmal. Ist schon Jahre her.«

»War er verheiratet?«

»Weiß ich nicht«, antwortete Beelen zögernd. »Ich glaube nicht.«

»Er trägt keinen Ring«, bemerkte Scholtens.

»Arend Schoenmaker war nicht verheiratet«, sagte Mevrouw Beelen.

»Sind Sie sicher?«, fragte Schilder. »Wir müssen seine Angehörigen benachrichtigen.«

»Ich bin mir ganz sicher. Man soll ja über die Toten nichts Schlechtes reden, aber Arend war ein schlimmer Schürzenjäger. Deshalb haben Sie ihn auch aus dem Verband ausgeschlossen.«

»Hat er Sie je belästigt?«

Sie lachte. »Niemand belästigt mich, wenn ich es nicht will.«

»Wissen Sie, wo er wohnt?«

»Nein«, sagte Beelen. »Wenn man einen Betriebsbetreuer braucht, ruft man beim Verband an.«

Draußen piepte ein Funkgerät. Spruit stand schweigend auf und ging hinaus.

»Redet nicht viel, dein Kollege«, bemerkte Scholtens.

»Er schiebt nicht gerne Nachtdienst«, erklärte Schilder, und an Mevrouw Beelen gewandt fragte er: »Haben Sie noch ein bisschen Suppe für mich?«

»Junge, iss meinetwegen den ganzen Topf leer. Sie auch noch?«, fragte sie Dekker.

»Ja danke, Mevrouw.«

Sie lächelte. Sie hatte ein rundliches Gesicht und intelligente hellblaue Augen. »Ihr hättet einen Orden verdient.«

»Suppe reicht uns vorläufig«, sagte Schilder. »Vielen Dank.«

Spruit kehrte mit mürrischem Gesicht zurück. »Das war Krekels«, sagte er. »Er hat eine Meldung über einen Verkehrsunfall hereinbekommen.«

»O nein«, stöhnte Schilder. »Wo denn?«

»Auf dem Zwarte Dijk.«

»Schlimm?«

»Wusste er nicht.«

»Was hast du gesagt?«

»Dass wir unterwegs sind.«

Schilder zog die Kleider an, die Mevrouw Beelen für ihn zurechtgelegt hatte. »Schade. Vielen Dank, Mevrouw. Ich bringe Ihnen die Sachen morgen wieder zurück.«

»Und was machen wir?«, fragte Dekker.

»Liegt an dir«, antwortete Scholtens. »Wenn jemand verletzt ist, fahren wir wohl besser mit.«

»Wir haben doch schon einen im Wagen.«

»Der merkt eh nichts mehr«, sagte Scholtens. »Und falls es wirklich Verletzte gegeben hat, können wir uns vielleicht noch nützlich machen.«

Sie schüttelten dem Ehepaar Beelen die Hand und verließen widerstrebend das Haus.

Kurz darauf klopfte Schilder noch einmal an. »Das hier ist die Flasche aus dem Auto von Schoenmaker. Ich habe sie geöffnet. Es könnten irgendwelche Chemikalien für die Landwirtschaft sein. Würden Sie mal einen Blick darauf werfen?«

Beelen nahm vorsichtig den Deckel von der Flasche. Er roch an dem Inhalt, ganz kurz nur, und gab sie Schilder schweigend zurück.

»Was ist es?«, fragte Schilder.

»Dreckszeug«, antwortete Beelen schroff.

»Gift?«

»So was Ähnliches ...« Beelen zögerte.

»Es sind Zusatzstoffe für Rinder«, erklärte seine Frau.

»Hormone?«

»Ja.«

Schilder schaute die beiden an. »Der ganze Wagen ist voll von dem Zeug!«

»Ich weiß nichts davon«, sagte Beelen abweisend.

»Ganz sicher?«, fragte Schilder ruhig.

»Müssen Sie nicht zu dem Unfall?«, fragte Beelen, anstatt zu antworten.

»Jetzt mach mal einen Punkt, Arnold«, mischte sich seine Frau ein. »Wenn das Auto voller Flaschen ist, kann ich mir schon vorstellen, was sich abgespielt hat. Arend Schoenmaker war auf Nachttour, um den Mästern in der Umgebung das Zeug anzudrehen.«

»Eine Art Drogenkurier«, meinte Schilder.

»Ja. Drogen für Rinder. Damit sie schneller wachsen.«

»So, so«, sagte Schilder. »Sollten die Flaschen also heute Nacht kaputtgehen, dürfen die Kühe nicht mehr aus dem Wassergraben trinken.«

»Vorläufig nicht«, bestätigte Beelen.

»Darf ich mal kurz Ihr Telefon benutzen?«, fragte Schilder.

»Da steht es.«

»Danke.«

Van Arkel hörte Schilder aufmerksam zu. »Wo steckst du?«

»Am Middenwetering 56«, antwortete Schilder. »Der erste Bauernhof hinter dem Deich.«

»Warte dort auf mich und lass Spruit allein zum Zwarte Dijk fahren.«

Eine Stunde später waren sie in van Arkels Alfa Giulietta unterwegs nach Hause. Der Mond schien und sie fuhren durch eine verschneite Märchenlandschaft.

»Möchten Sie sich die Stelle nochmal anschauen?«, fragte Schilder.

»Sag ruhig Ben zu mir«, bot ihm van Arkel an. »Ab dem Rang eines Brigadiers duzen wir uns.«

Schilder warf ihm einen Seitenblick zu. »Was soll das denn heißen?«

Van Arkel lachte. »Das Schreiben ist heute Nachmittag angekommen, als ihr schon weg wart. Jonathan möchte es dir morgen persönlich mitteilen, also tu bitte überrascht.«

»Meine Güte«, sagte Schilder. »Ich weiß gar nicht, was ich sagen soll.«

»Sag einfach gar nichts.« Van Arkel streckte ihm die Hand hin. »Herzlichen Glückwunsch.«

»Vielen Dank.« Sie schüttelten sich kräftig die Hand.

»Du hast es verdient. Nicht zuletzt wegen heute Nacht. Gut gemacht. Pech, dass der Mann schon tot war.«

»Man kann nie wissen«, sagte Schilder. »Und ich muss ehrlich zugeben, dass Dekker als Erster reinging. Alleine hätte ich es nicht geschafft. Mein Gott, war das Wasser kalt!«

»Hast du dich inzwischen wieder ein bisschen erholt?«

»Ja. Es war richtig gemütlich auf dem Bauernhof. Was machen wir jetzt mit dem Auto, Ben?«

»Wir holen es morgen früh raus.«

»Ich meine, heute Nacht.«

»Glaubst du, jetzt taucht da noch einer rein? Es ist halb zwei!«

»Ich bin ja auch reingetaucht.«

»Du hattest einen triftigen Grund dafür.«

Schilder drehte sich halb um, lehnte sich an die Beifahrertür und schaute van Arkel von der Seite an. »Ben, die ganze Rückbank liegt voll von dem Zeug. Es war so eiskalt, dass ich nur blind herumgetastet habe, ob da noch jemand drinsaß, aber stattdessen habe ich Flaschen und Kisten gespürt. Volle Flaschen. Wenn dieser Schoenmaker ein Kurier war, hatte er seine Rundfahrt gerade erst angetreten. In dem Wagen liegt ein Vermögen an illegalen Präparaten, und wenn ich der Lieferant wäre, würde ich alles daransetzen, die da rauszuholen, bevor wir es tun.«

»Woher sollte der Lieferant wissen, dass der Wagen im Wasser liegt?«

»Ein Anruf genügt«, antwortete Schilder trocken.

»Beelen?«

»Wer sonst?«

Van Arkel griff nach dem Autotelefon. »Krekels, bitte sagen Sie Spruit, dass er zu der Stelle fahren soll, wo das Auto im Wasser liegt. Er soll da bleiben, bis ich ihn ablösen lasse.«

»Er ist hier bei mir, Inspecteur.«

»Geben Sie ihn mir mal.«

Spruit hatte offenbar direkt neben Krekels gesessen, denn er kam sofort an den Apparat. »Hier Wachtmeester Spruit.«

»Spruit, Sie fahren jetzt sofort zurück zu der Stelle, wo Sie Schoenmaker aus dem Auto gefischt haben, und bleiben dort, bis ich Sie ablösen lasse.«

»Wer übernimmt dann meinen restlichen Nachtdienst?«

»Ich«, bedeutete Schilder, aber van Arkel schüttelte den Kopf und sagte: »Lassen Sie das mal meine Sorge sein. Beeilen Sie sich! Und sorgen Sie dafür, dass niemand dem Auto zu nahe kommt, bis wir da sind. Schreiben Sie sich die Kennzeichen aller vorbeikommenden Fahrzeuge auf.«

»Aber da kann man nirgendwo verdeckt observieren!«, rief Spruit, doch van Arkel hatte schon aufgelegt. Wütend starrte Spruit das Telefon an. »Warum pickt der immer nur mich für die Drecksarbeiten raus!«, klagte er, aber Krekels grinste nur unbarmherzig.

»Warum bist du nicht ins Wasser gesprungen? Dann müsste sich Roelof Schilder jetzt da hinstellen.«

»Bei den Temperaturen ins Wasser, um eine Leiche rauszufischen? Ich bin doch nicht blöd!«

»Was hättest du an seiner Stelle getan?«

»Ganz einfach: einen kurzen Bericht geschrieben und morgen früh den Abschleppwagen gerufen. Außerdem war Schilder auch nicht gerade begeistert. Nur weil dieser Depp aus dem Rettungswagen rein ist, musste er hinterher. Sonst säßen wir jetzt zu dritt hier.«

»Schilder wird befördert, stimmt's?«

Spruit schaute ihn überrascht an. »Woher weißt du das?«

»Der Adjutant hat es heute Abend erzählt.«

»Hättest du das nicht früher sagen können?«

»Ich sag's dir doch jetzt.«

»Du verstehst wirklich rein gar nichts! Ich ... Ach, rutscht mir doch alle den Buckel runter!«

»Willst du nicht eine Thermoskanne Kaffee mitnehmen?«, rief Krekels ihm nach, aber Spruit hörte ihm schon nicht mehr zu und verließ im Laufschritt die Wache. Krekels zuckte mit den Schultern. Ach ja, es ging wirklich ungerecht zu in der Welt. Manche wurden vorzeitig zum Brigadier befördert und andere blieben jahrelang auf demselben Rang stehen und wurden nachts raus in die Kälte geschickt. Nun ja, seine Nachtschichten waren durchaus gemütlich. Er schenkte sich noch eine Tasse Kaffee ein, zog die Lektüreschublade auf und fing in aller Ruhe an zu kramen. Dann wurde er vom Läuten des Telefons unterbrochen.

»Polizei Ijsselmonde, Wachtmeester Krekels am Apparat.«

»Van Arkel«, sagte van Arkel knapp. »Ist Spruit schon weg?«

»Hat sich eben auf den Weg gemacht, Inspecteur.«

»Gut. Dann nehmen Sie den Kleinbus und fahren seine normale Route.«

Krekels dachte fieberhaft nach. »Und wer bleibt am Telefon sitzen?«

»Ich«, sagte van Arkel. »In drei Minuten bin ich da.«

Krekels hörte ihn leise lachen. »Und ziehen Sie sich etwas Warmes an. Ist kalt heute Nacht.«

Wie kalt es war, stellten auch die Taucher der Bergungsmannschaft fest, die Schoenmakers Auto aus dem Wasser holte. Berveas, Klein, van Arkel, Schilder, Bol und Inspecteur Waanders vom *AID* schauten zu, wie der rote

Honda Civic aus dem Graben auftauchte, wobei aus allen Öffnungen Wasser strömte. Der Kranführer stellte den Wagen am Straßenrand ab. Ein Taucher öffnete den Kofferraum. Es war nicht leicht, er musste sogar ein Brecheisen benutzen, aber schließlich stand die Klappe weit offen. Schilder schaute als Erster hinein. Er schüttelte ungläubig den Kopf, ging zur Vorderseite des Wagens, schaute noch einmal. Dann stieß der frisch gebackene Brigadier einen derart herzhaften Fluch aus, dass die anderen ihn überrascht anschauten und selbst einen Blick in den Innenraum warfen. Der Wagen war leer.

12

»Spruit!«, brüllte van Arkel. »Sie Riesenschwachkopf! Wo waren Sie heute Nacht?«

»Zu Hause«, sagte Spruit. Er verzog keine Miene. »Ich habe mich krankgemeldet. Hat Krekels das nicht weitergegeben?«

»Um welche Uhrzeit haben Sie angerufen?«, fragte van Arkel merkwürdig ruhig.

»So gegen zwei. Ich habe nicht genau auf die Uhr geschaut.«

»Um zwei Uhr … Und Sie haben hier angerufen?«

»Ja, natürlich.«

»So, so, Sie haben sich also heute Nacht krankgemeldet. Was fehlte Ihnen denn? Haben Sie plötzlich Ihre Tage gekriegt?«

Spruit schwieg.

»Und der dumme Krekels hat vergessen, es weiterzuleiten. Da gibt es also aufgrund einer Kommunikationsstörung leider gar keine Beweise.«

»Tja …«

Van Arkel stand auf. »Wenn Sie jetzt nicht sofort abhauen, werden Sie erst richtig krank!«, brüllte er. Van Arkel war sehr kräftig und Spruit bekam es jetzt regelrecht mit der Angst zu tun. Er wich ein Stück zurück. »Ich weiß gar nicht, was Sie wollen!«, murmelte er.

»Sie sind wirklich noch dümmer, als ich dachte, Spruit. Nicht nur, dass durch Ihre Pflichtverletzung wichtiges Beweismaterial im Wert von tausenden Euro verschwunden ist, sondern Sie sind auch noch so dämlich und versuchen, Ihre Abwesenheit mit einer Lüge zu vertuschen! Krank! Dass ich nicht lache!«

»Aber ich habe wirklich angerufen!«, jammerte Spruit.

»Jetzt hören Sie schon auf zu lügen, Mann! Krekels ist Ihre Route gefahren! Ich saß hier am Telefon, und bei mir hat kein Meneer Spruit angerufen und gemeldet, dass ihm das alles zu viel geworden sei. Ein bisschen Ruhe wird Ihnen gut tun. Ich suspendiere Sie hiermit für zwei Wochen vom Dienst, bei halben Bezügen. Am Montagmorgen um sieben Uhr dreißig melden Sie sich hier, dann hören Sie, was wir weiter mit Ihnen vorhaben.«

Spruit wurde blass. »Das können Sie nicht machen!«, sagte er wütend.

»O doch«, erwiderte van Arkel. »Sie werden sich noch umgucken, was wir hier alles machen können. Hauen Sie ab! Ich will Sie hier nicht mehr sehen.«

»Das wird Ihnen noch leid tun!«, drohte Spruit mit rauer Stimme. »Das wird Ihnen noch richtig leid tun! Und wenn es das Letzte ist, was ich hier tue, aber daran werden Sie noch lange denken!« Mit großen Schritten marschierte er hinaus und knallte die Tür hinter sich zu.

Van Arkel trat ans Fenster und schaute eine Weile nach draußen. Zwei Kinder liefen Hand in Hand vorbei. Sie lachten, als sie sein wutverzerrtes Gesicht sahen, und rannten weg. Was sollte er mit so einem Mann bloß anfangen? Degradieren? Versetzen? Aber wer wollte einen suspendierten Hoofdagenten aus Ijsselmonde? War er überhaupt befugt, ihn zu suspendieren? Und wenn nicht, wer dann? Jonathan? Der Bürgermeister?

Telefon. Widerwillig nahm er ab.

»Ben«, sagte Klein. »Es gibt ein Problem. Kommst du mal kurz rüber?«

Am Ende des Flures stand Spruit mit dem Rücken zu ihm gewandt. Die Versuchung, hinzulaufen und ihm doch noch schnell einen Tritt zu versetzen, war so stark, dass er rasch weiterging und ohne anzuklopfen Jonathans Büro betrat. Klein wies mit einer zerstreuten Geste auf den Stuhl vor seinem Schreibtisch. Er faltete die Hände unter dem Kinn und schaute ihn eine Weile schweigend an. »Spruit ist gerade hier gewesen«, begann er. »Wie ich höre, hast du ihn suspendiert.«

»Stimmt.«

»Warum?«

»Wegen Pflichtverletzung, Irreführung von Kollegen, Belügen eines Vorgesetzten.«

»Du kannst ihn nicht suspendieren.«

»Ach nein?«

»Nein. Ich kann das, in Übereinstimmung mit dem Bezirksleiter.«

»Dann tu es.«

»Er ist schon weg«, sagte Klein. »Er hat sich krankgemeldet, und ein kranker Beamter ist vor Strafe geschützt.«

»Dann tu es, wenn er wieder gesund ist.«

Klein seufzte. »Ich habe ihm gesagt, dass ich über sein Versagen heute Nacht genauso verärgert bin wie du, Ben. Und ich habe die Suspendierung aufgehoben.«

»Du untergräbst also meine Autorität.«

»Ja. Das ist weniger schlimm für dich als ein Disziplinarverfahren.«

»Dieser Schwachkopf hat unsere Ermittlungen vermasselt! Roelof Schilder setzt seine Gesundheit aufs Spiel, um Beweismaterial zu sichern, und Spruit nimmt uns von vornherein jede Chance, dem Hormonhandel auf die Spur zu kommen!«

»Wenn Henk Spruit sich an die Gewerkschaft wendet oder sich einen Rechtsanwalt nimmt, bist du dran.«

»Aber ich bin sein Vorgesetzter!«

»Du bist aber nicht dazu befugt, ihn zu suspendieren.«

»Aber du! So etwas kann doch nicht ungestraft bleiben. Er stand direkt daneben, als Schilder die Flasche aus dem Auto geholt hat! Ich verstehe nicht, warum du nicht hinter mir stehst! Du solltest ihn rauswerfen!«

»Ich bin ja völlig deiner Meinung, dass er sich eine schwer wiegende Pflichtverletzung hat zu Schulden kommen lassen.«

»Na also!«

»Aber leider hast du den Dienstweg nicht eingehalten. Du hättest ihn erst an mich verweisen müssen und ich hätte ihn dann meinerseits nach Hause schicken können. Nachdem ich mir seine Version angehört hätte, natürlich, und begleitet von der Mitteilung, dass ich die Suspendierung schriftlich bestätigen würde. Dann hätte ich einen Brief verfasst und ihn ihm per Einschreiben geschickt, und erst wenn die Bestätigung von der Post eingetroffen wäre, dass er den Brief erhalten hat, wären sämtliche Auflagen erfüllt gewesen.«

Van Arkel schüttelte erbost den Kopf. »Bürokratie!«

»Aber da all das nicht geschehen ist«, fuhr Klein fort, »muss ich die Suspendierung aufheben und dir einen Rüffel erteilen. Was ich hiermit tue.«

»Suspendiere mich doch.«

Klein lächelte. »Jetzt mach doch kein Drama daraus, Ben. Wenn es zu einem Disziplinarverfahren käme, würden wir verlieren. Aber tröste dich: Der kommt nicht so bald zurück.«

»Und das war's dann.«

»Er wird ein Schreiben von mir kriegen, das sich gewaschen hat.«

Van Arkel schwieg.

»Hast du heute Nacht überhaupt geschlafen?«, fragte Klein.

»Nein. Ich habe hier am Telefon gesessen.«

»Was würdest du davon halten, dich ein paar Stunden hinzulegen?«

»Das wäre wunderbar«, sagte van Arkel. »Aber ich kann nicht.«

»Warum nicht? Hast du kein Bett zu Hause?«

»Nein, zu viel Arbeit.«

»Lass sie liegen. Wann hast du zum letzten Mal auf deiner Tröte gespielt?«

»Letzte Woche.«

»Und wann hattest du zum letzten Mal Sex?«

»Geht dich einen feuchten Dreck an«, brummte van Arkel, doch als Klein ihn unverwandt anschaute, fügte er nach einer Weile hinzu: »Auch letzte Woche.«

»Anfang oder Ende der Woche?«

»Montag. Einen Quickie vor der Anrichte.«

Klein schüttelte den Kopf. »Geh nach Hause, Ben. Die schönste Frau von Ijsselmonde läuft dir weg, wenn du sie vernachlässigst.«

»Wie rührend«, sagte van Arkel. »Mein ehemaliger Vorgesetzter fragte mich damals, warum ich mich in diesem Loch vergraben wolle. Da interessiert sich mein Chef wenigstens für mein Liebesleben, habe ich geantwortet. Und siehe da! Lernt ihr das auf dem Polizeipräsidentenlehrgang?«

»Nein, da verlernen wir solche Dinge nur.«

»Was denn noch alles?«

»Zum Beispiel, wie ein Besessener der Arbeit hinterherzurennen.«

»Du siehst ja, was passiert, wenn man es nicht tut.«

»Das Zeug wird sich schon wiederfinden. Weißt du eigentlich, warum Spruit so plötzlich erkrankt ist?«

»Er hat einen Schluck aus der Flasche getrunken.«

»Nein, er hat von Schilders Beförderung erfahren.«

»Wann das denn?«, fragte van Arkel erstaunt. »Letzte Nacht?«

»Ja, von Krekels.«

»Und woher wusste Krekels davon?«

»Von Jaap.«

»Hätte Adjutant Vermeer nicht einfach den Mund halten können?«

»Hätte er. Hat er aber nicht getan.«

»Mist. Ich nehme an, du hast es ihm erzählt.«

Klein nickte. »Ich habe übrigens auch noch mit einigen anderen Leuten geredet, während du deine Auseinandersetzung mit Spruit hattest. Und all diese Leute legen sich für uns ins Zeug, damit du und ich mal für einen Moment loslassen können.«

»Wer sind denn all diese Leute?«

»Willem Bol kämmt Schoenmakers Wagen durch. Derk Jansen schaut sich Meneer Schoenmaker selbst an und Waanders vom *AID* hat das Adressbuch an sich genommen, das wir bei Schoenmakers Leiche gefunden haben. Es ist nass, aber lesbar. Seine Männer kontrollieren heute und morgen sämtliche Bauern, deren Adressen sie in dem Buch finden. Übermorgen besprechen wir dann zu dritt das weitere Vorgehen.«

»Hattest du mir in den nächsten zwei Tagen auch eine kleine Rolle zugedacht?«

Klein lachte. »Tu heute doch einfach mal gar nichts, außer etwas Nettes, ganz privat.«

»Mache ich. Nachher. Aber erst würde ich mich gerne mal mit Bauer Beelen unterhalten.«

»Willst du das unbedingt persönlich übernehmen?«

»Ja.«

Klein warf ihm einen eigenartigen Blick zu. »Was glaubst du, dort zu finden, Ben?«

»Den Zusammenhang.«

»Es gibt keinen Zusammenhang«, entgegnete Klein schroff.

Van Arkel lachte grimmig. »Du weißt verdammt genau, dass es einen Zusammenhang gibt zwischen dem Zeug in Schoenmakers Auto und den Gerüchten über dubiose Zulieferer unseres hiesigen Schlachthofs.«

Klein schwieg. »Warum fährst du nicht mit?«, schlug van Arkel vor. »Du brauchst nichts weiter zu tun als zuzuhören.«

Klein zögerte. »Wenn nichts dabei herauskommt, stehen wir dumm da.«

»Tun wir sowieso schon, dank Spruit. Komm, ich fahre. Und danach gehen wir irgendwo was essen.«

»Er ist im Stall«, sagte Mevrouw Beelen. »Warten Sie, ich hole ihn rasch.«

»Lassen Sie nur, wir können auch zu ihm hingehen«, erwiderte van Arkel. »Der Commissaris hat noch nie einen Stall von innen gesehen. Und anschließend würden wir uns gerne noch mit Ihnen beiden unterhalten.«

Sie nickte. Ihre blauen Augen blickten ihn gelassen an.

Sie weiß genau, warum wir hier sind, dachte er. Kleins Gesicht blieb völlig ausdruckslos, als sie den Hof überquerten. Überall hatten sich uringelbe Tauwasserpfützen gebildet. Der Hund sprang wie ein Rasender gegen die Drahtumzäunung seines Zwingers. Sie kamen direkt an ihm vorbei, als sie dem einzigen trockenen Pfad zum Stall folgten.

Beelen stand im Mittelgang und verteilte eine Fuhre Silofutter. Rechts und links rupften rotbunte Rinder große Büschel aus dem Futter heraus. Beelen beantwortete van Arkels Gruß mit einem Nicken und warf Klein einen misstrauischen Blick zu. Van Arkel stellte Klein vor. Beelen drückte ihm kurz die Hand.

»Was kann ich für Sie tun?«

»Wir möchten gerne wissen, wen Sie gestern Nacht außer uns noch wegen des verunglückten Wagens angerufen haben«, sagte van Arkel.

»Niemanden.«

»Schoenmakers Auto wurde in den frühen Morgenstunden unter Wasser ausgeräumt, und außer uns, Ihnen und Ihrer Frau wusste niemand, dass es da im Graben lag.«

Klein zeigte auf die fressenden Tiere. »Das sind also Maststiere?«

»Ja.«

»Was kriegen die so zu fressen?«

»Silofutter. Ein bisschen Kraftfutter.«

»Keine Hormone?«

»Nein.«

»Aber Sie wussten, was die Flasche von heute Nacht enthielt.«

Beelen zuckte mit den Schultern. »Das weiß jeder Bauer.«

»Und jeder Bauer benutzt das Zeug?«, fragte Klein.

»Nein. Ich zum Beispiel nicht.«

»Meneer Beelen, wen haben Sie angerufen?«, fragte van Arkel.

»Niemanden!«, wiederholte Beelen.

»Dann müssen wir uns noch einmal mit Ihrer Frau unterhalten.«

»Lassen Sie meine Frau aus dem Spiel!«

»Einer von Ihnen beiden hat der Person Bescheid gesagt, die den Wagen ausgeräumt hat.«

»Lassen Sie sie aus dem Spiel!«

»Okay. Wer war's?«

Beelen schwieg. Klein schlenderte an den Stieren entlang. Sie zogen die Köpfe zurück, fingen aber gleich wieder an zu fressen, sobald er vorbei war.

»Schöne Tiere«, sagte Klein. »Sehen sehr gesund aus. Alles *pure nature?*«

»Pure nature«, bestätigte Beelen. »Kennen Sie sich aus?«

»Nein«, sagte Klein.

»Dachte ich mir schon.«

»Woran merken Sie das?«, fragte Klein lächelnd.

»An der Art, wie Sie an den Tieren vorbeigehen. Ein Bauer geht anders.«

»Wie denn?«, fragte van Arkel.

»So«, sagte Beelen und ging denselben Weg wie Klein. Bei ihm fraßen die Rinder ungestört weiter.

»Gesehen?«, fragte er. »Gut, und jetzt würde ich gerne mit meiner Arbeit weitermachen.«

Klein lächelte. »Wieder etwas dazugelernt. Jetzt wissen wir, wie ein Bauer geht. Und jetzt machen Sie uns doch mal vor, wie ein Bauer aussieht, der die Wahrheit sagt.«

»Ich möchte gern weiterarbeiten«, wiederholte Beelen.

»Kein Problem. Sie können auch in einer Stunde ins

Präsidium kommen und dem Untersuchungsrichter erklären, woher die Diebe ihre Informationen hatten.«

»Ich habe nichts zu sagen.«

»Meneer Beelen, dies ist ein Verhör«, sagte van Arkel. »Ein etwas ungewöhnliches Verhör, denn normalerweise sind nicht ein Commissaris und ein Inspecteur anwesend, aber dennoch ein Verhör. Wir vernehmen Sie als Zeugen. Wir können Sie allerdings auch morgen dem Untersuchungsrichter vorführen, und zwar wegen Verdacht auf Hehlerei mit gestohlener Ware.«

»Aber sie haben es nicht gestohlen! Es gehört ihm!«

»Wem?«

»Ach verdammt! Hätte ich Arend Schoenmaker verrecken lassen sollen?«

»Nein«, sagte Klein. »Es war richtig von Ihnen, uns anzurufen. Alles war hundertprozentig richtig, auch was Sie anschließend getan haben. Nur dieser eine kleine Fehler, dieser Anruf bei dem, der später das Auto ausräumte, den hätten Sie besser unterlassen.«

»Wenn ich es nicht getan hätte, würde in Kürze mein Hof in Flammen aufgehen.«

»Ist es wirklich so schlimm?«

»Ja«, antwortete Beelen, plötzlich ganz ruhig. »Und wissen Sie warum? Weil Sie blind sind. Wenn Sie wussten, was in diesem Auto war, warum haben Sie dann nicht dafür gesorgt, dass niemand rankonnte?«

Klein und van Arkel schauten sich an. »Gute Frage«, sagte van Arkel. »Das Auto wurde leer geräumt, bevor der Wachtposten eintraf.«

Beelen schüttelte den Kopf. »Aber da ist gar keiner gekommen.«

»Woher wissen Sie das?«

»Weil ... ach, lassen Sie mich doch in Ruhe!«

Klein und van Arkel schauten ihn schweigend an.

»Ich fordere Polizeischutz!«, rief er. »Schutz für meine Frau und den Hof.«

»Wen haben Sie angerufen?«, fragte van Arkel in scharfem Ton. »Anton Krans?«

Beelen verteilte das restliche Futter an die Stiere. Klein und van Arkel folgten ihm, während er immer wilder die Heugabel schwang. »Also Anton Krans«, stellte van Arkel fest.

»Ja!«, antwortete Beelen heftig.

»Gleich nachdem wir weg waren?«

»Ja!«

»Wann sind sie gekommen?«

»Um halb vier.«

»Sind Sie mit ihnen zu der Stelle hingefahren?«

»Ja.«

»Wie haben die das Zeug herausgeholt?«

»Mithilfe von zwei Tauchern.«

»In Ihrem Beisein?«

»Nein, ich bin sofort wieder nach Hause gefahren.«

»Warum haben Sie solche Angst vor Krans?«, fragte Klein.

Beelen schaute ihn eine Weile lang schweigend an. »Ihr habt keine Ahnung, was? Wollt Ihr wirklich wissen, was los ist? Wenn Anton erfährt, was ich Ihnen erzählt habe, kann ich dienstagabends nicht mehr zum Singen gehen. Dann kann ich in diesem Winter überhaupt nicht mehr weg. Und auch nicht im Sommer. Nie mehr, eigentlich. Denn in dem Moment, wo ich den Hof verlasse, geht er in Flammen auf.«

»Ihr Hund sieht gefährlich aus«, meinte Klein.

»Anton lacht über Hunde. Er lacht auch über euch. Und zu Recht, wie ich merke.«

»Geben Sie uns Ihre Aussage schriftlich, dass Sie heute Nacht Krans angerufen haben, und wir sorgen zwei Wochen lang für den Schutz Ihres Bauernhofs.«

»Was nützen mir zwei Wochen?«

»Innerhalb von zwei Wochen haben wir Krans entweder verhaftet oder er konnte beweisen, dass er nur sein ganz legales, rechtmäßiges Eigentum aus dem Graben gefischt hat. In beiden Fällen wären Sie damit Ihre Sorgen los. Bleibt nur noch ein anderes Problem: die Tatsache, dass Sie Krans angerufen haben. Aber darüber lässt der Staatsanwalt gewiss mit sich reden.«

»Bitte ziehen Sie meine Frau da nicht mit hinein«, bat Beelen noch einmal.

»Versprochen«, sagte Klein.

»Wen willst du den Hof observieren lassen?«, fragte van Arkel, als sie wieder aufbrachen. »Wenn wir Krans schnappen wollen, brauchen wir jeden Mann.«

Klein grinste. »Dreimal darfst du raten.«

13

Neben Krans' Haus standen zwei riesige Scheunen. Das Wohnhaus lag auf einer Wurte, einem Anachronismus in der Kulturlandschaft, die flach wie ein Brett war. Zwei Bouviers liefen frei auf dem Grundstück herum. Kein Mensch war zu sehen.

Van Arkel sprach leise ins Funkgerät und erhielt eine gedämpfte Antwort.

»Jetzt!«

Die Einsatzfahrzeuge bogen von zwei Seiten in den Hof ein. Die Hunde rannten auf die Autos zu. Van Arkel hielt das Megafon aus dem Fenster und rief: »Hier spricht die Polizei! Pfeifen Sie die Hunde zurück oder ich lasse sie erschießen!«

Keine Reaktion. Van Arkel und Berveas stiegen gleichzeitig aus. Die Hunde schlichen knurrend auf sie zu. Van Arkel zog seine Pistole. In dem Moment rief vom Haus her eine befehlende Stimme: »Kastor! Pollux! Ab!«

Die Hunde blieben stehen. Die Polizeibeamten und die Ermittler vom *AID* stiegen aus den Kleinbussen und warteten auf die Frau, die die Eingangstreppe herunterkam. Sie hatte stechende gelbbraune Augen und störrisches schwarzes Haar, wie die Hunde, aber damit hörte die Ähnlichkeit auf. Sie war auffallend schön und strahlte eine vitale Kraft aus, die sie unnahbar machte, sodass es schien, als beherrsche sie die Situation, obwohl ihr Hof von vierzehn bewaffneten Polizisten und sechs *AID*-Ermittlern besetzt wurde.

»Was soll das?«, fuhr sie sie an.

»Dies ist eine Haussuchung«, sagte Berveas, wobei er die Hunde keine Sekunde aus den Augen ließ.

»So viele Kerle gegen eine Frau und zwei Hündchen?«, fragte sie spöttisch.

»Wer hält sich außer Ihnen sonst noch hier auf?«, fragte van Arkel.

»Niemand«, antwortete sie schnell. Zu schnell.

»Sie lügen«, sagte Berveas. »Sperren Sie die Hunde in den Zwinger. Ich gebe Ihnen eine Minute Zeit, Ihre Mitarbeiter zu holen. Inspecteur van Arkel und Brigadier Schilder werden Sie begleiten.«

»Die Hunde laufen hier immer frei herum.«

Van Arkel trat einen Schritt nach vorn. Die Hunde stießen ein so bedrohliches Grollen aus, wie er es noch nie zuvor gehört hatte. Er richtete seine Waffe auf sie.

»Wagen Sie es nicht«, sagte sie leise.

»Ich warne Sie nicht noch einmal«, erwiderte van Arkel.

Einen Moment lang schien es, als würde sie seinen Befehl ignorieren. Dann drehte sie sich um.

»Kommt«, sagte sie. Die Bouviers folgten ihr, als führe sie sie an der Leine, und ließen sich gehorsam in den Zwinger sperren. Berveas begleitete die Männer zu den Scheunen, van Arkel und Schilder folgten der Frau zum Haus. In der Küche saßen drei Männer. Ein etwa dreißig Jahre alter Riese mit rotem Bürstenschnitt und Händen wie Bratpfannen, den die Frau Bert nannte, sowie zwei junge, kräftig gebaute Männer, die sich sehr ähnlich sahen. Sie sagten kein Wort. Die Frau lehnte sich gegen die Anrichte und schaute die Polizeibeamten mit einem spöttischen Lächeln an.

»Wo ist Ihr Mann?«, fragte van Arkel.

»Mein Mann ist tot.«

»Tot?«

»Tot. Er ist vor fünf Jahren gestorben.«

»Ich meine Anton Krans.«

»Anton ist im Ausland.«

»Seit wann?«

»Gestern war er in Dänemark. Heute Morgen ist er wieder abgereist.«

»Wohin?«

»Nach Belgien.«

»Zu welchem Zweck?«

Sie zuckte mit den Schultern. Schöne Schultern, dachte Schilder. Verdammt schöne Schultern. Ben fasste sie nicht richtig an. »DES«, sagte er deshalb unvermittelt. »Diethylstilbestrol.« Er brachte das Wort ohne zu stottern heraus und klopfte sich im Stillen auf die Schulter. »Wissen Sie, was Sie von DES kriegen können?«

Sie schaute ihn an. Schilder hielt ihrem Blick stand und fuhr fort: »Es lässt ihre Scheide verrotten. Und wenn sie nur noch ein großes, schleimiges Loch ist, fällt Ihre Gebärmutter unten raus oder was immer davon übrig ist.«

Einer der jungen Männer lachte auf. Die Frau schaute ihn an und sein Grinsen erstarb auf der Stelle. »Und dieses Giftzeug befindet sich hier auf Ihrem Grundstück«, fuhr Schilder fort. »Bereit, in Ihre Rinder gepumpt zu werden und damit neue Frauen zu beglücken.«

»Wovon redet dieser Idiot?«, fragte die Frau van Arkel.

»Über den Grund unseres Besuchs. Sie können uns und sich die Sache erheblich vereinfachen, wenn Sie uns sagen, wo Sie es versteckt haben.«

»Wo ich was versteckt habe?«

»Die Kisten mit den Hormonpräparaten aus dem Auto von Arend Schoenmaker.«

»Ich weiß von nichts. Anton ist nicht da und er hat auch nichts gesagt, als er losgefahren ist. Zu euch vielleicht, Jungs?«

Die drei Männer schüttelten brav die Köpfe. Schilder grinste. »Wuff«, sagte er provozierend. »Wuff, wuff.« Bert blickte ihn wütend an, aber Schilder zwinkerte ihm nur zu und sagte fröhlich: »Ja, ja, eine Frau, die ihre Männer im Griff hat. Das ist mir ja einer, der Anton. Hat gar nichts gesagt zum Abschied. Noch nicht mal ein Küsschen gegeben? Euch vielleicht, Jungs?«

Bert ballte die Fäuste, doch der ältere der beiden anderen Männer grinste und sagte: »Doch, doch, einen schönen, nassen Zungenkuss.«

»Das ist doch mal ein Chef«, sagte Schilder anerkennend. »Machst du das auch, Ben, wenn du in Urlaub fährst?«

»Ben heißt der?«, fragte der jüngste der drei Männer. »Ich habe einen Onkel, der so heißt. Das ist vielleicht ein Idiot!«

»Halt die Klappe«, sagte Bert. Er warf der Frau einen raschen Blick zu und bedachte anschließend van Arkel mit einem abfälligen Grinsen. Dann fragte er Schilder: »Wer ist denn hier eigentlich der Chef von wem?«

»Er ist mein Chef«, antwortete Schilder aufgeräumt. »Sieht man doch gleich. Und, fällt's euch jetzt wieder ein?«

Die Frau gab keine Antwort, aber zum ersten Mal zeigte sich ein angedeutetes Lächeln auf ihrem Gesicht. Sie schüttelte kaum merklich den Kopf.

»Schade«, sagte Schilder, immer noch in demselben heiteren Tonfall. »Denn wenn wir nichts finden, müssen wir die ganze Bude abreißen. Wäre doch schade um so ein kapitales Haus und die schönen Ställe. Und wo sollen die Tiere solange bleiben? Ach, gute Idee, wir essen sie einfach auf.« Er machte ein betrübtes Gesicht. »Nein, geht gar nicht, die sind ja voll mit Hormonen. Was machen wir denn dann bloß mit ihnen ...« Er legte eine Pause ein und schaute seine Zuhörer dann verschmitzt an. Ausgezeichnete Taktik, dachte van Arkel.

»Ja, natürlich, wir exportieren sie!«, rief Schilder. »Wir setzen sie den Spaghettifressern vor! Die haben sowieso zu viele Hormone im Blut. Und erst mal die Frauen, habt ihr euch die mal angesehen?« Er senkte die Stimme zu einem vertraulichen Flüstern. »Haare, Jungs, überall Haare! Auf den Armen, auf den Beinen, im Gesicht! Und da, wo welche sein sollten – nichts! Und wisst ihr, woher das kommt? Von dem Fleisch aus Holland. Leckeres, saftiges holländisches Fleisch. Turbofleisch, *made in Wolvega.* Aufgepeppt von Anton und seiner Witwe.«

»Jetzt halten Sie doch mal den Mund!«, sagte die Frau.

»Sie kennen die Regeln nicht«, erwiderte Schilder. »Wenn wir zu Besuch kommen, stellen wir die Fragen, und wenn Sie zu uns kommen, stellen wir auch die Fragen. Praktisch, was? Tja, Jungs, ihr solltet bei uns anfangen. Wir haben noch was frei. Macht viel mehr Spaß, als Rinder mit Stoff voll zu pumpen.«

Haydar Seyat kam herein, begleitet von Frans Penninkhof, dem ältesten der Fahnder vom *AID*, und fragte: »Ben, kann ich dich mal einen Augenblick sprechen?«

Van Arkel ging mit nach draußen. Seyat fragte: »Wie läuft's?«

Van Arkel grinste. »Perfekt. Ich hoffe, dass Berveas nicht hört, was Schilder da fabriziert, aber es ist der richtige Ansatz. Was habt ihr gefunden?«

»Nichts«, antwortete Penninkhof. »Der Staatsanwalt ist außer sich. Er ist noch bei den Jungs, die den Stall durchsuchen.«

»Aber es war eine ganze Wagenladung! Die muss doch zu finden sein! Hat der Hund auch nichts entdeckt?«

»Er weiß nicht, wonach er suchen soll«, antwortete Penninkhof. »Er ist perfekt auf Speed abgerichtet, aber unsere Drogen kennt er noch nicht.«

»Wir stehen also als Deppen da«, konstatierte van Arkel.

Seyat zeigte auf das Haus. »Will von denen keiner den Mund aufmachen?«

»Nein.«

»Der einzige Raum, in dem wir noch nicht gewesen sind, ist die Küche.«

»Es war zu viel, das kann man nicht alles in einem Küchenschrank verstecken. Roelof hat gesagt, es seien schwere Kisten gewesen, und er hat Recht, man kann noch die Abdrücke auf den Rücksitzbezügen erkennen, wie du selbst festgestellt hast. Hast du in den Fahrzeugen nachgesehen?«

»In der Scheune dahinten steht nur ein alter Mercedes und da war nichts drin.«

»Nur ein Wagen«, wiederholte van Arkel nachdenklich. »Wie sind die Männer dann hierher gekommen? Mit dem Fahrrad?«

Penninkhof lachte. »So, wie die aussehen, können die nicht mal Fahrrad fahren. Ich habe schon zwei Teams zu Bert Strijker und den Brüdern de Jongste nach Hause geschickt.«

»Wohnen die beiden Brüder zusammen?«

»Ja, in ihrem Elternhaus. Die Eltern leben nicht mehr.«

»Eine Witwe und zwei Waisen, ist ja richtig Mitleid erregend«, sagte van Arkel. »Wir durchsuchen die Küche, und wenn das nichts bringt, nehmen wir sie in die Mangel.«

»Vielleicht hat Roelof etwas aus ihnen rausgekriegt«, meinte Seyat hoffnungsvoll.

»Vergiss es«, entgegnete Penninkhof. »Er schlägt sich wacker, wie dein Chef schon sagte, aber solche Leute machen den Mund nicht auf, und wenn man ihnen das Beweismaterial vor die Füße wirft. Es ist aber schon nützlich, dass er sie ablenkt.«

Als sie zurückkamen, herrschte in der Küche eine beklemmende Stille. Die drei Männer von Krans blickten stur geradeaus.

»Ein bisschen still hier«, bemerkte Schilder. »Komm, Haydar, erzähl doch mal einen Witz. Vielleicht den mit der Turbokuh.«

»Ein Mann fährt von Ijsselmonde nach Wolvega«, begann Seyat. »Am Straßenrand steht ein Bauer und trampt. Er hat eine Kuh dabei. Der Mann hält an, der Bauer bindet die Kuh am Auto fest, steigt ein und sagt: ›Fahren Sie los!‹ – ›Wohin wollen Sie denn?‹, fragt der Mann freundlich, und der Bauer sagt: ›Zu Krans. Das blöde Vieh gibt keine Milch mehr.‹ Der Mann fährt langsam an, aber der Bauer sagt, er könne ruhig schneller fahren, das sei eine Turbokuh, er gebe ihr anabole Steroide zu fressen. Der Mann gibt Gas und tatsächlich rennt die Kuh hinter dem Auto her. Auf der Autobahn guckt der Mann in den Rückspiegel und sagt: ›Jetzt wird die aber doch ganz schön rot!‹ – ›Macht nichts‹, sagt der Bauer, ›das wird sie immer, wenn sie überholen will.‹«

Die beiden Waisen grinsten. Bert starrte weiter ausdruckslos vor sich hin. »Bert hat ihn nicht kapiert«, sagte Schilder. »Klärt ihn doch mal auf, Jungs.«

»Haydar und Frans wollen die Küche durchsuchen«, sagte van Arkel. »Bitte bring sie solange nach nebenan«,

Schilder hielt höflich die Tür auf. »Darf ich bitten, meine Dame, meine Herrn?«

Bert und die Waisen schauten sich an und zuckten gleichzeitig mit den Schultern – eine so viel sagende Geste, dass Schilder und van Arkel unwillkürlich lachen mussten. »Schon besser, Jungs«, sagte Schilder gutmütig. »Ihr kommt jetzt mit mir, mein Chef will sich noch ein bisschen mit eurer Chefin unterhalten. Wo kann man hier denn etwas zu trinken kriegen?«

Bert zeigte auf den Wasserhahn. »Gutes friesisches Wasser. Garantiert naturrein.«

Van Arkel war kurz abgelenkt und diesen Moment der Unaufmerksamkeit nutzte die Frau, um in einen Nebenraum zu schlüpfen und die dicke Eichentür hinter sich abzuschließen. Van Arkel legte ein Ohr an das Holz und hörte sie schnell und leise reden. Er hämmerte gegen die Tür. Als er Berveas hereinkommen sah, erklärte er ihm im Flüsterton, was geschehen war. Sie hörten sie im Zimmer umhergehen und kurz darauf rochen sie Brandgeruch.

»Öffnen Sie die Tür oder ich schieße das Schloss auf!«, rief van Arkel.

Sie reagierte nicht. Van Arkel schoss und trat die Tür ein. Die Frau stand neben einem Metallkorb, aus dem Flammen schlugen.

Er zerrte sie weg und versuchte, das Feuer zu ersticken. Erstaunlich, wie lange so wenig Papier brannte. Was übrig blieb, war unleserlich. Nur die gelbe Farbe der Blätter war noch erkennbar. Auf einer unversehrten Ecke standen ein Name und ein Datum: *Agropharma Löwen, 14. Februar.* Das Jahr fehlte. Van Arkel zog die oberste Schreibtischschublade auf und blätterte einen Stapel Mappen durch, der darin lag.

»Agent!«, rief Berveas.

Kwakkel trat in die offene Tür. »Meneer?«

»Räumen Sie dieses Zimmer aus. Packen Sie sämtliche Papiere, Mappen und Ordner in Plastiksäcke und bringen Sie sie in den Wagen. Bakker und van Roden sollen Ihnen helfen.«

»Zeigen Sie mir den Durchsuchungsbeschluss!«, befahl die Frau in scharfem Ton.

Berveas präsentierte ihr eine Mappe. »Die Beschlagnahmeanordnung. Soll ich sie Ihnen vorlesen?«

Sie warf ihm einen wütenden Blick zu. »Zeigen Sie her!«

»Gern, Mevrouw, hier bitte.«

Sie ignorierte seinen Sarkasmus und las sich das Schreiben sorgfältig durch. Schweigend gab sie es ihm zurück und verschränkte die Arme vor der Brust. Die Beamten packten den Inhalt des Schreibtischs und der Schränke in große Plastiksäcke. Van Arkel kontrollierte die leeren Möbelstücke. Berveas blickte eine Weile schweigend den Schreibtisch an, an dem die Frau lehnte. Es war ein eleganter antiker Sekretär mit zahlreichen kleinen Schubladen und Fächern und einer Rolllade, mit der man den Aufsatz und die Schreibfläche abschließen konnte. »Nehmt den Schreibtisch auseinander«, ordnete er an.

Kwakkel schob die Frau beiseite und rüttelte an dem Aufsatz. »Nein!«, rief sie. »Bitte nicht! Es ist ein Erbstück …«

»Ich setze ihn Ihnen gleich wieder zusammen«, versprach Kwakkel. Er befühlte mit den Fingerspitzen die Unterseite und tastete in sämtlichen Schubladen und

Fächern herum. Er ließ seine beiden Kollegen den Aufsatz anheben und entdeckte das meisterhaft verborgene Geheimfach unter der Schreibfläche.

»Da ist nichts drin«, sagte sie schnell. »Nur alte Briefe.«

Kwakkel schaute van Arkel an, dann die Frau und sagte: »Mevrouw, es tut mir leid. Ich muss es leider aufbrechen.«

Sie setzte sich auf die Tischplatte. »Hände weg!«

Wieder schaute Kwakkel van Arkel an. »Was sollen wir machen, Inspecteur?«

»Holen Sie bitte Brigadier Seyat«, sagte van Arkel. Kwakkel verschwand und kehrte kurz darauf mit Seyat zurück.

»Unter der Mevrouw befindet sich ein Geheimfach«, erklärte van Arkel. »Bitte öffne es, ohne dass dabei etwas kaputtgeht.« Er schaute die Frau an. »Kommen Sie freiwillig da runter oder müssen wir Sie runterheben?«

»Mistkerle!« Sie stand auf. Seyat fummelte an dem Schloss herum. Van Arkel dachte bei sich, wie nützlich es doch war, dass zu ihrem Korps der Sohn eines Tischlers und der Sohn eines Schlossers gehörten, auch wenn Letzterer sein Fach in Kurdistan gelernt hatte. Haydar behauptete, niederländische Schlösser unterschieden sich von türkischen. Sie schienen einfacher konstruiert zu sein, denn er kriegte jedes Schloss auf.

In der Schublade lag ein Stapel Briefe. Die Frau holte tief Luft, als Seyat das Päckchen van Arkel übergab. Im ersten Augenblick befürchtete er, sie würde auf ihn losgehen und es ihm aus den Händen reißen.

Die Handschrift der Briefe war ihnen wohl bekannt: groß, rund, krakelig, mit Lindas typischen, nach unten ausweichenden Schnörkeln.

Van Arkel steckte das Päckchen ein und sagte zu Kwakkel: »Setzen Sie ihn bitte wieder zusammen?«

Die Frau ging zur Tür.

»Bleiben Sie hier!«, rief Berveas warnend.

Sie blieb stehen, den Rücken zu ihm gewandt.

»Setzen Sie sich!«

Sie drehte sich langsam um und fuhr mit der Hand über die Tür. »Bekomme ich den Schaden ersetzt?«

»Nur wenn die Ermittlungen ergeben, dass Sie unschuldig sind.«

Sie nahm in einem Sessel am Fenster Platz. »Was wird uns eigentlich vorgeworfen?«, fragte sie sachlich.

»Heute Nacht ist Arend Schoenmaker in der Nähe von Ijsselmonde ertrunken«, antwortete Berveas. »In seinem Wagen befand sich ein ganzes Arsenal verbotener wachstumsfördernder Substanzen. Doch als wir das Wrack heute Morgen aus dem Wasser zogen, war es leer.«

»Was habe ich damit zu tun?«

»Wir erhielten einen Hinweis, dass Sie es ausgeräumt haben.«

»Ich?« Sie lachte abfällig. »Was soll ich mit dem Zeug?«

»Es verkaufen.«

»Das ist wirklich lächerlich!«

Seyat winkte und Berveas und van Arkel verließen das Wohnzimmer. »Penninkhof hat bei den Waisen eine Taucherausrüstung gefunden«, berichtete Seyat. »Sie ist noch nass.«

»Sehr gut«, sagte Berveas. »Und die Hormone?«

»Noch nicht. Sollen wir sie mit der Taucherausrüstung konfrontieren?«

»Nein, warte noch einen Augenblick. Sie haben garantiert schon eine Ausrede parat.«

»Wir können das Wasser im Anzug analysieren lassen.«

»Selbst wenn du ihnen nachweist, dass sie heute Nacht in dem Graben herumgeschwommen sind – ohne den Inhalt von Schoenmakers Auto sind wir machtlos«, widersprach van Arkel.

»Kannst du nicht mitkommen? Vielleicht findest du etwas.«

Van Arkel zögerte. Penninkhof war ein erfahrener Ermittler, aber womöglich entdeckte ein unvoreingenommener Zuschauer etwas, was der Fachmann übersah. »Gute Idee«, stimmte Berveas zu. Er lächelte. »Falls Sie es mir zutrauen, solange auf Mevrouw aufzupassen.«

Van Arkel lachte. »Roelof Schilder bleibt ja bei Ihnen. Da können Sie ganz beruhigt sein.«

Die Brüder de Jongste wohnten in einem alten Bauernhof, zu dem ein moderner Stall gehörte. Neben dem Stall befand sich ein Misthaufenplatz mit Jakobsleiter. Ein Mecheler Schäferhund gebärdete sich wie rasend in seinem Zwinger.

Van Arkel dachte an den Bauernhof in der Veluwe, wo er als Kind die Ferien verbracht hatte. In Gedanken ging er sämtliche Orte durch, an denen er selbst die Flaschen und Kisten verbergen würde. Penninkhof zeigte, wo er die Taucherausrüstung gefunden hatte, unter einer Bodenplatte in einem Geräteschuppen. Es bestand kein Zweifel, dass sie in der letzten Nacht benutzt worden war. Zwischen dem Mistplatz und dem Stall befand sich ein Betondeckel im Boden, der unter dem herumliegenden Backsteinschutt kaum auffiel.

»Was ist das?«, fragte van Arkel.

»Die Jauchegrube«, sagte Penninkhof.

»Habt ihr darin nachgeschaut?«

»Nein«, sagte Penninkhof. »Es lässt sich nachvollziehen, wo die beiden heute Nacht gewesen sind, fast überall auf dem ganzen Hof, aber garantiert nicht in der Jauchegrube. Die ist schon seit Jahren nicht mehr geöffnet worden.«

»Dann sollten wir sie mal aufmachen«, beschloss van Arkel.

Penninkhof zuckte mit den Schultern. »Ich halte das für sinnlos«, sagte er, holte aber einen Stock aus dem Schuppen, lockerte den rostigen Ring auf dem Deckel und steckte den Stock hindurch. Jeder fasste auf einer Seite an und zusammen hoben sie den Deckel ab. Der Gestank war fürchterlich. Penninkhof trat einen Schritt beiseite, aber van Arkel hielt die Luft an und schaute in die Grube hinein. Er unterdrückte den Brechreiz und beugte sich noch weiter nach vorn.

»Vorsicht, Ben!«, rief Seyat. Sie hielten van Arkel mit einer Hand am Mantel fest und kniffen sich mit der anderen die Nasen zu.

»Du bist doch nicht etwa so verrückt und willst da reingehen?«, fragte Penninkhof.

»Ich werde mich hüten«, antwortete van Arkel. »Ich muss doch nicht selbst rein, wenn ich zwei Untergebene dabei habe. Und du bist hier der Fachmann.«

Penninkhof schaute ihn entsetzt an. Seyat ging ein Stück beiseite und holte tief Luft. »Dieser Gestank! Wenn man da reinfällt, ist man tot!« Ihm lief ein Schauer über den Rücken und er warf einen angewiderten Blick auf das Loch, aus dem eklige bräunliche Dämpfe aufstiegen. »Erstickt in der Gülle …«

Penninkhof schaute mit einem Taschentuch vor dem Mund in die Grube hinein. »Da ist nichts als flüssige

Scheiße drin. Hab ich doch gesagt. Warum müsst ihr Polizisten immer so eigensinnig sein?«

»Das ist typisch für Polizisten«, antwortete van Arkel. »Wir lassen sie auspumpen.«

Penninkhof schüttelte voller Zweifel den Kopf, rief aber dennoch einen Lohnunternehmer an, der eine halbe Stunde später mit einem Pumpenwagen auf den Hof fuhr. Er steckte den Schlauch in die Gülle und pumpte den Inhalt in den riesigen Tankwagen.

»So, die ist leer«, sagte der Mann, als nach einer Weile ein Gurgeln ertönte. »Wo wollt ihr das Zeug hinhaben?«

»Das entscheiden wir später«, sagte van Arkel und leuchtete mit der Taschenlampe in die Grube, aus der sich die trüben Dämpfe allmählich verzogen. Er winkte Penninkhof zu sich.

Penninkhof schaute hinunter.

»Da soll mich doch einer«, sagte er. »Polizisten!« Anerkennend fragte er van Arkel: »Woher wusstest du das?«

Van Arkel grinste. »Ich hab's gerochen.«

14

In dem übel riechenden Schlamm auf dem Boden der Grube standen drei Kisten. Die größte enthielt fünfzig durchsichtige Plastikflaschen mit in Erdnussöl gelöstem Diethylstilbestrol. Die Menge an DES in jeder der Flaschen reichte aus, um bei sämtlichen Frauen in Wolvega und Ijsselmonde Gebärmutterkrebs zu verursachen. In der zweiten Kiste waren fünfzig Flaschen, in denen sich die DES-verwandten Substanzen Hexoestrol und Dienöstrol befanden, ebenfalls in hoher Konzentration in Erdnussöl gelöst.

In der dritten Kiste standen fünfzig Anderthalbliterflaschen Cola. Sie wirkten täuschend echt. Alles stimmte: das Format der Flaschen, die Aufschrift, der Strichcode und die Schraubverschlüsse. Die Flüssigkeit roch und sprudelte wie Cola. »Bei einer Haussuchung hätten wir sie übersehen«, meinte Penninkhof. Sie hätten sie für harmlose Colaflaschen in einem Kühlschrank gehalten. Doch in der colaartigen Flüssigkeit steckten acht verschiedene Hormone, von denen das Labor sechs, darunter vier Schilddrüsenblocker, identifizierte. Diese Hormone, die die Funktion der Schilddrüse unterdrücken, sorgten zwar dafür, dass das damit gespritzte Schlachtvieh an Gewicht zulege, aber das sei alles nur Wasser, erklärte Penninkhof. Außerdem seien diese Stoffe äußerst schädlich für den Verbraucher, der zufällig das Fleisch rund um die Einstichstelle erwische. Der Cocktail aus den sieben Hormonen war aber nicht das Beunruhigendste an dem Fund. Derartige Mischungen hatte man schon öfter entdeckt, sogar aus neun verschiedenen Hormonen in einem Behälter, aber sie wurden selten angewendet, weil die Dosierung erhebliche Sorgfalt erforderte. Ein Fehler in der Anwendung konnte bedeuten, dass das Medikament keinerlei Auswirkungen auf die behandelten Tiere hatte.

Die nicht identifizierte Substanz löste bei Laborratten eine merkwürdige Reaktion aus. Sie liefen eine Weile verwirrt umher, setzten sich dann auf die Hinterbeine und fingen an, ihren Schwanz aufzufressen. Danach fraßen sie ihre eigenen Pfoten. Anschließend nagten sie ihren Bauch auf und holten die Eingeweide heraus. Die am längsten überlebende Ratte fraß ihre eigenen Innereien. Sie schienen ihr gut zu schmecken, berichtete der Laborant, der den Versuch begleitete. Das Merkwürdigste war, dass die Ratten keinerlei Schmerzen zu verspüren schienen. Sie fraßen sich mit Appetit selbst auf, ohne die geringsten Anzeichen der Qualen zu zeigen, die mit einem solch grausigen Prozess einhergehen mussten. Der Laborant wiederholte den Versuch mit Kaninchen. Sie starben innerhalb von vierundzwanzig Stunden. Die Schweine, denen die Mitarbeiter des Instituts für Futtermittelforschung die unbekannte Substanz spritzten, entwickelten eine Variante des Verhaltens der Ratten. Sie fraßen sich gegenseitig auf, mit derselben Gier und derselben Gefühllosigkeit, die die Ratten gezeigt hatten. In einer kaum noch messbaren Konzentration führte das Mittel bei Rindern zu einem spektakulären Wachstum. Innerhalb weniger Tage nahmen sie mehr an Gewicht zu als sonst in einem Monat. Die behandelten Tiere tendierten keineswegs zum Kannibalismus, blieben am Leben und wuchsen wie Unkraut. Die einzige Abweichung bestand in ihrem Verhalten. Sie mieden die Gesellschaft ihrer Artgenossen, wie sterbende Tiere, die sich von der Herde absondern. Ingenieur van Haaften, der den Versuch leitete, berichtete, dass eine solche Wachstumsreaktion in einer so kurzen Zeit bisher unerreicht sei.

Das Mittel, welches das spektakuläre Wachstum bei Rindern und den Autokannibalismus bei Ratten verursachte, erwies sich als eine unbekannte Substanz mit adrenalinartigen Eigenschaften. Die zweite fremde Substanz war ein Enzymblocker, der den Abbau von Adrenalin hemmte. Niemand in den ganzen Niederlanden, noch nicht einmal van Haaften selbst, kannte diese Stoffe, obwohl es sich bei bekannten Hustenblockern wie Clenbuterol, Salbutamol und Mabuterol ebenfalls um adrenalinverwandte Substanzen handelte, die bei einer normalen Dosierung störenden Hustenreiz linderten. In zehnfacher Dosierung bewirkten sie jedoch einen solchen Entwicklungsschub, dass sie trotz ihres astronomischen Preises von einer unbekannten Anzahl niederländischer Viehzüchter als Wachstumsförderer eingesetzt wurden.

Die Vernehmung der Brüder de Jongste dauerte sieben Tage. In den ersten Tagen gönnte man ihnen keinen Schlaf außer ab und zu einem kurzen Nickerchen im Sitzen, doch sie wurden umso zäher, je länger die Verhörspezialisten auf ihnen herumkauten. Die Vernehmer arbeiteten in Zweierteams, die sich alle drei Stunden ablösten. Nach dem ersten Tag, im Laufe dessen der jüngere Bruder Wiebe fallen ließ, dass sie gelegentlich auch nachts arbeiteten, sagten sie kein Wort mehr. Die Vernehmer schmeichelten, bettelten und schimpften, aber Wiebe und Jaap gaben nur nichts sagende Antworten. In der Woche, in der dieses einseitige Frage- und Antwortspiel stattfand, verhörten andere Ermittler vom *AID* die Bauern aus Schoenmakers Adressbuch. Waanders brach seinen Winterurlaub eine Woche früher ab, um die Ermittlungen seines Amtes zu leiten.

Die Bauern waren äußerst verschlossen. Manche gaben widerwillig zu, hin und wieder Clenbuterol zu verabreichen, auf Verordnung des Tierarztes, wie sie behaupteten, doch die meisten leugneten die Verwendung von Wachstumsförderern im falschen Ton schlechter Lügner. Die Ermittlungen von Waanders und seinen Leuten ergaben schließlich folgendes Bild:

Einmal pro Vierteljahr lieferte der Kurier die Mittel bei den Bauern ab. Manche Züchter behandelten ihre Tiere selbst, doch die Mischung aus den Colaflaschen überließen sie den Cocktailpiksern, wie ein Zeuge in einem Anflug von Offenheit die Brüder de Jongste bezeichnete. Einmal im Monat erschienen sie nachts auf dem Hof und spritzten den Maststieren und den Kühen, die keine Milch mehr gaben, das neue Mittel. Wie sie es anstellten, wusste niemand, denn sie schickten die Bauern aus ihren eigenen Stallungen hinaus, bevor sie mit ihrer Arbeit begannen, und sie machten ihre Sache so gut, dass kein Fleischbeschauer die Einstiche entdeckte.

Waanders und Ben van Arkel verhörten Bauer Beelen. Er hatte an dem Abend, an dem Schoenmaker starb, tatsächlich bei Anton Krans angerufen, doch der war nicht zu Hause. Martha de Munnink, die Frau, die mit Krans zusammenlebte, forderte ihn auf, die Brüder de Jongste anzurufen. »Warum haben Sie das getan?«, fragte Waanders, und Beelen wiederholte, er habe keine Wahl gehabt und sein Hof würde niedergebrannt werden, wenn bekannt würde, wer Schoenmaker gefunden und der Polizei

Bescheid gegeben habe. Wiebe und Jaap hatten ihn beauftragt, die Beamten, die den Wagen bewachten, mit einer Ausrede wegzulocken. Sie waren überrascht, als sie feststellten, dass niemand die Stelle observierte. Danach war Beelen nach Hause gefahren. Er hatte seine Frau ins Bett geschickt und eine halbe Flasche Genever getrunken. Die Angst vor Krans sitze tief, sagte Waanders später, und einmal mehr tat es ihm leid, dass er die Haussuchung bei Krans verpasst hatte.

Auf Bitte Ben van Arkels waren Schilder und Seyat dem *AID*-Team angegliedert worden. Am siebten Tag hatte Schilder die Nase voll von den halsstarrigen Verdächtigen. Er stellte eine volle Colaflasche auf den Tisch im Vernehmungszimmer, schloss das Fenster und bat die beiden Dienst habenden Kollegen, Wiebe aus dem anderen Raum zu holen und auf den Stuhl neben seinen Bruder zu setzen. Schilder fand, dass Wiebe und Jaap aussahen wie zwei alte Männer. Zwei verflixt eigensinnige alte Männer. Aber Haydar und er sahen kaum besser aus. Tief im Herzen empfand er Respekt vor so viel Dickschädeligkeit, und ihm war klar, dass die kommende halbe Stunde darüber entscheiden würde, ob die beiden Waisen gestehen oder für alle Zeiten schweigen würden. Er fesselte Wiebe und Jaap mit den Händen an ihre Stühle und bat die Kollegen Kwakkel und Bakker, draußen zu warten. Dann schilderte er in grausigen Bildern die Auswirkungen der Coca-Cola aus Wolvega auf die Versuchstiere, doch die Brüder de Jongste hatten diese Geschichte in den letzten Tagen schon dutzende Male gehört und reagierten völlig unbeteiligt.

»Das Einzige, was wir bisher noch nicht kennen«, schloss Schilder, »was uns allerdings unglaublich interessiert, ist die Wirkung von diesem Zeug auf Menschen. In Kürze werden wir Bescheid wissen, denn euer zartes, makellos aussehendes Turbofleisch wird in Babynahrung verarbeitet. Wir halten es jedoch für sinnvoll, den Effekt zunächst an erwachsenen Versuchspersonen zu testen, bevor wir Babys damit beglücken. Und jetzt suchen wir Freiwillige.«

Wiebe schaute ihn zum ersten Mal an diesem Morgen an. In seinem rechten Auge war eine Ader geplatzt, aber der Blick, mit dem er Schilder ansah, war fest und drohend. Am Ende dieser Woche konnte sich Schilder gut vorstellen, dass die Bauern Angst vor den Waisen hatten.

Seyat zog etwas Flüssigkeit aus der Colaflasche auf zwei Spritzen auf und legte diese auf den Tisch. »Wir fragen uns, ob Menschen dasselbe Verhalten wie andere Allesfresser zeigen«, sagte er. »Und ob sie sich selbst oder einander auffressen.«

»Von daher dieses Experiment«, ergänzte Schilder und fing an, Jaaps Ärmel aufzurollen. Jaap versuchte, ihn mit einem Kopfstoß abzuwehren. Schilder wich rasch zurück und Jaap stürzte durch den ungebremsten Schwung zu Boden. »Du kannst dich gern dabei hinlegen«, sagte Schilder. Seyat drückte die Nadel gegen Jaaps Arm. Jaap hämmerte mit dem Kopf auf den Boden. Er versuchte zu spucken und zu treten, doch Schilder drückte ihn herunter und sagte zu Wiebe: »Los, raus mit der Sprache.«

Wiebe fing an zu reden. Er erzählte, dass sie Beelen zunächst nicht glaubten, als er behauptete, der Wagen würde nicht observiert. Sie waren über einen Umweg zu seinem Bauernhof gefahren. Jaap kundschaftete die Stelle aus, während Wiebe Bauer Beelen und seine Frau bewachte und ihnen eintrichterte, was er mit ihnen anstellen würde, falls sie sie reinlegen wollten. Als Jaap berichtete, dass sie die Ladung nur einzusacken bräuchten, hatten sie Bauer Beelen gezwungen, mitzukommen und die Kisten, die sie aus Schoenmakers Auto holten, ans Ufer zu ziehen. Tauchen sei ihr Hobby, sagte Wiebe, und sie hätten gar nicht gedacht, dass es ihnen eines Tages noch mal nützlich werden könne. Seyat fragte, woher sie das Zeug hätten. Wiebe schaute den reglos auf dem Boden liegenden Jaap an, und dieser murmelte, sie hätten es von einem Belgier gekauft.

»War der Belgier von der *Agropharma* in Löwen?«, fragte Schilder, aber Wiebe antwortete mit einem Schulterzucken, sie würden ihn nicht kennen. Der Belgier sei eines Abends zusammen mit Krans bei ihnen zu Hause vorbeigekommen. Anton habe gesagt, das Zeug sei neu und gut, und der Belgier habe gegen Barzahlung geliefert. Schilder fragte, was es koste, doch Wiebe schaute nur seinen Bruder an und schwieg.

»Mehr als hunderttausend oder weniger?«, fragte Schilder weiter.

»Mehr«, antwortete Wiebe, schwieg jedoch erneut, als er den wütenden Blick seines Bruders auffing. Schilder richtete Jaap auf. »Jetzt du«, sagte er, aber Jaap sprach kein Wort.

Der Prozess zog große Aufmerksamkeit auf sich. Van der Heuvel, Krans' Rechtsanwalt, war gerade rechtzeitig aus dem Skiurlaub zurückgekehrt. Aufgrund seiner Abwesenheit hatte er die Brüder in der U-Haft auch nicht vor der »Willkür der Polizei« schützen können. Er warf den Brigadieren Schilder und Seyat »unmenschliche Verhörmethoden« vor, worauf Berveas erwiderte, die seien doch harmlos gewesen im Vergleich zum Handel mit Krebs erregenden Stoffen – eine Bemerkung, die den beiden Sachverständigen der Verteidigung nur ein höhnisches Lächeln entlockte. Van der Heuvel führte Professor de Bruin ins Feld, einen Futtermittelexperten, der Wachstumsförderer als Segen für die Menschheit bezeichnete, weil die behandelten Tiere mehr Fleisch und weniger Fett ansetzten. Die Rinder würden zwei Monate früher schlachtreif, was geringere Kosten, weniger Mist und dadurch wiederum bessere Umweltverträglichkeit bedeute. Niemand könne beweisen, dass das Fleisch behandelter Tiere von geringerer Qualität sei als das unbehandelter Rinder, allen aufgebauschten Presseberichten zum Trotz. Er forderte van Haaften und das Gericht auf, ihm den Beweis für die angeblich schlechtere Qualität zu liefern. Er selbst sei doch dazu da, Beweise zu liefern, bemerkte der Vorsitzende spitz, doch de Bruin hörte kaum zu. Über diese angeblich Krebs erregenden Eigenschaften würde sein werter Kollege Professor Prins, Gynäkologe aus Leiden, die Anwesenden informieren. Prins erklärte, er habe in seiner Praxis noch nie eine Frau behandelt, die durch den Verzehr von Fleisch an Krebs erkrankt sei. Der Kannibalismus der Versuchstiere, von dem er in der Zeitung gelesen habe, sei in der Tat ein merkwürdiges Phänomen, doch soweit er wisse, seien die Substanzen noch nie an Menschen getestet worden – dabei warf er Roelof Schilder einen giftigen Seitenblick zu –, und bis dahin würde sich die Wissenschaft jeglicher Kommentare über die Gefahren für den Verbraucher enthalten müssen.

Der Richter verwarnte die Brigadiere Schilder und Seyat unter Verweis auf die Rechte der Verdächtigen. Er verurteilte die beiden Polizeibeamten zu einer Geldstrafe von je zweihundertfünfzig Euro auf Bewährung und erklärte Wiebes Aussage, da unter Zwang abgegeben, für nicht verwertbar. Er verurteilte die Gebrüder de Jongste wegen Besitzes von illegalen Hormonpräparaten zu acht Monaten Freiheitsstrafe, davon vier auf Bewährung, und hob die Sitzung auf, nachdem er der Sonderkommission ans Herz gelegt hatte, die Herkunft des geheimnisvollen Mittels zu klären. Doch die blieb ebenso im Dunkeln wie der belgische Lieferant. Anton Krans, der den Belgier laut Wiebes unrechtmäßig entlockter Indiskretion hätte kennen müssen, leugnete, jemals in Begleitung eines belgischen Händlers bei den Gebrüdern de Jongste zu Besuch gewesen zu sein. Von der Firma *Agropharma* hatte niemand in Löwen je etwas gehört und Ben van Arkels halb verbrannte Papierschnipsel hätten bei einem Berufungsverfahren in höherer Instanz ebenso wenig Bestand gehabt wie das abgepresste Geständnis von Jaap und Wiebe de Jongste.

»Krans gewinnt«, stellte Waanders fest, als sie nach dem Prozess ihre Wunden leckten. Krans gewinnt immer, dachte Penninkhof, aber er hat auch neue Gegner gewonnen, die noch aus anderen Gründen als wir hinter ihm her sind. Und er hatte den alten Nawijn auf der Zuschauertribüne entdeckt. Er pochte gegen Ben van Arkels Glas und sagte: »Das nächste Mal machen wir's besser.«

15

Zwei Tage nach der Gerichtsverhandlung kam der alte Nawijn zu mir nach Hause. Sein Chauffeur, der im gleichen Alter zu sein schien wie sein Chef, hielt die Tür des Jaguars für ihn auf und blieb in strammer Haltung stehen, während ich meinen wichtigsten Kunden begrüßte.

Ich erinnerte mich daran, dass Nawijn chinesischen Tee bevorzugte. Er lächelte, als ich ihm eine Tasse von dem duftenden grünen Getränk servierte.

»Sie können sich denken, weshalb ich hier bin, Mevrouw«, sagte er und beugte sich nach vorn, um die Tasse abzustellen.

»Sie möchten mit mir über den Prozess reden«, sagte ich. »Noch eine Tasse Tee?«

»Gern.« Er wartete, bis ich eingeschenkt hatte. »Unsere beiden Betriebe sind bereits seit fünfzehn Jahren geschäftlich miteinander verbunden. Sie sind unser einziger Fleischlieferant, und soweit ich weiß, sind wir Ihr wichtigster Kunde.«

Ich nickte.

»Sie wissen, dass ich der Direktion nicht mehr angehöre. Nur wenn es um alte Geschäftspartner geht, nehme ich manchmal eine beratende Funktion wahr. Daher wurde ich gestern um meine Meinung gebeten, was die offensichtliche Verbindung zwischen van Beuningen und Krans und die daraus resultierenden möglichen Folgen für unsere Firma angeht.«

Mir wurde plötzlich heiß. »Und wie lautete Ihr Ratschlag?«

»Ich schlug vor, uns nach einem anderen Fleischlieferanten umzusehen.«

»Krans ist nicht verurteilt worden«, sagte ich.

Er lächelte. »Meinen Informationen nach ist Krans zu schlau, um je verurteilt zu werden.«

»Unser Fleisch ist gut!«, sagte ich mit Nachdruck.

»Aber Ihr Name gerät in Verruf«, erwiderte Nawijn. »Ein Prozess gegen einen Viehhändler, der uns über Ihren Schlachthof beliefert, ist ein Grund, die geschäftlichen Beziehungen zu Ihnen unverzüglich abzubrechen. Es sei denn, Sie sehen von Krans als Zulieferer ab.«

»Wir haben einen Vertrag«, sagte ich.

»Darin steht, dass die *Nawijn GmbH* das Recht hat, die Abnahme von Fleisch, das möglicherweise unerlaubte Zusätze enthält, zu verweigern. Artikel 15.«

»Ich meine, dass ich einen Vertrag mit Krans habe«, sagte ich.

»Sofort kündigen.«

»Das ist unmöglich.«

»Dann enden unsere Geschäftsbeziehungen hier und jetzt. Es tut mir sehr leid.«

»Warten Sie!«, sagte ich. »Ich werde mein Möglichstes tun, aber Sie müssen mir Aufschub gewähren. Bitte!«

Nawijn schaute mich eine Weile schweigend an. »Sie begreifen, in welch heikler Position wir uns befinden«, sagte er schließlich. »Wenn bekannt wird, dass *Nawijn* zweifelhaftes Fleisch zu Babynahrung verarbeitet, enden unsere Beziehungen unwiderruflich infolge zweier Firmeninsolvenzen.«

»Ich verstehe«, sagte ich. »Aber Sie müssen mir eine Chance geben. Ich versichere Ihnen, dass ich alles tun werde, um aus dem Vertrag herauszukommen.«

»In Ordnung. Ich gebe Ihnen eine Woche Zeit. Danach fordere ich den eindeutigen Beweis, dass Sie jegliche Geschäftsverbindungen zu Anton Krans abgebrochen haben.«

Ich nickte. Tausend Gedanken schossen mir durch den Kopf.

»Wissen Sie, dass mir Ihr Mann vor einigen Monaten den Plan unterbreitet hat, einen Schlachthof in Irland aufzubauen?«, fragte er plötzlich.

»Ja, ich weiß von diesem Plan. Ich wusste nur nicht, dass er mit Ihnen darüber gesprochen hat. Ich nehme an, dass er Fleisch an *Nawijn Limited* in Birmingham liefern wollte?«

Nawijn klopfte mit seinem langen, knochigen Finger gegen das Foto von Carlo, das auf meinem Schreibtisch stand. »Er war ein umtriebiger Geschäftsmann, Ihr verstorbener Gatte. Ein Fachmann mit viel Gefühl für das richtige Verhältnis zwischen Preis und Qualität. Ich hatte durchaus Vertrauen in seinen Irland-Plan. Schade, dass er ihn nicht in die Tat umsetzen konnte.«

»Ja«, sagte ich. »Vor allem für seine Angehörigen.«

Er lächelte. »Wenn die Angehörigen vernünftig mit seinem Erbe umgehen, können sie vielleicht diese neue Niederlassung gründen. *My crown,* die Krone auf mein Werk, nannte Ihr Mann den Plan der Firmengründung in Irland.«

»Ja, ich erinnere mich«, sagte ich.

»Eine Woche, Mevrouw«, sagte er. »Guten Tag.«

Während der Jaguar langsam die Einfahrt hinunterrollte, dachte ich an meine erste Begegnung mit Anton Krans. Es war auf dem kleinen, neuen Golfplatz am Schießsportzentrum gewesen, wo Carlo seine Patronen kaufte. Carlo hatte die Beziehung zu Linda beendet. Er hatte mir sogar erzählt, dass sie im Juli eine Fehlgeburt erlitten hatte. Wir hatten eine Art Waffenstillstand geschlossen, der standhielt, solange der Anlass für unsere Konflikte unser Leben nicht berührte. Doch an jenem warmen Tag im September war sie plötzlich da, in vollem Ornat, an der Seite von Anton Krans, der außerdem von zwei geschniegelten Lackaffen begleitet wurde. Carlo erstarrte, und für den Bruchteil einer Sekunde verspürte ich Mitleid mit ihm. Linda winkte uns zu und Anton forderte uns mit einer komischen, einladenden Geste auf, zu ihnen rüberzukommen. Linda sah gut aus. Man erkannte in meiner Rivalin nicht auf den ersten Blick die Edelprostituierte. Carlo blieb stehen, offensichtlich unsicher. Ich half ihm aus seinem Dilemma. »Geh ruhig hin, Schatz. Stell mich ihrem neuen Besitzer vor. Mir scheint, du kennst ihn.«

Carlo schaute mich mit einem eigenartigen Blick an. »Wie du willst«, sagte er und ging mir mit großen Schritten voraus. Anton legte den Ball hin, wackelte mit dem Hintern und führte seinen Schlag aus. Der Ball landete auf dem nächsten grünen Hügel in der Nähe der Fahne und die beiden Lackaffen stießen bewundernde Schreie aus. Linda küsste ihn auf die Wange. Carlo und ich blieben stehen, als Anton sich umdrehte und uns seiner Gesellschaft vorstellte. Er hielt meine Hand länger fest als nötig. Er hat ein großes quadratisches Gesicht mit dem Mund eines Satyrs. Er ist ungefähr einen Meter fünfundsiebzig groß, wirkt aber durch seinen breiten Körperbau und seine riesigen Hände und Füße größer.

Er lud uns zum Mitspielen ein. Carlo nahm die Einladung an. Die anderen Männer waren Anfänger, während Carlo und Anton routiniert spielten und einander ebenbürtig zu sein schienen. Carlo schaute Linda während des

Spiels nicht an und konzentrierte sich, als wolle er unbedingt gewinnen. Anton schlug den Ball über gewaltige Distanzen, immer mit dieser komischen Wackelbewegung seines Hinterns, und marschierte schon wieder los, während der Ball noch durch die Luft flog. Beim letzten Loch lagen ihre Bälle dicht beieinander. Carlo verpatzte seinen Schlag, Anton traf beim ersten Versuch ins Loch.

»Revanche?«, schlug er vor.

»Nein«, lehnte Carlo ab. »Das nächste Mal. Ich muss heute Nachmittag nochmal ins Geschäft.«

»Schade«, sagte Anton. Er schaute mich an. »Spielen Sie Golf?«

»Nein, ich spiele lieber Klavier«, antwortete ich. Der Mann, der neben ihm stand, lachte.

Anton lächelte. »Gewiss sind Sie sehr gut.«

»Ungefähr so gut wie Sie im Golf«, sagte ich. Der andere Mann glaubte wohl, etwas wieder gutmachen zu müssen, und fragte höflich: »Geben Sie auch Konzerte?«

»Nein, nicht mehr.«

»Schade. Ich hätte Ihnen gern einmal zugehört«, sagte Anton.

Ich lächelte. »Sollte ich einmal ein Hauskonzert geben, bekommen Sie eine Einladung.«

»Ich nehme Sie beim Wort«, sagte er ernst.

»Spielen Sie auch ein Instrument?«

»Nein, leider nicht.«

»Aber Sie mögen Musik?«

»Ja. Ich gehe nicht oft in Konzerte, nehme mir leider zu selten die Zeit, aber ich höre jeden Tag Musik.«

Carlo und Linda liefen uns ein Stück voraus. Anton fragte mit einer höflichen Geste: »Darf ich Sie noch zu etwas einladen?«

»Das hängt von meinem Gatten ab«, antwortete ich. »Aber ich sehe, dass er es nicht so eilig hat, wie er eben behauptete. Also von mir aus gern.«

Carlo und Linda saßen an der Bar. Warum fühlte er sich zu dieser Frau nur so hingezogen?

Von der Seite ähnelte sie mir wie eine Schwester. Dieselbe Figur, dieselben langen Beine, die auch bei ihr die Blicke auf sich zogen. Nur ihr Gesicht war anders, größer, gröber und unverkennbar das einer Frau von einfacher Herkunft. Sie hatte große Ohren und ihre Nase war eine Winzigkeit zu klein, aber sie besaß ein wundervolles Lächeln. Dieses Lächeln bedeutete einen Pluspunkt für sie. Nicht dass sie an jenem Nachmittag viel gelächelt hätte. Sie trank sehr schnell. Als sie nach einer halben Stunde aufstand, schwankte sie. Sie suchte Halt an Carlos Arm und ließ ihn sofort wieder los, nachdem sie ihr Gleichgewicht wiedergefunden hatte. Sie schaute mir direkt ins Gesicht und sagte: »Wiedersehen, Helga.«

»Wiedersehen«, murmelte ich.

Anton hatte die Szene mit unbewegter Miene beobachtet. Er reichte mir die Hand und sagte: »Es war mir ein Vergnügen. Bis bald, hoffe ich.«

Ich erwiderte sein Lächeln. »Nächste Woche wird in der Nieuwe Kerk ein Bach-Rezital gegeben. Sie können über mich Karten bestellen.«

Carlo blickte mich ungläubig ab. Wir sagten nichts, bis wir beide im Auto saßen. Auf einmal fing ich an zu lachen und er fiel ein. Unterwegs schauten wir uns hin und wieder an und lachten, ohne ein Wort zu sagen. Zu Hause nahm er mich an der Hand und führte mich nach oben. Wir zogen uns so hastig aus wie in der ersten Zeit unserer Liebe. Er küsste meine Fußknöchel und streichelte mich an intimen Stellen, bis ich schier verrückt wurde. Ich zog ihn hoch und saugte mich an ihm fest, als wolle ich ihn nie wieder loslassen. Es war unser bester Sex seit Jahren. Danach blieben wir lange aneinander gekuschelt liegen. Er gab mir einen Kuss auf die Nase und sagte: »Ich setze eine Kanne Tee auf.«

»Nein«, erwiderte ich und knetete sanft seinen Penis. »Ich will nochmal.«

Er verzog zweifelnd das Gesicht. »Ich weiß aber nicht, ob ich das schaffe.«

»Gib dir Mühe«, sagte ich und nahm ihn in den Mund. Ich schmeckte mich selbst. Ich lutschte wie ein Kind an einem Riesenlolli, aber mein Liebster hatte sein Pulver verschossen, obwohl er brav stöhnte und alle zehn Sekunden versicherte, wie schön er es fand.

Nach ein paar Minuten schüttelte er mit einem bedauernden Lächeln den Kopf und sagte: »Ich werde alt, Helga. Komm, ich mache es bei dir.« Er manövrierte mich auf die Bettkante und leckte mich, bis ich zum Orgasmus kam und seinen Kopf zwischen die Knie klemmte. Er machte sich los, schaute mich mit einem komischen Grinsen an und fragte: »Möchtest du jetzt Tee?«

»Gern.« Ich küsste ihn. »Geh dich waschen. Du schmeckst nach Sex.«

Es war eine herrliche Zeit, als wären wir wieder frisch verheiratet und entdeckten Hand in Hand das Leben. Wir liebten uns jeden Abend. Es schien, als würde es von jetzt an immer so bleiben, aber natürlich hatte auch das irgendwann ein Ende, wie alles auf der Welt. In der ersten Oktoberwoche kam er etwas später als gewöhnlich nach Hause und da roch ich es.

»Du bist bei Linda gewesen.«

Er errötete wahrhaftig und antwortete unwirsch: »Quatsch. Ich habe sie nicht mehr gesehen seit dem Tag auf dem Golfplatz.«

»Du lügst, Carlo. Ich rieche es.«

Er schaute mich mürrisch und unglücklich an, ging an die Bar und schenkte zwei Gläser Whiskey ein. Ich nahm eines davon und trank einen großen Schluck. Ich biss einen Eiswürfel entzwei und zerkaute ihn. Ich habe gesunde Zähne und eine kräftige Kiefermuskulatur. Die Nase eines Hundes, das Gebiss einer Hyäne, pflegte Carlo in besseren Zeiten zu sagen. Ich zerbiss noch einen Eiswürfel und spülte die Reste mit einem Schluck Whiskey hinunter.

»Nächste Woche fahre ich nach Irland«, verkündete er.

»Mit Linda«, sagte ich tonlos.

»Ja. Es tut mir leid.«

»Es wird dir so leid tun, wie dir noch nie im Leben etwas leid getan hat!«, rief ich.

»Schrei doch nicht so!«

»Ich schreie, so laut ich will!«

Er versuchte, mich mit einer Geste zu beruhigen. »Können wir in Ruhe darüber reden, bitte?«

»Nein«, erwiderte ich schroff. »Geh zu deiner Nutte.«

»Helga, bitte.«

Ich schmiss das Glas an die Wand. Carlo schaute mich entsetzt an. Ich griff nach der Karaffe. Er wich zurück, während ich langsam auf ihn zuging. Ich sah noch, wie er die Arme ausstreckte, um die Karaffe aufzufangen, und dann traf mich ein furchtbarer Schlag auf den Kopf. Als ich wieder zu mir kam, lag ich auf dem Sofa. Carlo tätschelte mir die Hand.

»Was ist passiert?«, murmelte ich.

»Du hast dir die Karaffe auf den Kopf fallen lassen«, sagte er und hielt dabei die ganze Zeit meine Hand fest. »Bleib liegen. Ich habe den Arzt gerufen. Er kann jeden Moment hier sein.«

»Nein!«

»Doch«, sagte er ruhig. »Kann sein, dass du eine Gehirnerschütterung hast. Das Ding ist dir genau auf den Kopf gekracht. Wie hast du das bloß angestellt?«

Es klingelte. Carlo machte auf und brachte Rob Verlaan mit herein, unseren Hausarzt. Rob untersuchte mich mit der beruhigenden Sachlichkeit eines Mannes, der genau wusste, was er tat.

»Du hast eine Gehirnerschütterung«, diagnostizierte er. »Ich gebe dir etwas gegen die Schmerzen. Trotzdem möchte ich, dass du morgen zum Röntgen gehst.« Er setzte mir eine Spritze und fragte: »Was ist denn eigentlich passiert?«

»Ich wollte Carlo eine Karaffe an den Kopf werfen«, antwortete ich. »Stattdessen habe ich sie mir selbst auf den Kopf fallen lassen. Dämlich, was?«

»Ziemlich«, sagte Rob.

»Gott sei Dank hat sie einen Dickschädel«, sagte Carlo.

»Auch Dickschädel können brechen«, erwiderte Rob und musterte mich besorgt. »Du solltest heute Nacht hier unten liegen bleiben, Helga. Morgen früh um halb neun komme ich nochmal vorbei und schaue, ob du transportfähig bist.«

»Ist es so schlimm?«, fragte ich erschrocken.

»Das kann ich erst anhand der Röntgenaufnahmen beurteilen. Ich glaube, du hast nochmal Glück gehabt, aber ich will keinerlei Risiko eingehen.« Er lächelte. »Versuch jetzt zu schlafen.«

»Wie lange wirkt die Spritze?«, fragte Carlo.

»Bis morgen früh. Sie wird zwar weiterhin Schmerzen haben, aber sie werden erträglich sein.«

»Darf ich wenigstens aufs Klo?«, fragte ich.

»Lieber nicht«, meinte Rob. »Ihr habt doch bestimmt eine flache Metallschüssel im Haus. Carlo kann sich morgen beim Grünen Kreuz eine Bettpfanne ausleihen.«

Der Gedanke, dass der Mann, der mich verlassen wollte, meine Bettpfanne leeren sollte, war ebenso abstoßend wie befriedigend.

»In Ordnung«, murmelte ich. Ihre Stimmen entfernten sich immer mehr. Ich schlief ein.

Am nächsten Morgen brachte Carlo mich ins Krankenhaus. Der Neurologe stellte nur eine Prellung und eine Riesenbeule fest. Er verordnete mir Bettruhe und schärfte mir ein, mich sofort zu melden, falls mir übel oder schwarz vor Augen würde.

Carlo machte mir ein Lager auf dem Sofa zurecht, stellte mir das Telefon und ein Glas Wasser in Reichweite und sagte, er ginge ins Geschäft. Am frühen Nachmittag kam er wieder nach Hause. Ich hatte inzwischen Hunger und bat um ein Omelett. Dinkytoy, die die ganze Nacht neben mir auf dem Sofa gelegen hatte, trippelte jetzt hinter Carlo her, während er zwischen Küche und Wohnzimmer hin- und herlief.

»Ich gehe mal kurz mit ihr Gassi«, sagte Carlo, als er abgeräumt hatte.

»Musst du heute nochmal weg?«

»Nein. Ich bin gleich wieder da. Brauchst du noch irgendetwas?«

Ja, dich, dachte ich, aber ich schüttelte den Kopf und

schloss die Augen. Mir dröhnte der Kopf. Das Omelett lag mir wie ein Stein im Magen.

»Hast du noch Schmerztabletten?«, fragte er.

»Ja«, sagte ich mit geschlossenen Augen. »Bitte gib mir noch eine.«

Er streichelte meine Wange. »Arme Helga.«

»Jetzt geh schon.« Ich weine selten, und wenn, bin ich am liebsten allein. Das Klappen der Tür, Schritte auf dem Kies, fröhliches Gebell. Diese vertrauten Geräusche! Der Gedanke, dass das alles vorbei sein würde, war mir unerträglich. Ich weinte wie ein Kind. Nach einer Weile stand ich auf und wusch mir das Gesicht. Anschließend legte ich mich wieder brav aufs Sofa. Ich rauchte eine Zigarette, obwohl Rob mir das verboten hatte, aber eine Zigarette hilft mir nun mal, meine Gedanken zu ordnen. Was jetzt, Helga? Ich überlegte mir tausend Antworten auf diese Frage, alle unbrauchbar, und beschloss zu warten, bis er wiederkam. Ich war eingedöst, als sie zurückkehrten. Dinkytoy sprang aufs Sofa und spazierte über mich hinweg ans Fußende.

»Setz dich, Carlo«, sagte ich. Er setzte sich auf den niedrigen Sessel neben mich und sah mich schweigend an.

»Schau mich nicht so an«, bat ich.

Er lächelte. Dinkytoy hob den Kopf und starrte mich ebenfalls an.

»Hört auf, ihr zwei!«, sagte ich halb wütend, halb lachend. »Das ist ja lächerlich!«

Dinkytoy drängte meinen Kopf beiseite und legte sich neben mich. Sie roch frisch nach dem Spaziergang und ihre Anwesenheit hatte etwas unglaublich Vertrautes. Ich nahm sie in die Arme und fragte: »Was hast du vor?«

»Ich bleibe hier, bis es dir wieder besser geht.«

»Und danach?«

»Danach gehe ich weg.«

»Nach Irland?«

»Ja.«

»Mit ihr?«

»Ja.«

»Warum?«, rief ich, während der Zwerg mit dem Hammer in meinem Kopf wieder anfing zu klopfen.

»Das habe ich dir bereits erklärt, Helga. Ich bin besessen von dieser Frau. Es ist, als hätte sie mich verzaubert. Es hat nichts mit dir zu tun!«

»Aber was ist es denn nur? Ist sie besser im Bett? Treibt sie schmutzigere Spielchen mit dir? Darfst du sie vielleicht schlagen? Warum bin ich auf einmal nicht mehr gut genug für dich?«

»Bist du mal verliebt gewesen? Ich meine nicht früher, sondern in letzter Zeit?«

»Nein.«

»Dabei haben sich durchaus einige Männer für dich interessiert.«

»Wenn das auf Gegenseitigkeit beruhte, würde ich dir damit einen Vorwand liefern, fremdzugehen?«

»Nein, aber es wäre leichter für dich, mich zu verstehen.«

»Carlo, du bist fast fünfzig Jahre alt! Was willst du mit einem so jungen Ding?«

»Heiraten«, sagte er nur.

»Sie heiratet dich, nicht umgekehrt! Sie nimmt dich aus wie eine Weihnachtsgans und wirft dich hinterher weg!«

»Sie ist nicht das, wofür du sie hältst.«

»Sie ist eine Hure«, erwiderte ich höhnisch. »Sie kann ihre Herkunft nicht verleugnen.«

»Du verleugnest deine Herkunft, Helga. Du benimmst dich wie ein …«

»Fischweib«, ergänzte ich. »Stimmt. Schade, dass ich dich nicht schlagen kann.«

»Erst nächste Woche wieder«, sagte er. »Was weißt du denn schon von Huren?«

»Dass sie mir meinen Mann wegnehmen«, grollte ich.

»Helga, hör auf! Vielleicht komme ich nach einer Woche auf Knien wieder angekrochen.«

»Aber vielleicht kommst du auch nie mehr wieder.«

»Wie geht es eigentlich deinem Kopf?«, erkundigte er sich.

»Er ist noch da«, sagte ich. »Dieser kleine Zwerg. Gibst du mir bitte noch eine Tablette?«

Es löste die Tablette in Wasser auf und hielt mir das Glas an die Lippen. Dinkytoy schnupperte an seiner Hand. Er schob sie weg und hielt das Glas schräg, sodass ich trinken konnte. Ich schloss die Augen. »So, jetzt macht er mal Pause.«

Carlo küsste mich auf die Nase. »Ich bin in Linda verliebt, aber dich liebe ich.«

»Ginge es nicht anders herum?«, fragte ich mit geschlossenen Augen.

»Vielleicht«, sagte er leise. »Wenn ich dich so da liegen sehe, dann …«

»Hör zu, Carlo«, brachte ich mühsam hervor. Der Zwerg hämmerte wieder eifrig drauflos. »Wenn du weggehst und nicht mehr wiederkommst, dann bedeutet das Krieg zwischen uns beiden.«

Er schaute mich an, als wären wir Fremde.

»Wenn du Tee möchtest, sag Bescheid.«

Dinkytoy sprang über mich hinweg und folgte ihm. Ich

erinnerte mich an einen Spruch meines Vaters: Wenn du einen Mann beleidigen willst, nimm ihm die Frau weg, wenn du ihn verletzen willst, nimm ihm sein Geld. Warum hatte man mir im Laufe meiner angeblich so guten Erziehung nicht beigebracht, wie man mit solchen Situationen umging? Das Einzige, woran ich mich erinnerte, war diese platte Bemerkung meines Vaters. Wie hätte meine Mutter reagiert? Hätte sie Papa auch mit seiner Geliebten ziehen lassen oder hätte sie ihn vor die Wahl gestellt: sie oder ich? Wäre Papa gegangen, wie Carlo? Sie haben sich immer gut verstanden, Schwiegersohn und Schwiegervater.

Papa reagierte ziemlich gelassen, als ich ihm davon erzählte: Verdammt ärgerlich, aber in einer Woche wird er schon wieder vor der Tür stehen. Mama sagte nichts, aber in ihren Augen erschien jener abwesende Blick, der auf völlige Ablehnung hindeutete. Sie schenkte mir eine Tasse Tee ein und fragte, wie die Kinder auf die Flucht ihres Vaters reagierten. Ich antwortete, Niels sei noch wegen seines Praktikums in Schweden und Betty bliebe vorerst an ihrem Studienort, in Deventer. Später nahm mein Vater mich beiseite und riet mir, kein Drama daraus zu machen. In jedem Mann stecke das Verlangen, einmal sämtliche Konventionen über Bord zu werfen und etwas zu tun, was ihn in seinen Augen unsterblich machte. »Was hast du getan?«, fragte ich, und er lächelte. »Dasselbe wie Carlo.« Er erzählte mir, dass er damals mit einer zwanzig Jahre jüngeren Frau nach London gegangen sei. Schon nach drei Tagen habe er sie an einen Mann in ihrem Alter verloren, den sie in einem Pub getroffen hätten, aber diese drei Tage seien ihm unvergesslich geblieben. »Ihr seid alle Scheißkerle«, sagte ich verächtlich. Er nahm mich in den Arm. Ich riss mich los und sagte: »Ich werde meine Anteile verkaufen.«

»Mach keine Dummheiten«, warnte er mich. Aber ich erwiderte, diese Anteile bildeten die finanzielle Grundlage unserer Ehe, und nun, da diese zu einer Farce würde, wollte ich sie loswerden, so einfach sei das. Papa schaute mich eindringlich an, sagte aber nichts.

Die Woche schlich dahin. Ich wich nicht vom Telefon und nahm jedes Mal schon beim ersten Klingelzeichen ab, aber Carlo meldete sich nicht. Am Freitag rief Anton Krans an.

»Ich wollte mich noch einmal bei Ihnen für die Karten bedanken«, sagte er.

Karten? Was für Karten? Plötzlich fiel es mir wieder ein. »Gern geschehen«, sagte ich. »Wie fanden Sie das Konzert?«

»Wunderbar. Ich habe Sie vermisst.«

»Wir hatten leider schon etwas anderes vor«, sagte ich leichthin.

»Am Sonntag findet im Concertgebouw ein Konzert mit Yo-Yo Ma statt, und ich wollte Sie fragen, ob Sie vielleicht Lust hätten, mich zu begleiten.«

Yo-Yo Ma! Dieses Konzert war schon seit Monaten ausverkauft. »Haben Sie Karten?«, erkundigte ich mich vorsichtig.

Er lachte. »Natürlich. Ich habe mich frühzeitig darum gekümmert.«

»Wie kommen Sie auf die Idee, mich zu fragen?«

»Sie haben mir letzte Woche mit den Karten wirklich eine Freude bereitet und ich gehe gern mit jemandem zusammen in ein Konzert, der die Musik auch zu schätzen weiß.«

»Fantastisch«, sagte ich. »Ich nehme Ihr Angebot sehr gern an.«

»Ich hole Sie um halb sieben ab. Bis Sonntag!«

Ich legte den Hörer auf. Ein Viehhändler, der Boccarini hörte und Karten für ein Konzert von Yo-Yo Ma bestellte. Ich hatte eine ziemlich klischeehafte Vorstellung von Leuten seines Schlages, und wenn ich einmal Geschäftspartner von Carlo kennen lernte, bestätigten diese nur noch meine Vorurteile vom grobschlächtigen, ausgekochten Viehhändler. Anton Krans dagegen war unterhaltsam und geistreich und verstand etwas von Musik. Auf dem Weg zum Konzert plauderte er über eine Ausstellung von Maya-Figuren, die er eine Woche zuvor in Antwerpen gesehen hatte, und sorgte dafür, dass Carlo und Linda nicht zur Sprache kamen. Später fragte ich mich, was ich so an seinem Benehmen schätzte, und zu Hause fiel es mir ein: Er nahm sich Zeit. Anton vermittelte mir das Gefühl, dass die Zeit, die er mit mir verbrachte, kostbar war. Und er roch gut. Sein Geruch erinnerte mich an Carlo zu Anfang unserer Ehe. Doch ich wollte nicht an Carlo denken, ich wollte mich auf das Konzert freuen und die Aussicht auf Yo-Yo Ma versetzte mich in eine euphorische Stimmung. Anton lächelte über meine Begeisterung. Nach dem Konzert lud er mich zu einem Souper im Amstelhotel ein und wieder erwies er sich als höflicher Gastgeber, der meine Gesellschaft schätzte.

Ich vergaß Carlo und Anton vermied das schmerzliche Thema sorgfältig.

Drei Tage später kam Carlo nach Hause. Er war bedrückt und in sich gekehrt. Er benahm sich mit der Selbstverständlichkeit des heimgekehrten Ehemannes, was zugleich komisch und beleidigend war. Nach ein paar

Stunden hatte ich die Nase voll davon. »Ich will wissen, woran ich bin«, sagte ich.

»Ich will die Scheidung«, sagte er rundheraus.

»Ich nicht«, erwiderte ich ebenso schroff.

Er lächelte kühl. »Das musst du wissen, Helga. Ich gehe jedenfalls.«

»Für immer?«

»Ja.«

»Willst du bei ihr einziehen?«

»Weiß ich noch nicht.«

»Hat sie dich fallen lassen?«, fragte ich sarkastisch.

»Nein. Aber ich habe es mir anders überlegt.«

»Wie war's in Irland?«

»Wunderbar.«

»Ist das alles?«

Wieder schaute er mich so eigenartig an. »Wenn du bereit bist, mir ganz normal zuzuhören, erzähle ich dir mehr darüber.«

»Ich werde mir Mühe geben«, versprach ich.

»Gut. Südirland ist eine ideale Gegend, um sich dort niederzulassen. Du kennst es, wir sind 1989 da gewesen, und seitdem hat sich im Grunde nichts verändert.«

»Hast du dir noch etwas anderes angeschaut außer möglichen Niederlassungsorten?«

Er lächelte. »Es ist eine wunderschöne Gegend. Ein Land wie aus dem Märchen.«

»Du hast wirklich vor, dich aus dem Staub zu machen, stimmt's? Wie willst du eigentlich das nötige Geld auftreiben?«

»Ich nehme einen Kredit auf.«

Ich lachte abfällig. »Die Bank verlangt Sicherheiten, weißt du.«

»Nawijn bürgt für mich.«

Perplex schaute ich ihn an. »Nimmst du etwa den *Nawijn*-Vertrag mit? O Carlo, wie gemein von dir!«

»Nein, wir setzen einen neuen Vertrag mit seiner englischen Niederlassung auf. Der niederländische Teil des Vertrags bleibt hier.«

»Wie nobel. Hat dir die zukünftige Mevrouw van Beuningen das eingeflüstert?«

Er lachte. »Natürlich nicht. Ihr beide seid ja so verschieden!«

»Es ist zwar ein Klischee, Carlo, aber du weißt doch, dass Liebe blind macht?«

»Ich sehe sie genau so, wie sie ist. Sie hat ihre Macken, wie jeder andere auch. Sie kann sich manchmal absolut nicht benehmen, aber sie ist ein warmherziger und großzügiger Mensch. Sie ist in jeder Hinsicht dein Gegenpol.«

»Und das scheint dir zu gefallen.«

Wieder dieser Blick, als sei ich eine Fremde. »Liebe macht blind, hast du gesagt, aber durch sie habe ich dich auf einmal deutlicher gesehen.«

»Es hat also doch sehr wohl etwas mit mir zu tun«, sagte ich schneidend.

»Ja. Das ist mir erst in Irland klar geworden. Es tut mir leid.«

»Entschuldige dich nicht für deine innersten Gefühle.«

»Aber es tut mir wirklich leid, ich wünschte, es wäre anders. Letzte Woche ist mir auf einmal klar geworden, dass ich am liebsten mein Leben ein zweites Mal leben würde, und zwar ganz anders. Ich bin zwar wirklich keine zwanzig mehr, aber ich verspüre den unbändigen Wunsch, noch einmal ganz von vorn anzufangen ...«

»Was möchtest du denn am liebsten tun?«

»Ich will mein Schicksal in die eigenen Hände nehmen.«

»Was wir getan haben, war also falsch?«

»Ach ... Ich hätte damals deinem Vater antworten sollen, er könne sich sein Schlachthaus an den Hut stecken und dich dazu, wenn du nicht mir nach Argentinien gehen wolltest. Vielleicht hätte ich dich auch einfach eines Nachts entführen und betäuben sollen, sodass du erst auf dem Schiff nach Südamerika wieder aufgewacht wärst.«

»Wie romantisch, Carlo. Wie furchtbar romantisch und wie furchtbar unrealistisch!« Ich schwieg einen Moment lang und fügte dann leise hinzu: »Und wie herrlich!«

Er schaute mich unglücklich an. »Wir haben brav das Geschenk deines Vaters angenommen und uns brav seinen Wünschen gefügt. Nach und nach habe ich dieses Leben hassen gelernt. Ich sah mich selbst all diese Rollen spielen: Vater, Ehemann, Schlachthofdirektor, Jägermeister, einer der Honoratioren von Ijsselmonde. Dabei wünschte ich mir nur eines: meinen eigenen, selbst aufgebauten Betrieb.«

»Warum hast du nie etwas gesagt? Ich dachte, du wärst glücklich ...«

»Ich habe mir Mühe gegeben.«

»Wie denkst du über mich?«

»Du hast dir Watte in die Nase gestopft, wenn wir uns geliebt haben, aber abgesehen davon hast du dich redlich bemüht. Und jetzt sind wir arriviert. Bereit für die Rückreise.«

»Arrivederci«, murmelte ich.

»Du hast Recht, wir hätten darüber reden müssen.«

»Ist es denn dazu schon zu spät?«, fragte ich unsicher.

»Ja. Es tut mir leid.«

»Das wird dir garantiert noch leid tun!«, sagte ich.

»Du kannst mir keine Angst machen«, erwiderte er ruhig.

»Hast du mal über die konkreten Folgen nachgedacht?«, fragte ich, nachdem wir eine Weile schweigend nebeneinander gesessen hatten.

»Das hier, meinst du?«

»Unter anderem. Was wird aus den Kindern? Unseren Verwandten, unseren Freunden? An Weihnachten sind wir bei meinen Eltern zum Essen eingeladen …«

»Geh ruhig hin. Ich werde dieses Jahr nicht mit dabei sein.«

Ich schaute ihn an. »Ist es das? Diese abgedroschene Geschichte von den Konventionen, die dir plötzlich zum Hals raushängen? Schluss mit den langweiligen Weihnachtsessen und ab mit deiner Geliebten nach Irland?«

»Du verstehst es immer noch nicht, Helga. Ich habe nichts gegen deine Eltern. Ich mag deinen Vater. Ich schätze deine Mutter. Aber ich habe mich oft gefragt, warum ihre Töchter ihr Leben so kritiklos wiederholten. Warum, Helga? Wo ist dein Pioniergeist geblieben? Früher warst du ein richtiges Superweib.«

»Für manche Männer bin ich das immer noch«, sagte ich langsam. »Vielleicht ist es eine Frage der Erziehung, meinen wahren Wert schätzen zu können.«

Er erblasste. »Sollte dir vor dem Tod genügend Zeit bleiben, noch einmal gründlich über dein Leben nachzudenken, hoffe ich, dass du für einen Moment bereust, welche Chancen du dir hast entgehen lassen.«

»Bereuen!«, sagte ich mit der größtmöglichen Gelassenheit, die ich aufbringen konnte. »Dieses bürgerliche Leben, das ich führe, beruht auf einer wohl überlegten Wahl, und selbst jetzt bereue ich keinen Augenblick. Wir haben gemeinsam eine Familie gegründet, die vierundzwanzig Jahre lang funktionierte, mit ihren Höhen und Tiefen wie überall, aber wir bildeten eine unverbrüchliche Einheit, bis diese verfluchte Hure auftauchte, die aus meinem starken, unverzagten Mann einen romantischen Zweifler machte, der mit seinem Leben noch mal von vorn anfangen will. Ha! Auf meinem Sterbebett wird mir nur eines leid tun ...«

»Ja?«, fragte er leise.

»Dass du nicht da bist, um mir die Hand zu halten. Geh weg, Carlo. Ich heul mir gleich die Augen aus dem Kopf.«

»Ich ...«

»Geh weg!«, schrie ich. »Geh zu deiner Hure!«

Aber Carlo nahm mich in die Arme und murmelte sinnlose, tröstende Worte, während ich heulte wie ein Hund. Als ich mich schließlich beruhigte, schenkte er mir noch ein Glas Wasser ein. Wir schauten uns an. Er lächelte. Ich erwiderte sein Lächeln. Wir setzten uns wieder hin und redeten die ganze Nacht.

Kaum zu glauben, dass das erst fünf Monate her ist. Jetzt habe ich ihn verloren: die sichere Basis meiner Existenz ... Es ist, als sei nichts mehr sicher, außer der verfluchten Erkenntnis von der Endlichkeit unseres Lebens. Und wieder taucht ein Mann auf und will mir vorschreiben, was ich zu tun habe. Rutsch mir den Buckel runter, Nawijn! Ich mache, was ich will, und du wirst es gar nicht merken.

16

Die letzten Monate unserer Ehe waren eine Qual. Carlo und ich hatten uns auf eine Lösung geeinigt, die man als ›Hintertürchen offen lassen‹ charakterisieren könnte. Wir wohnten weiterhin unter einem Dach und nach außen hin mimten wir das nette Ehepaar van Beuningen. Wir hatten vereinbart, uns gegenseitig zwei Monate lang uneingeschränkte Freiheit zuzugestehen. Jeder konnte tun und lassen, was er wollte, ohne dass der andere ihn kontrollierte. Wir sahen uns zu den Mahlzeiten, wir nahmen sogar gemeinsam Einladungen von Freunden an, und wir gingen ekelhaft freundlich miteinander um, als sei der Gestank unserer sterbenden Ehe nur aus der Distanz heraus erträglich.

Betty blieb nach wie vor in Deventer. Niels kam Ende November nach Hause, doch weder Carlo noch ich besaßen den Mut, ihm schon am ersten Abend reinen Wein einzuschenken. Dadurch entstand eine seltsam verkrampfte Atmosphäre, für die Niels merkwürdigerweise nicht empfänglich war. Er war erfüllt von seinem Abenteuer und erzählte uns ohne Punkt und Komma von schwedischen Managementsystemen und Verkaufsmethoden. Er wollte zu Hause Nikolaus feiern, was ich nur mit knapper Not verhindern konnte. Ich überließ es Carlo, Niels die schlechten Neuigkeiten mitzuteilen. Ich weiß nicht, wie er es anstellte, aber Niels ging uns anschließend beiden aus dem Weg. Glücklicherweise lud Irene Niels und Betty in ihr Ferienhaus in Wijhe ein, wo die Kinder von klein auf oft gewesen waren. Die Freundschaft zwischen den Cousins und Cousinen hatte sich über die Jahre hinweg erhalten.

Freundschaft ... Ich suchte verzweifelt nach Freunden. Leuten, die die Geduld aufbrachten, sich wieder und wieder dieselbe Geschichte anzuhören. Ich hatte das Bedürfnis, über meinen Verlust zu reden, über Carlos Verrat, darüber, wie es weitergehen sollte, wie ich mein Leben gestalten sollte, wie ich meine Fassade aufrechterhalten konnte, ohne anderen einen Blick auf den Schutthaufen dahinter zu gönnen. Kurzum, wie ich meine Selbstachtung bewahren konnte, ohne vor Einsamkeit verrückt zu werden.

Ich stellte fest, dass ich zwar einen großen Bekanntenkreis besaß, aber nur ganz wenige Freunde. Bekannte erschrecken sich zu Tode, wenn man sie plötzlich mit seiner Not konfrontiert. Alte Fassaden darf man nicht einreißen. Lächeln, eine Klatschgeschichte zur rechten Zeit, ein paar leere Redensarten und vor allem keine persönlichen Bekenntnisse. Doch im Falle einer Scheidung oder anderer Schicksalsschläge braucht man Freunde. Ich habe zahlreiche Bewunderer, Männer, die mit mir ins Bett wollen, Frauen, die mich um meine makellose Erscheinung beneiden, aber niemanden, bei dem ich mich ausheulen kann.

In diesen schrecklichen Tagen, in denen die Einsamkeit fast unerträglich wurde, versuchte ich, mir über meine Lage klar zu werden.

Ich führte Selbstgespräche. Ich lief auf und ab, als studierte ich eine Rolle ein, und hielt Predigten vor dem Spiegel. Zum Steinerweichen.

Die harte, unnahbare Helga ... Habt ihr es gehört? Ihr Mann treibt's mir einer Hure! Hört ihr es? Ihr Schwachköpfe? Mit einer Hure! Ab und zu zog ich meinen Rock ein Stückchen hoch und betrachtete begehrlich mein Spiegelbild. Dann hatte ich plötzlich die Nase voll davon, griff nach einem Hocker und zerschmetterte krachend die Scheibe. Ich fegte die Scherben zusammen und warf sie auf Carlos Bett. Ich schrieb *VIEL GLÜCK* auf einen Zettel und legte ihn auf das Kissen.

Dann fuhr ich zu Irene und beichtete ihr die ganze Geschichte. Irene ist nur zwei Jahre älter, aber unendlich viel weiser als ich. Sie nahm mich in die Arme und flüsterte mir die beruhigenden Worte zu, mit denen wir uns schon als Kinder trösteten, wir zwei, die schönen Zicken-Schwestern. Ich fühlte mich unendlich erleichtert und konnte nach langer Zeit wieder klar denken. Dann erzählte ich alles noch einmal langsam der Reihe nach, und nun, da ich nicht mehr mit meinem Spiegelbild, sondern mit meiner Schwester redete, gewann ich etwas Abstand zu der Situation. Wir unterhielten uns darüber, wie wir unsere Männer kennen gelernt hatten und wie die Leidenschaft im Laufe der Jahre unweigerlich abgekühlt war. Wie verschieden wir doch sind und wie sehr wir uns andererseits gleichen! Irene ist eine Dame durch und durch, und ich kann mir nicht vorstellen, dass sie ihren würdigen, respektablen Jaap attackiert wie ein Fischweib, so wie ich auf Carlo losgegangen bin, und schon gar nicht, dass sie sich eine Karaffe auf den Kopf fallen ließe. Sie wollte meine Beule fühlen, und als sie mir mit ihren langen, schlanken Fingern über den Kopf strich, fing ich wieder an zu weinen. Sie weinte jetzt auch, mit beherrschten, irenehaften Schluchzern.

»Was willst du als Nächstes tun?«, fragte sie mich nach einer Weile.

Ich erzählte ihr von meinem Plan, meine Anteile zu verkaufen. Sie hörte mir aufmerksam zu, doch als ich ausgeredet hatte, sagte sie zunächst nichts.

»Was hältst du davon?«, fragte ich.

»Tja«, meinte sie zögernd, »ich frage mich, was du damit erreichen willst.«

»Mich befreien.«

»Ich dachte, du wolltest Carlo zurückgewinnen. Kannst du die Anteile nicht an ihn verkaufen?«

»Wovon sollte er sie bezahlten?«, fragte ich spöttisch. »Das Einzige, was er besitzt, sind die restlichen achtundvierzig Prozent.«

»Er könnte einen Kredit aufnehmen.«

»Irene! Meine Anteile sind anderthalb Millionen wert!«

»Hast du sie schätzen lassen?«

»Ja.«

»Diskret, hoffe ich.«

Ich grinste. »Natürlich. Du weißt doch, wie wir erzogen sind.«

»In der Tat«, erwiderte sie trocken. »Hast du mit Papa darüber gesprochen?«

Ich nickte.

»Wie denkt er darüber?«

»Er hat mir davon abgeraten. Er glaubt, dass Carlo ohnehin wieder zu mir zurückkommt.«

»Glaubst du das auch?«

»Die Chancen stehen nicht schlecht«, sagte ich. »Aber danach wäre alles anders. Und ich habe mir vorgenommen, nur mit einem Mann zusammenzuleben, der mich wirklich will.«

»Im Moment bist du aufgebracht«, bemerkte meine pragmatische Schwester. »Und zu Recht. Aber Wut verraucht irgendwann. Und er ist dein Ehemann, wie auch immer.«

»Bis in alle Ewigkeit, amen.«

Irene sagte nichts. Wir saßen eine Weile schweigend auf dem schmalen Sofa, das sie von Oma geerbt hatte. »Weißt du, was ich tun würde?«, fragte sie unvermittelt.

»Ja?«

»Ich würde die Thai-Methode anwenden.«

»Genau«, pflichtete ich ihr grimmig bei. »Ich kastriere ihn und stampfe ihn anschließend dermaßen in Grund und Boden, dass er von alleine nicht wieder rauskommt.«

Wir blickten uns an. Was wie ein makaberer Witz klang, erschien plötzlich gar nicht mal so unrealistisch. »Aber das wirst du natürlich nicht tun«, sagte sie ungläubig.

»Nicht unbedingt genau das«, bestätigte ich. »Aber was ich mit ihm vorhabe, ist nicht weit davon entfernt.«

»Was denn?«

Ich erzählte es ihr.

»Wie gemein!«, sagte sie. »Wirklich gemein, Helga.« Sie kicherte. »Richtig hundsgemein!«

»Genau«, sagte ich. »Und ich hoffe, dass sie sich zu Tode erschrecken.«

»Carlo bringt dich um!«

»Aber nein. Er wird außer sich sein, das schon, aber er ist nicht der Typ, der jemanden ermorden würde.«

»Stimmt, das glaube ich auch nicht. Aber da hast du dir wirklich etwas Böses einfallen lassen! Fast so schlimm, wie seine Frau im Stich zu lassen. Vielleicht solltest ihn doch lieber kastrieren.«

»Das kommt auf dasselbe raus.«

»Aber wie willst du es anstellen? Eine solche Metamorphose ist nicht einfach. Wenn du es nicht perfekt hinkriegst, wird es lächerlich wirken.«

»Es wird gar nicht so schwer sein. Leider. Was sie kann, kann ich auch. Sogar besser.«

»Ich hoffe es für dich«, sagte sie, noch immer voller Zweifel. »Was sagen deine Freunde eigentlich zu der ganzen Sache?«

Ich zuckte mit den Schultern. »Die meisten wissen noch nicht mal davon. Außerdem will ich da wegziehen.«

»Und die Kinder? Glaubst du nicht, dass sie für einen von euch Partei ergreifen werden?«

»Betty hält zu Carlo, da kann ich sowieso machen, was ich will. Niels wird uns beiden aus dem Weg gehen.«

»Was wissen sie eigentlich darüber?«

»Betty hat im Juli eine schreckliche Szene zwischen uns miterlebt. Wie viel Niels genau weiß, ist mir nicht ganz klar. Carlo hat mit ihm geredet.«

»Warum hast du es nicht getan?«

»Carlo ist derjenige, der das sinkende Schiff verlässt. Dass er dann auch die Besatzung informiert, ist ja wohl das Mindeste.«

Irene schüttelte den Kopf. »Kein Wunder, dass die Leute einen solchen Respekt vor dir haben«, sagte sie. »Jeder hält dich für eiskalt.«

»Und hart wie Kruppstahl«, fügte ich hinzu. »Alles nur Fassade. Gut, dass wenigstens zwei Menschen wissen, wie ich wirklich bin: du und Carlo.«

»Er kennt dich jedenfalls gut genug, um zu wissen, dass du das nicht klaglos hinnehmen wirst«, sagte sie. »Aber du solltest deinen Plan wirklich gründlich vorbereiten. Und versprich mir, dass du nichts unternimmst, ohne vorher mit mir darüber zu reden.«

»Versprochen«, sagte ich, als ich sie zum Abschied umarmte. »Du riechst gut. Sollte ich jemals auf die Idee kommen, es mit einer Frau zu treiben, übe ich vorher mit dir.«

»Glaubt man Germaine Greer, bin ich frigide.«

»Ich glaube, dass du ein heißes Vollblutweib bist. Danke. Ich hab dich lieb.«

Ich wanderte durch das Haus und versuchte, das Inventar mit dem kritischen Blick eines Aufkäufers zu taxieren. Wir besitzen einige schöne Dinge: ein Utrechter Buffet aus dem siebzehnten Jahrhundert, ein Windhundpaar aus mexikanischem Porzellan und drei aus Holz geschnitzte Frauenfiguren eines Bildhauers aus Brünn. Der tschechische Galerist bestand darauf, dass wir den Künstler persönlich kennen lernten, und ich weiß noch, wie erstaunt ich war, dass ein so bäuerlich wirkender Mann derart grazile Statuetten fertigte. Wenn man in ihre zarten Gesichter blickt, ist es, als hielte Gott nur den Atem an und könne ihnen jederzeit Leben einhauchen. Er soll meinetwegen alles mitnehmen, nur diese Figuren gehören mir!

Später schaute ich mir Fotos an und das hätte ich besser sein gelassen. Fotos sind vergessene Erinnerungen, ein Lächeln wert, wenn man sie gemeinsam betrachtet, herzzerreißend, wenn man allein ist. Nach ein paar Minuten warf ich den Karton quer durchs Zimmer. Kurz darauf kroch ich weinend auf dem Boden herum und sammelte die Bilder wieder ein. Dabei betrachtete ich lange ein Foto von Carlo und Rob Baan. Es wurde in dem Jahr aufgenommen, in dem mir Rob seine Liebe gestand. Der Hintergrund ist verschwommen, aber man erkennt, dass sie sich irgendwo im Wald befinden. Beide tragen einen Regenmantel, Carlo seinen dunklen Blueberry, Rob einen leichten Offiziersmantel. Sie hocken entspannt nebeneinander und schauen auf einen Punkt in der Ferne. Carlo hat den Kopf ein wenig schief geneigt, als wolle er ihn auf Robs Schulter legen. Er hat einen verträumten Blick, in sich gekehrt und voller innerer Ruhe, wie sie nur die Nähe eines Freundes vermitteln kann. Rob blickt amüsiert auf das, was ihre Aufmerksamkeit fesselt. Die rechte Hand hat er locker ans Kinn gelegt und er öffnet den Mund, als wolle er gerade etwas sagen. Das Foto ist ein Abbild ihrer Freundschaft. Man erkennt darauf den anderen Carlo, den Mann, der Freunde fürs Leben gewann und der eine solche Freundschaft von nichts und niemandem zerstören ließ, nicht einmal von Robs dummer Verliebtheit.

Ich ging auf den Balkon und rauchte eine Zigarette. Draußen war herrliches Herbstwetter. Ende November, aber die Sonne besaß noch genügend Kraft, um mein Gesicht und meine Hände zu wärmen. Wärme ... Linda sei ein warmherziger Mensch, hatte Carlo gesagt. Ob es daran lag? Oder war sie einfach besser im Bett? Ob ich Anton Krans danach fragen könnte, ohne mich lächerlich zu machen? Natürlich kann ich es mir leisten, dumme Fragen zu stellen, dachte ich plötzlich und rief ihn an. Es blieb eine Weile still am anderen Ende der Leitung. »Anton?«, fragte ich vorsichtig.

»Ich bin noch da«, sagte er. »Aber ich glaube, dieses Thema sollten wir nicht am Telefon besprechen.«

Wir verabredeten uns. Anton lud mich zu einer Flamencoaufführung in Zwolle ein, und so kam es, dass wir zuerst anderthalb Stunden lang hackenstampfenden Männern und Frauen zuschauten, bevor das heikle Thema zur

Sprache kam. Anton war ganz begeistert von dem Flamenco, doch der bittere Ernst und die unverständlichen spanischen Rufe berührten mich nicht. Das Einzige, was mich amüsierte, war das Solo des Chefs der Truppe, der erst nach der Hälfte seiner Darbietung bemerkte, dass seine Hose vorn offen stand.

»Dein Mann hat also ein Verhältnis mit Linda«, sagte Anton, als wir später im brechend vollen *Café de Paris* saßen. Anton behauptet, nirgendwo könne man sich ungestörter unterhalten als in einem vollen Lokal.

»Wusstest du das nicht?«, fragte ich zurück.

Er nickte. »Natürlich wusste ich das.«

»Hast du dich deshalb an mich herangemacht?«, fragte ich aggressiv.

»Linda ist eine alte Freundin von mir«, antwortete er gelassen.

»Siehst du sie oft?«

»Früher ja. Inzwischen nur noch selten.«

»Spricht sie gelegentlich von Carlo?«

»Manchmal.«

»Anton, wenn du nicht darüber reden willst, hättest du das früher sagen sollen!«

Die jungen Leute am Nebentisch blickten mich erstaunt an. Ich senkte meine Stimme und beugte mich weit über den Tisch. »Antworte mir! Was hat sie dir über ihr Liebesleben mit Carlo erzählt?«

»Nichts«, sagte er, immer noch mit derselben aufreizenden Gelassenheit. »So oft sehen wir uns auch wieder nicht, als dass wir Bettgeheimnisse austauschen würden.«

»Ach, Quatsch! Auf dem Golfplatz hatte es sehr wohl den Anschein, dass ihr eng befreundet seid.«

»Ach, das ist lange her. Was willst du eigentlich, Helga?«

»Ich will meinen Mann wiederhaben.«

»Kann ich verstehen. Aber was erwartest du von mir?«

»Du kennst Linda. Könntest du nicht mal mit ihr reden?«

»Das habe ich schon getan.«

»Wann?«

»Kurz vor ihrer Irlandreise.«

»Hat wohl nichts genützt«, bemerkte ich trocken.

Er antwortete mir nicht. Plötzlich fiel mir auf, wie laut es in dem Laden war. »Ich möchte gehen«, sagte ich. »Würdest du mich nach Hause bringen?«

Schweigend gingen wir zum Auto. Ein Reinfall, dachte ich verzweifelt. Wie dumm von mir, ihn darum zu bitten! Einen praktisch wildfremden Mann! Mein Gott, hatte ich mich lächerlich gemacht! Als wir Ijsselmonde erreichten, wandte er mir auf einmal den Kopf zu und lächelte. »Nimm es dir nicht so zu Herzen, Helga. Ich bin mir sicher, dass es vorübergeht. In ein paar Wochen ist er wieder bei dir.«

»Wie kannst du dir da so sicher sein?«

»Weil ich euch beide kenne«, sagte er überzeugt. »Dein Mann kommt wieder. Linda kann dir nicht das Wasser reichen.«

»Carlo ist da anderer Meinung.«

»Das wird sich noch ändern.«

»Wie ist sie im Bett?«, fragte ich.

»Gut.« Er grinste in der Dunkelheit. »Eine richtige Hure.«

»Hast du mit ihr geschlafen?«

»Ja.«

Ich versuchte, den Sturm meiner Gefühle unter Kontrolle zu bringen. Mir wurde übel vor Wut. »Bitte halt mal kurz an«, bat ich heiser. Er bog rasch in einen Seitenweg ein und ich stolperte aus dem Wagen und erbrach mich am Straßenrand. Anton reichte mir ein Papiertaschentuch. Ich wischte mir das Kinn ab.

»Geht's wieder?«, fragte er.

»Ja«, sagte ich. »Lass uns weiterfahren.«

Carlos Auto stand in der Auffahrt. Anton hielt mir die Tür auf. Ich stieg aus. Die kalte Nachtluft tat mir gut. Es roch nach Kaminfeuer. »Ich kann dich jetzt leider nicht bitten, mit reinzukommen«, sagte ich.

»Kann ich verstehen«, sagte er lächelnd. »Es tut mir leid, Helga. Das alles tut mir leid. Ich hoffe, ich habe dich nicht allzu sehr enttäuscht.«

»Ich rufe dich wieder an. Bis bald.«

Carlo saß vor dem Feuer, das er ausnahmsweise einmal in Gang gehalten hatte, und starrte bedrückt in die Flammen. Dinkytoy lag auf seinem Schoß. Sie hob ihren Kopf, als ich hereinkam, und wedelte leicht mit dem Schwanz. Carlo blickt kurz auf, nickte wortlos und starrte wieder ins Feuer.

»Hallo, Frau«, sagte ich fröhlich. »Hallo, Mann. Hattest du einen schönen Abend? Ja danke, hatte ich. Und du? Anscheinend nicht, wie ich sehe. Stimmt irgendetwas nicht?«

»Bitte sei still«, sagte er erschöpft.

»Halt den Mund, Frau!«, sagte ich streng. »Mann denkt nach. Möchte der Mann vielleicht ein Glas Whiskey? Mit Eis?«

Er brummte etwas Unverständliches. Neben ihm stand ein leeres Glas. Er roch bereits ziemlich stark nach Whiskey. »Wie viel hast du schon getrunken?«, fragte ich.

Er warf mir einen wütenden Blick zu und reichte mir das Glas. »Geht dich gar nichts an. Ohne Eis, bitte.«

Ich schenkte für ihn einen Fingerbreit Whiskey und für mich ein Glas Sodawasser ein und setzte mich neben den Holzkorb. »Prost«, sagte ich. Er schaute mich über den Rand des Glases hinweg an und antwortete mit einer Geste, die man mit einiger Fantasie als Toast interpretieren konnte. Er trank sein Glas in einem Zug aus und hielt es mir erneut hin.

»Gleich bist du betrunken«, bemerkte ich.

»Umso besser.«

Wieder schenkte ich ihm einen kleinen Whiskey ein und fragte: »Was ist los, Carlo? Ist es aus?«

»Das hättest du wohl gerne, was?«

»Ach«, sagte ich unbeteiligt. »Im Grunde ist es mir mittlerweile ziemlich egal.«

»So! Das ist ja ganz was Neues. Wo warst du heute Abend?«

»Aus«, antwortete ich. »Mit Anton Krans. Wir haben uns eine Flamencovorstellung angesehen. Sehr schön. Einem der Tänzer stand vorn die Hose offen, aber er hat's gar nicht gemerkt und einfach immer weitergebrüllt und dann ...«

»Helga, bist du völlig übergeschnappt?« Er stellte sein Glas ab und schaute mich an. In seinem linken Auge war eine kleine Ader geplatzt.

»Wieso?«, fragte ich unschuldig.

»Krans ist ein ganz mieser Kerl. Ich will nicht, dass er seine Pfoten nach dir ausstreckt.«

»Na ja, vielleicht sollte er sie lieber nach Linda ausstrecken«, antwortete ich zuckersüß.

»Hör auf! Ich will diesen Namen nicht mehr hören!«

»Aber, aber«, sagte ich spöttisch und hätte mir am liebsten auf die Zunge gebissen. Doch Carlo war viel zu sehr mit seinem eigenen Kummer beschäftigt. »Sie ist eine Hure«, sagte er unglücklich.

»Was ist passiert?«, fragte ich.

»Ich habe sie mit einem Kunden erwischt. Ich habe ihr eine Szene gemacht und sie hat mich rausgeworfen. Ich … ach, was geht dich das an! Bitte geh! Lass mich allein!«

»Ach Carlo … Das ist doch das Schöne daran, wenn man lange verheiratet ist: Du kannst dich bei deiner Frau ausweinen, wenn dich deine Geliebte betrogen hat.«

»Sie ist nicht mehr meine Geliebte. Geh ins Bett, Helga.«

»Kommst du auch?«, fragte ich, plötzlich aufs Äußerste angespannt.

»Ich komme gleich«, antwortete er zerstreut. »Schenkst du mir bitte noch einen Whiskey ein?«

Ich tat, worum er mich bat. Achtlos nahm er das Glas entgegen. Eine halbe Stunde später rutschte er zu mir ins Bett, drehte sich auf die rechte Seite und schlief praktisch sofort ein. Ich schaltete das Licht aus, obwohl er so fest schlief, dass er nichts von meiner Leselampe bemerkt hätte, die ihn normalerweise störte. Ich lauschte seinem Atem und fragte mich, wie sich wohl die Nachtgeräusche anderer Männer anhörten. Carlo rollte sich auf den Rücken und fing an zu schnarchen. Der Whiskeygestank war unerträglich. Ich nahm mein Kissen und zog ins Gästezimmer um. Ob Anton schnarchte? Wie er wohl im Bett war? Ich stellte mir vor, dass wir uns liebten. Der Gedanke erregte mich. Es war ein klitzekleiner Ehebruch, sich selbst zu befriedigen, während mein Mann im Nebenzimmer schnarchte, doch der Gedanke, dass das Objekt meiner Begierde Carlos Widerwillen hervorrief, eröffnete neue Perspektiven. Gleichzeitig wurde mir klar, wie abhängig ich war, und ich flüchtete mich in eine Vision, in der Carlo mich anflehte, zu mir zurückkehren zu dürfen. Doch am nächsten Morgen beschwor er mich lediglich, den Kontakt zu Anton abzubrechen.

»Ich kann gut auf mich selbst aufpassen«, erwiderte ich.

»Das hoffe ich«, sagte er langsam. »Das hoffe ich sehr!«

»Er will meine Anteile kaufen. Er hat mir ein Angebot gemacht«, sagte ich.

Carlo ballte die Fäuste. »Ich habe mich in Linda getäuscht«, sagte er heiser. »Und an dir habe ich vieles wieder gutzumachen. Aber wenn du darauf eingehst, geschieht ein Unglück. Sieh dich vor!«

»Wir teilen«, schlug ich gelassen vor. »Vielleicht mache ich dir ein Angebot für deine Anteile, sodass du mit deinem eigenen Geld in Irland neu anfangen kannst. Oder ich beantrage Insolvenz für dich. Kommt ganz auf dein Verhalten in der nächsten Zeit an.«

»Drohungen einer Machtlosen. Komm, Helga, lass uns die am wenigsten schmerzliche Lösung suchen. Im Interesse von uns beiden. Hauptsächlich in deinem.« Er grinste. »Schließlich bin ich es, der geht.«

Ich schaute ihn verächtlich an. Carlo wollte etwas sagen, doch er erschrak, als er meinen Gesichtsausdruck sah. Er verließ den Raum. Ich blickte ihm nach und lauschte seinen so vertrauten Schritten im Flur. Ich hasste ihn intensiv.

17

Der Stier hing in dem riesigen Greifer wie ein Spatz im Maul einer Katze. Die Beine baumelten von seinem gekrümmten Körper herunter, als würde er nie wieder darauf stehen, und doch wandte er den Kopf hin und her, als suche er eine geeignete Stelle zur Landung. Er ächzte dumpf und stöhnend und erhielt Antwort von einem der neunzehn anderen Stiere, die bereits auf dieselbe unwürdige Weise verladen worden waren.

Der Stier verschwand im Transporter. Die Männer neben dem Lkw schoben die Stange durch die Außenwand. Einer von ihnen winkte, der Greifer ließ das Tier los, und der Kranausleger schwenkte nach oben, auf der Suche nach dem nächsten Opfer. Die vier übrigen Stiere standen dicht gedrängt in ihrem Verschlag. Der Greifer schwebte über den Tieren, die sich noch dichter aneinander drängten, die Köpfe auf den Rücken ihres Vordermannes gelegt. Dann wurde der Letzte in der Reihe gepackt. Er wehrte sich verzweifelt gegen die stählerne Klaue, die ihn erbarmungslos hochhob, und er gab seinen Widerstand erst auf, als er über seinen zwanzig Leidensgenossen hing. Der nächste Stier hörte nicht auf zu zappeln, als er über dem Transporter schwebte.

»Das geht schief«, sagte Waanders leise. Der Stier bockte wie bei einem Rodeo, und jedes Mal wenn er sich lang ausstreckte, entstand ein Zwischenraum zwischen dem Greifer und seinem Körper. Dann geschah das Unglaubliche: Das Tier schoss plötzlich anderthalb Meter nach vorn. Der Greifer schloss sich um beide Hinterbeine. Den Stier durchfuhr ein groteskes Zucken, wie bei einem Gehängten, der sich gegen den Strick wehrt. Die Männer neben dem Viehtransporter riefen dem Kranführer etwas zu und gestikulierten heftig. So etwas geschah offenbar nicht zum ersten Mal und der Kranführer hatte eine ebenso grausame wie effiziente Lösung parat. Er kippte den Greifer, bis der Stier vertikal hing, ließ ihn ganz kurz los und fing ihn im Fall perfekt wieder auf. Das Tier gab seinen Widerstand auf und verschwand im Wagen. Die Männer neben dem Transporter schoben die Stange einen Meter tiefer als bei den anderen Tieren durch die Seitenwand.

»Ob er tot ist?«, fragte van Arkel leise.

»Noch nicht«, erwiderte Waanders grimmig. »Hast du ihn drauf, Frans?«

»Ja«, antwortete Penninkhof, der das Geschehen mit einer Videokamera festhielt. »Schade, dass wir nicht reingucken können.«

»Warum eigentlich nicht?«, fragte Waanders. »Kommt, wir gehen rüber.«

»Bist du dir sicher?«, fragte Penninkhof.

Er ließ die Kamera sinken und schaute seinen Chef an. Van Arkel verfolgte gebannt das Schauspiel auf dem Hof. Sie lagen gegenüber von Anton Krans' Stall an einer Grabenböschung unter einem Brombeerstrauch, der sie zwang, sich vorsichtig zu bewegen, aber gute Deckung bot.

»Wir gehen rüber«, wiederholte Waanders. »Mir reicht's mit dieser Heimlichtuerei. Jetzt haben wir endlich etwas Konkretes.«

»Eine Videoaufnahme wird nicht als Beweismittel anerkannt«, entgegnete Penninkhof.

»Deine und meine Aussage schon«, sagte Waanders. »Und die von Kollege van Arkel natürlich.« Er und van Arkel grinsten sich an.

»Hast du die beiden Bouviers gesehen?«, fragte er.

»Natürlich«, antwortete Waanders. »Die sind auch mit drauf, oder, Frans?«

»Klar und deutlich«, sagte Penninkhof düster.

»Gut«, sagte Waanders. »Auf, Kameraden, raus aus dem Schützengraben.«

»Ich könnte hier bleiben und euren Rückzug filmen«, schlug Penninkhof vor. »Oder euren heroischen Kampf mit den Bouviers. Es muss doch jemand am Leben bleiben, um davon zu berichten.«

»Ich lasse dich erschießen wegen Feigheit vor dem Feind«, sagte Waanders. »Steck das Ding ein und hole es erst heraus, wenn du Einblick in den Transporter hast.«

»Wie sollen wir das Wageninnere denn deiner Meinung nach filmen? Aus der Vogelperspektive?«

»Gute Idee«, sagte Waanders. »Frag einfach, ob der Kerl im Kran dich hochzieht. Aber von der Transportrampe aus müsste es auch gehen. Und wenn du weiter herumdiskutierst, hat es sowieso keinen Sinn mehr.«

Sie betraten Seite an Seite den Hof. Die Männer am Viehtransporter drehten sich um. Die Bouviers rannten auf die Einfahrt zu. Bert rief einen Befehl und die Hunde blieben drei Meter vor den Eindringlingen stehen. Dann schlenderte Bert lässig zu ihnen herüber. Sein Vorbild musste John Wayne sein, doch seine flaschenförmige Statur verdarb den Effekt ein wenig.

»Was wollen Sie hier?«, fragte er.

»Kontrolle«, antwortete Waanders kurz angebunden. *»AID.«*

Bert grinste. »Wir haben geschlossen. Kommen Sie um acht Uhr nochmal wieder, dann sind Sie der erste.«

»Wir sind ein bisschen früh dran«, antwortete Waanders in demselben gespielt lockeren Tonfall. »Nehmen Sie die Hunde da weg oder sollen wir sie erschießen?«

»Von mir aus«, sagte Bert und drehte sich um. Im Weggehen machte er eine Bewegung, die für die Hunde offenbar das Zeichen zum Angriff war. Penninkhof schrie auf und trat wild um sich, als der vordere Bouvier auf ihn losging. Van Arkel zog blitzschnell seine Pistole und erschoss die beiden Scheusale. Ungläubig starrte Bert die toten Hunde an.

»Scheißkerl!«, keuchte er. »Das wird Ihnen noch leid tun!«

»Klappe halten!«, befahl van Arkel. »Zum Lkw! Und ein bisschen plötzlich!«

Bert gehorchte. Anton Krans erschien in der Tür. Er ging auf van Arkel zu, der Bert abtastete, und sagte mühsam beherrscht: »Mit welchem Recht erschießen Sie meine Hunde?«

»Notwehr«, antwortete van Arkel schroff. »Wenn Ihr Mitarbeiter sie zurückgehalten hätte, wäre das nicht passiert.«

»Es war nicht meine Schuld!«, protestierte Bert.

Van Arkel ignorierte ihn und fragte: »Wer hält sich sonst noch im Stall auf?«

»Der Kranführer«, sagte Krans.

»Holen Sie ihn«, befahl van Arkel.

Krans schaute ihn einige Sekunden lang schweigend an, mit einem so gelassenen Gesichtsausdruck, als fühle er sich trotz der Machtdemonstration des anderen Herr der Lage. »Geh bitte Johan holen«, forderte er Bert auf, der noch immer breitbeinig am Viehtransporter stand. Bert schaute van Arkel an. Der nickte und sagte ironisch grinsend: »Na los! Sie haben doch gehört, was Ihr Chef gesagt hat.«

Rasch machte sich Bert auf den Weg in den Stall.

»Wer sind Sie?«, fragte Krans.

»Inspecteur van Arkel. Polizei Ijsselmonde.«

»Und was gibt Ihnen das Recht, hier, weit außerhalb Ihres Bezirks, den Rambo zu spielen, Inspecteur? Schaffen Ihre *AID*-Kollegen die Arbeit nicht mehr allein?«

»Wie man sieht«, antwortete Waanders und zeigte auf die toten Hunde.

»Inspecteur Waanders«, sagte Krans, als bemerke er ihn jetzt erst. »Was verschafft mir die Ehre? Haben Sie nicht mehr den Mut, allein hierherzukommen?«

»Betriebskontrolle«, sagte Waanders nur.

Krans antwortete mit einladender Geste: »Nur zu. Schauen Sie sich ruhig überall um.«

»Ich habe schon genug gesehen«, erklärte Waanders grimmig. »Ihre Verlademethode ist die mieseste, die mir je untergekommen ist.«

»Ach, halb so wild«, wiegelte Krans ab. »Dafür äußerst effizient. Leider wäre beim letzten Stier beinahe etwas schief gegangen, aber sie haben ja gesehen, wie wir so einen Dissidenten wieder zur Ordnung rufen.«

»Sie haben dem Stier beide Beine gebrochen«, erwiderte Waanders. »Und wahrscheinlich auch das Rückgrat.«

»Er muss sowieso sterben«, sagte Krans, als erkläre er es einem Kind. »Und die können einiges aushalten. Aber ich gebe zu, dass es ihm momentan ziemlich schlecht geht.«

»Ich will ihn sehen. Lassen Sie die Klappe herunter.«

»Ungern. Wenn ich jetzt den Transporter öffne, denken die Tiere, dass sie rausdürfen.«

»Aber sie sind doch gesichert?«

»Bei offener Klappe kommt es trotzdem immer wieder vor, dass einer ausbricht. Und unsere beiden Stierfänger sind tot.«

Der Kranführer drehte sich eine Zigarette. Harte Typen, dachte van Arkel. Bert hatte zwar entsetzt auf den Tod der Hunde reagiert, doch Krans, der Kranführer und der schweigende Mann neben dem Viehtransporter wirkten völlig ungerührt.

»So geht das Verladen am schnellsten«, mischte sich der Kranführer ein.

»Aber es ist widerlich«, entgegnete Waanders. »Und absolut ungesetzlich.«

»Gegen welches Gesetz soll es denn verstoßen?«, fragte Krans.

»Das Tierschutzgesetz«, sagte Waanders nur.

Krans lachte grimmig, zeigte auf die toten Hunde und sagte: »Die Polizei geht ja mit gutem Beispiel voran.«

»Das war Notwehr«, wiederholte Krans. »Wir haben Ihren Mitarbeiter gewarnt, dass wir schießen würden, wenn er sie nicht zurückhält.«

»Stimmt das?«, fragte Krans.

Bert nickte. »Ich dachte, sie würden wieder gehen.«

»Irrtum«, sagte Waanders.

»In der Tat«, sagte Krans. »Hat mich zwei gute Hunde gekostet.«

»Die Leute vom *AID* tragen keine Waffen«, verteidigte sich Bert. »Ich dachte, der andere sei auch einer von ihnen.«

»Noch ein Irrtum«, bemerkte Waanders schroff.

»Gut, meine Herren«, sagte Krans. »Also, was wollen Sie?«

»Unseren Film zu Ende drehen«, sagte Penninkhof. »Öffnen Sie die Klappe!«

Krans starrte ihn ausdruckslos an. Penninkhof ignorierte ihn und ging zum Viehtransporter. Krans nickte. Bert und der vierte Mann öffneten die hintere Klappe. Im Wagen entstand Bewegung. Der Stier am Ende versuchte vergeblich aufzustehen, als Penninkhof auf die Klappe trat und seine Kamera auf das Wageninnere richtete. Die übrigen Rinder blieben reglos und angespannt zwischen ihren stählernen Stangen stehen. Penninkhof kletterte vorsichtig in den Transporter hinein, redete dabei sanft auf die Tiere ein und machte eine Nahaufnahme von dem am Boden liegenden Stier, der heftig mit dem Kopf schlug und unbeholfen versuchte aufzustehen. Die Vorderbeine in den Boden gestemmt, richtete er sich halb auf, doch seine Hinterbeine blieben kraftlos auf einer Seite liegen.

»Ruhig, Junge, ganz ruhig«, sagte Penninkhof. Er stieg wieder aus und bedeutete den beiden Männern, die Klappe zu schließen.

Er schaute Krans an und sagte: »Ich hoffe, dass Ihnen irgendwann mal jemand beide Beine bricht.«

»Es war ein Unfall«, sagte Krans.

»Unfall, dass ich nicht lache!«, fuhr Penninkhof ihn an.

»Normalerweise ist es eine sichere Methode«, erwiderte Krans ruhig. »Wir haben sie erst an uns selbst ausprobiert, bevor wir sie bei den Rindern anwandten.«

»Sie haben sich selbst in dieses Ding reingehängt?«, fragte Penninkhof ungläubig.

»Reingesetzt.«

»Total verrückt«, sagte Penninkhof und tippte sich an die Stirn.

Krans grinste. »Ich brauche also gar nicht erst zu fragen, ob Sie es selbst einmal ausprobieren möchten?«

»Ich denke nicht daran.«

»Sie auch nicht?«, fragte Krans Waanders.

»Schade«, meinte er, als Waanders den Kopf schüttelte.

»Aber ich«, sagte van Arkel. »Wenn Sie den nächsten Stier verladen, komme ich mit.«

Penninkhof schaute ihn an, als sei er übergeschnappt. Waanders nahm ihn beiseite und erklärte, die Anzeige würde zur Farce, wenn einer der Ermittler sich selbst an der bemängelten Methode beteilige, aber van Arkel ging zum Kran und schaute ihn sich aufmerksam an. Zwei Meter vor dem Ende des Auslegers war eine Stange mit einem Scharnier befestigt, an der der Kranführer einen primitiven Sitz anbrachte, eine Art Metallsessel mit Fußrasten. Wegen des Scharniers blieb der Passagier auf dem Sitz bei jeder Bewegung des Kranarms nach Art eines Stehaufmännchens vertikal sitzen. Der Kranführer legte einen Stapel Säcke auf den Sitz. Er machte van Arkel vor, wie er sich hinsetzen musste, und band seine Beine an der Stange fest. »Wenn Sie runterwollen, winken Sie mit dem linken Arm«, sagte er.

Penninkhof hantierte eifrig mit seiner Kamera. Van Arkel hielt sich mit beiden Händen an der Stange fest. Trotz der Lage Jutesäcke spürte er jedes Rucken des Kranauslegers, als träte ihm ein Riese in den Allerwertesten. Er schwebte so dicht über den beiden übrig gebliebenen Tieren, dass er sie riechen konnte. Der Greifer öffnete sich, blieb kurz über dem letzten Stier hängen und wurde dann so abrupt heruntergelassen, dass van Arkel beinahe das Gleichgewicht verloren hätte. Der Stier zappelte wie wild, als der Greifer ihn packte. Van Arkel fühlte die Stöße, als säße er auf dem Rücken des Tieres. Sie schwebten hoch in der Luft und der Stier gebärdete sich wie ein Wahnsinniger, doch diesmal hielt der Kranführer den Greifer so fest geschlossen, dass das Tier keinen Zentimeter verrutschte. Van Arkel klammerte sich mit aller Kraft fest und versuchte, die Stöße mit den Beinen abzufangen. Sie sanken hinunter in den Viehtransporter. Der Stier trat auf die gebrochenen Hinterbeine des liegenden Tieres, das wieder vergeblich versuchte aufzustehen. Hinter dem Neuankömmling wurde eine Trennstange durch die Seitenwände geschoben. Diese wenigen Minuten über den sich wehrenden Stieren würde van Arkel niemals vergessen. Er hatte Krämpfe in den Händen und Oberschenkeln, und nur die Tatsache, dass er fest angebunden war, bewahrte ihn vor einem Fall zwischen die stampfenden Hufe. Es war, als registriere ein unabhängiger Teil seines Bewusstseins, was unterhalb von ihm geschah, denn später konnte er die Szene in allen Einzelheiten beschreiben. Der schweigende Mann befreite seine Beine und van Arkel stieg vom Kran.

Die Erde hatte ihn wieder! Er verwünschte seine plötzliche Anwandlung, auf dieses Ding klettern zu wollen. Allmählich kehrte das Gefühl in seine Beine zurück.

»Ich habe alles drauf«, sagte Penninkhof. »Wenn dein Chef das sieht, wirst du suspendiert.«

»Und, wie war's?«, fragte Waanders neugierig.

»Furchtbar. Für die Tiere muss es die Hölle sein.«

»Wenn sie zappeln, ist es kein Vergnügen«, gab Krans zu.

»Warum tun Sie es dann?«, fragte van Arkel.

»Haben Sie sich mal angesehen, wie eine Fracht Stiere über die Klappe eingeladen wird?«

»Nein.«

»Sollten Sie aber mal. Die Viecher werden reingeprügelt. Die meisten Stiere haben vorher noch nie ein Halfter getragen, und sie zu führen ist wirklich lebensgefährlich. Das hier ist die sicherste Methode für Mensch und Tier.«

»Trotzdem erstatte ich Anzeige«, sagte Waanders. »So was ist Tierquälerei.«

Krans zuckte mit den Schultern. »Tun Sie, was Sie nicht lassen können.«

Waanders schrieb ein Protokoll und las es anschließend vor.

»Sie haben die Hunde vergessen«, bemerkte Krans.

»Kommt noch. Das fällt unter Bedrohung von Beamten im Dienst.«

»Was soll der Blödsinn?«, fragte Bert unverschämt.

»Darauf stehen zwei Jahre«, fuhr Waanders ungerührt fort. »Und wenn der Richter es als versuchten Mord betrachtet, können auch zehn Jahre daraus werden.«

»Aber ich habe doch gar nichts getan!«, rief Bert. »Der da hat sie einfach erschossen, ohne mit der Wimper zu zucken! Der ist an allem schuld!«

»Halt die Klappe!«, fuhr Krans ihn an. Brüsk drehte Bert sich um und verschwand in Richtung Stall. »Was ist jetzt mit den Hunden?«, wiederholte Krans.

»Das erfahren Sie noch«, sagte Waanders. »Sagen Sie Ihrem Mitarbeiter, dass er vorgeladen wird.«

Krans nickte. »Und was haben Sie jetzt vor?«, fragte er unbeteiligt.

»Wohin werden die Tiere gebracht?«, fragte Waanders zurück.

»Zu van Beuningen, nach Ijsselmonde.«

»Prima. Wir fahren mit. Wir nehmen von fünf Tieren eine Urinprobe.«

Krans lächelte. »Dann werden Sie meinen Kran noch vermissen.«

»Um die Viecher damit auszuquetschen?«, fragte van Arkel gespielt naiv.

»Du wirst schon sehen, warum«, sagte Penninkhof. »Ich bin froh, dass du mitkommst, Cowboy.«

»Was sollen wir mit dem Letzten machen?«, fragte der schweigsame vierte Mann.

»Verladen«, befahl Krans. »Wir hinken unserem Zeitplan um eine halbe Stunde hinterher.«

»Tut mir leid wegen der Hunde«, sagte van Arkel.

»Mir auch«, sagte Krans. Er wandte den Blick einem grünen Mercedes zu, der gerade auf den Hof einbog. »Da kommt jemand, dem es noch mehr leid tun wird. Sie gehörten ihr.«

Martha de Munnink schrie auf, als sie die Hunde sah. Sie schüttelte sie sanft hin und her, streichelte den Kopf des größeren Tieres und versuchte, ihm das Maul zu schließen. Sie schaute zu der Gruppe Männer hinüber, die Hände auf den Kopf des Hundes gelegt. Sie stand auf und ging auf sie zu. Sie brauchte keinen Filmhelden zu imitieren, um beeindruckend zu wirken.

»Wer hat das getan?«, fragte sie.

»Er«, sagte Bert.

Nur aufgrund seiner jahrelang trainierten Reflexe gelang es van Arkel, dem Tritt zwischen die Beine auszuweichen. Stattdessen erwischte sie ihn mit der Schuhspitze am Oberschenkelknochen, und es fühlte sich an, als hätte ein Stier ausgeschlagen. Sie ging auf ihn los und zerkratzte ihm die Wange. Er wich einen Schritt zurück. Blut floß aus den Kratzern, aber sie griff erneut an, diesmal die Finger wie Klauen auf seine Augen gerichtet. Penninkhof stellte ihr ein Bein und sie stürzte. Die Hände mit den gefährlichen Nägeln ruderten hilflos durch die Luft. Penninkhof drehte ihr einen Arm auf den Rücken und drückte ihren Kopf zu Boden. Sie kreischte, versuchte zu treten, aber er bog ihr den Arm hoch, bis sie sich nicht mehr wehrte.

»Lass sie los«, sagte van Arkel.

Penninkhof, der halb auf Martha den Munnink lag, schaute ihn an. Er stand auf und Martha rappelte sich hoch. Keiner sagte ein Wort. Über van Arkels Wange zogen sich vier blutige Striemen. Sie schaute ihn an. Etwas in seinem Blick warnte sie davor, ihn noch einmal anzugreifen.

»Scheißkerl!«

Sie machte eine saugende Mundbewegung, als schmecke sie bereits eine neue Beleidigung auf der Zunge, und spuckte ihm ins Gesicht. Van Arkel trat in einer geschmeidigen, schnellen Bewegung einen Schritt nach vorn und versetzte ihr eine Ohrfeige. Nicht fest, sondern so, wie man ein ungezogenes Kind strafen würde. Dann drehte er sich zum Viehtransporter um und schlug donnernd gegen die Verkleidung.

Krans, Martha und Bert schauten ihm nach, als er mit Waanders und Penninkhof den Hof verließ. Mit einem Blick auf die Verkleidung des Transporters bemerkte Bert voller Respekt: »Er hat verdammt nochmal eine Planke rausgeschlagen!«

18

Penninkhof rannte um sein Leben. Der Stier galoppierte mit grotesken Sprüngen hinter ihm her, wobei der Gurt mit dem Penisköcher, den Penninkhof und Enkelt ihm um den Bauch gebunden hatten, um seinen Urin aufzufangen, immer weiter in Richtung Hinterhand rutschte. Penninkhof streckte die Arme nach den Händen aus, die ihn über die Umzäunung ziehen wollten, und rutschte in dem Moment aus, als er zum Sprung ansetzte. Die Zuschauer erhaschten seinen panikerfüllten Blick, als er stürzte. Der Stier senkte die Hörner, um den Mann auf dem Boden aufzuspießen.

Van Arkel sprang über den Zaun und versetzte dem Tier einen gewaltigen Tritt gegen das Auge. Der Stier schüttelte wild den Kopf und blieb stehen wie ein Blinder, der die Orientierung verloren hat. In diesen wenigen Sekunden riss van Arkel Penninkhof hoch. Waanders und Enkelt zogen ihn über den Zaun. Der Stier rammte die Bretterwand und Penninkhof fiel erneut, diesmal zur sicheren Seite. Waanders half ihm auf. Penninkhof warf einen unergründlichen Blick zu dem Tier hinüber, das weiter wie wahnsinnig die Umzäunung rammte, während das Blut in Strömen aus seinem zerquetschten Auge floss. Der Zaun bestand aus drei Zentimeter dicken Merbauholzplanken, doch es konnte nicht mehr lange dauern, bis der Stier ihn durchbrechen würde.

»Tötet ihn!«, rief Waanders, doch die Schlachter waren machtlos gegen die Raserei des wahnsinnigen Tieres. Teun Keppel zielte mit dem großen, altmodischen Revolver, der Waffe für Notfälle, und schoss dem Stier aus nächster Nähe in den Kopf. Er fiel um, als hätte man die Beine unter ihm weggezogen. Die anderen Stiere standen in einem getrennten Pferch und Waanders dankte der Vorsehung, dass sie dieses Exemplar zur Probenentnahme von ihnen hatten trennen lassen.

»Großer Gott«, sagte Penninkhof leise, während er den toten Stier betrachtete. Er drückte van Arkel die Hand und fragte: »Willst du nicht bei uns anfangen?«

Van Arkel lächelte. »Aber ich arbeite doch schon für euch.«

»Ich meine es ernst«, sagte Penninkhof. »Mit dir in meiner Nähe würde ich das nochmal auf mich nehmen. Heute allerdings nicht mehr. Das ist der reine Wahnsinn, Chef.«

Waanders nickte. »Diese Viecher sind lebensgefährlich. Dumm, dass wir das nicht vorher bemerkt haben.«

»Mir ist es durchaus aufgefallen«, entgegnete Penninkhof. »Und dir bestimmt auch. Aber wir brauchen Beweise, nicht wahr?« Er hockte sich neben den toten Stier und betastete dessen Bauch. »Wir könnten ihm die Blase entnehmen und hoffen, dass noch zweihundert Milliliter drin sind.«

»Verstößt gegen die Vorschriften«, sagte Waanders.

Penninkhof zuckte mit den Schultern. »Alles, was hier vor sich geht, verstößt gegen die Vorschriften. Die Viecher sind voll gepumpt mit Dreckzeug und wir wollen nichts weiter als einen Becher Stierpisse. Da ist so eine kleine Operation post mortem doch eine praktische Methode?«

»Hier, wo jeder zuguckt?«, wandte Waanders ein, nicht sehr überzeugend, denn Penninkhofs Vorschlag war natürlich die sicherste Art und Weise, eine Probe zu entnehmen.

»Niemand hier hat irgendetwas gesehen«, sagte Penninkhof. »Du nicht, ich nicht, Ben nicht, Teun nicht und Krans schon gar nicht. Wo steckt der eigentlich?«

»Da kommt er«, sagte Keppel.

Er zeigte auf Helga van Beuningen, Anton Krans und einen großen Mann in marineblauem Jackett. Teun Keppel hasst Anton Krans, dachte van Arkel. Warum? Krans' Rinder bedeuteten die Rettung für den Schlachthof, jetzt, wo wegen der Bläschenkrankheit die Lieferung von Schweinen stagnierte. Für Schweine mit dieser relativ harmlosen Krankheit galt ein Schlacht- und Exportverbot, weil die Symptome der Maul- und Klauenseuche ähnelten. Keppel sollte froh sein, dass Anton Krans ihnen seine Stiere lieferte, umso mehr, als alle bisher überprüften Tiere sauber gewesen waren. Aber was heißt in dieser Branche schon sauber?, dachte er. In jeder Probe fand das Labor Rückstände eines oder mehrerer Wachstumsförderer, aber immer stimmte irgendetwas mit der Probe nicht. Mal schien der Urin mit Wasser verlängert worden zu sein, obwohl die Fleischbeschauer jeden Verdacht lauthals von sich wiesen, und meist lag die Konzentration der verbotenen Substanzen ganz knapp unter der zulässigen Höchstmenge. Überschritt die Konzentration eines bestimmten Mittels die Höchstmenge, nahm der Fleischbeschauer kurz vor dem Wochenende noch schnell eine zweite Probe für ein Gegengutachten. Bis Montag war der verbotene Stoff dann meist abgebaut. Clenbuterol zum Beispiel war nicht lange nachweisbar und ein paar Tage Verzögerung galten als alter Trick, um eine zu hohe Konzentration zu senken.

Erfahrene Fachleute sähen den Tieren an, was der Bauer verwendet habe, erzählte Waanders. Hormone machten sie ungewöhnlich ruhig, während Clenbuterol dieselben Symptome hervorrief wie Adrenalin: Die Tiere waren unruhig, aggressiv und unkontrollierbar. Dieser Stier musste eine Überdosis erhalten haben. Doch wie lange würde man das Zeug in einem toten Tier nachweisen können?

Die Schlachter zogen den Stier hoch und transportierten ihn aus dem Schlachtraum hinaus. Penninkhof, der das Tier keinen Moment aus den Augen verlor, folgte ihnen. Helga, Anton Krans und der Mann mit dem Blazer hatten sich schon bis auf wenige Meter genähert.

»Wer ist der Mann im Jackett?«, fragte van Arkel.

»Das ist Kees Zandbergen«, antwortete Waanders. »Alias Kees Clenbuterol. Zweiundvierzig Jahre alt, Tierarzt im Ruhestand. Mit seiner Kundenliste könnten wir ein ganzes Netzwerk von Großverbrauchern aufrollen.«

Helga sah müde und angespannt aus. »Was ist passiert, Teun?«, fragte sie.

»Da ist einer durchgedreht«, antwortete Keppel kurz angebunden.

»Hast du ihn erschossen?«

»Ja.«

Krans führte Helga, Keppel und Zandbergen, der kein Wort gesagt hatte, ein Stück beiseite, bis sie sich außer Hörweite von Waanders und van Arkel befanden, und fragte: »Waren die dabei?«

»Ja, aber sie haben beide Augen zugedrückt.«

»Sie hätten mich holen sollen.«

»Ich bin hier der Chef«, erwiderte Keppel schroff.

»Aber es war mein Stier«, entgegnete Krans.

»In Ordnung«, sagte Keppel. »Den nächsten, der hier alles kurz und klein schlägt, dürfen Sie selbst erschießen.«

Krans antwortete mit einer beschwichtigenden Geste: »Ich meine ja nur, dass es unklug ist, einen Stier zu erschießen, wenn die Polizei und der *AID* daneben stehen.«

»Wenn die Polizei nicht daneben gestanden hätte, hätten wir den Mann vom *AID* an Fleischerhaken rausziehen müssen«, entgegnete Keppel. »Ich weiß nicht, was Sie den Viechern gegeben haben, und ich will es auch nicht wissen, aber es ist Dreck!«

»Still!«, warnte Krans, doch Waanders, der sich unauffällig genähert hatte, lächelte und sagte: »Wir würden es aber gerne wissen, Meneer Krans. Verraten Sie es uns oder müssen wir erst das Ergebnis der Untersuchung abwarten?«

Krans erwiderte sein Lächeln. »Wollen Sie es nochmal versuchen?«

»Natürlich«, sagte Waanders. »Allerdings nicht ohne vorher zusätzliche Maßnahmen zu ergreifen.«

»Welche Maßnahmen?«, fragte Zandbergen.

»Sicherheitsmaßnahmen.«

»Sie werden doch hoffentlich keine Medikamente einsetzen, oder?«

Waanders lachte. »Nein, das haben Sie ja schon getan.«

»Ich habe etwas gegen böswillige Unterstellungen«, entgegnete Zandbergen ruhig.

»Ich auch«, sagte Waanders. »Deshalb sollten wir der Sache schnellstmöglich auf den Grund gehen.«

Penninkhof und Fleischbeschauer Enkelt standen neben dem ausgenommenen Kadaver des Stieres, der an einem Haken über der Schlachtstraße hing. Enkelt tastete das Fleisch ab.

»Habt ihr etwas gefunden?«, fragte Waanders leise.

»Nein«, antwortete Penninkhof. »Ich verstehe das nicht. Er müsste strotzen vor Hormonen, sieht aber von außen betrachtet vollkommen sauber aus.«

»Na ja, ist ja erst einer von vielen«, meinte Waanders hoffnungsvoll.

Penninkhof zeigte auf Krans und Zandbergen und sagte: »Johan, bitte wirf du doch auch mal einen Blick auf ihn. Ich lenke die da solange ab.«

»Und, haben Sie sich wieder erholt?«, fragte Krans.

»Ja, ganz und gar«, sagte Penninkhof. »Sieh mal einer an, Meneer Zandbergen. Jetzt kann ja nichts mehr schief gehen.«

»Wie ich höre, hatten Sie einen kleinen Unfall«, sagte Zandbergen.

»Um ein Haar, Meneer Zandbergen. Sagen Sie mal, was haben Sie denn den lieben Tierchen Schönes gegeben? Einen Ihrer berühmten Cocktails? Oder einfach ein Glas Cola?«

»Gar nichts«, erwiderte Zandbergen trocken.

»Ach so, Sie sind einfach nur vorbeigekommen, um zu sehen, ob wir etwas sehen.«

Zandbergen lächelte. »Glauben Sie, was Sie wollen, Meneer Penninkhof.« Und mit einer Handbewegung zu Waanders: »Ich glaube, Ihr Chef braucht Ihren Rat.«

Helga wandte sich an van Arkel und fragte: »Was haben Sie denn mit Ihrem Gesicht angestellt?«

»Jemand hat mich gekratzt.«

»Das sieht ja scheußlich aus«, sagte sie. »Wann ist das passiert?«

»Heute Morgen.«

»Wo denn?«

»Bei Krans. Hat er es Ihnen nicht erzählt?«

Sie schüttelte den Kopf. »Und ich werde ihn auch nicht danach fragen, Inspecteur. Haben Sie die Wunde behandeln lassen?«

»Meine Kollegen haben sie desinfiziert.«

Sie berührte ganz kurz seine Wange. »Tut's weh?«

Er erstarrte. »Ja.«

Rasch zog Helga die Hand zurück. »Was machen Sie hier eigentlich, Inspecteur?«

»Ich bin dienstlich hier.«

»So früh am Morgen? Ich habe gehört, Sie waren schon um halb fünf in Wolvega?«

»Komisch, dass Sie ansonsten nichts gehört haben.«

»Meneer Krans und ich haben nur ganz kurz miteinander gesprochen«, sagte sie. »Teun hat erzählt, Sie hätten Ihrem Kollegen das Leben gerettet.«

»Das ist ein bisschen übertrieben, aber es war schon ziemlich brenzlig.«

Sie lächelte. »Vielleicht sollte ich meine Meinung über Sie revidieren.«

»Bitte entschuldigen Sie mich«, sagte van Arkel und ging hinüber zu Waanders, Enkelt und Penninkhof, die mit enttäuschter Miene den toten Stier anstarrten.

»Nichts?«, fragte van Arkel.

»Nichts«, sagte Penninkhof. »Dabei weiß ich genau, dass er bis obenhin voll ist mit dem Zeug. Aber wo ist die Einstichstelle?«

Van Arkel packte den Vorderbeinstumpf, der vor der Brust des Tieres hing, und drehte den Kadaver langsam um die eigene Achse.

Enkelt und Penninkhof starrten gespannt den Flecken an, der unter der Achsel des Vorderbeines zum Vorschein kam. Das Fleisch wies eine leichte, kaum sichtbare Verfärbung auf.

»Halt das Bein mal fest, Cowboy«, sagte Penninkhof. Enkelt stach mit einem kurzen, skalpellscharfen Fleischermesser in die verfärbte Stelle und schnitt ein großes Stück heraus.

»Da haben wir's, Chef«, sagte Penninkhof.

»Sieht ganz danach aus«, bestätigte Waanders. »Kompliment, Ben. Wie hast du das so schnell erkannt?«

»Ich habe gar nichts erkannt«, erwiderte van Arkel. »Ich dachte nur, wenn ich ihn rumdrehe, könnt ihr besser sehen.«

Penninkhof schüttelte den Kopf. »Cowboy, wenn du demnächst Johans Nachfolger wirst, brauchen wir dir nichts mehr beizubringen.«

»Ich dachte, du strebst meine Nachfolge an«, bemerkte Waanders trocken.

»Wollte ich auch, aber inzwischen bin ich mir nicht mehr so sicher. Ohne Ben hätten wir ganz schön dumm dagestanden.«

»Wir wissen natürlich noch nicht mit Sicherheit, ob das eine Injektionsstelle ist, aber es sieht verflixt danach aus«, gab Waanders zu. »Ganz schön schlau von den Jungs. Und dumm von uns, nicht unter der Achsel nachzusehen.«

»Ich frage mich, wie sie es hinkriegen, die Viecher an dieser Stelle zu spritzen«, sagte Penninkhof nachdenklich. »Schon am Hals ist es schwierig genug und am Vorderbein ist es geradezu lebensgefährlich. Ein Stoß mit dem Kopf und du bist tot.«

»Vielleicht fixieren sie sie mit dem Greifer«, spekulierte van Arkel.

»Das werden wir rausfinden«, sagte Waanders. »Wir entnehmen allen Stieren eine Probe an dieser Stelle.«

»Wollt ihr die Blase auch noch rausholen lassen?«, fragte van Arkel.

»Können wir machen«, sagte Waanders. »Aber ich bezweifle, dass das irgendetwas nützt. Im Urin werden wir – wie immer bei Anton Krans – sowieso nichts finden, was die zugelassenen Höchstmengen übersteigt, obwohl selbst ein Laie den Viechern ansieht, dass sie bis obenhin voll gepumpt sind mit Adrenalin. Aber jetzt ist unser Freund doch einen Schritt zu weit gegangen.«

»Was ist es?«, fragte van Arkel. »Cola?«

»Das werden wir bald rausfinden«, sagte Enkelt. »Wir lassen sie alle Pfötchen geben. Wenn wir bei den anderen dasselbe vorfinden, schmeiße ich eine Runde.«

»Reichen die Proben aus, um Krans zu verhaften?«

»Das hoffe ich, Ben«, antwortete Waanders. »Das hoffe ich wirklich. Denn wenn wir es jetzt nicht schaffen, schaffen wir es nie. Dann müsste er schon einen Mord begehen, damit wir ihn festnageln könnten.«

»Hat er das nicht schon?«, fragte Enkelt wie nebenbei. Van Arkel sah, wie Waanders und Penninkhof sich ansahen. Penninkhof fasste van Arkel am Arm und führte ihn zur Verladerampe. Er blieb unter der Überdachung stehen und schaute eine Weile lang hinaus in den Regen. »Es geht ein Gerücht über Anton Krans«, begann er. »Niemand hat etwas gesehen und doch … Es heißt, er sei am Silvesterabend bei Linda gewesen.«

»Wer behauptet das?«, fragte van Arkel.

Penninkhof zuckte mit den Schultern. »Kann ich nicht sagen. Eine Informationsquelle eben. Jemand, der anonym bleiben will. Ist doch egal.«

Ist es eben nicht, dachte van Arkel, sagte aber nichts und wartete ab.

»Du hast mir das Leben gerettet, also bin ich dir etwas schuldig. Die Quelle möchte anonym bleiben, aber du kannst mir glauben, dass sie verlässlich ist.«

»Sie?«

Penninkhof grinste unbehaglich. »Quelle ist doch ein weibliches Wort, oder?«

»Krans war also in der Silvesternacht bei Linda«, sagte van Arkel. »Jedenfalls laut eurer weiblichen Quelle. Die nächste Frage lautet: Was hat er da gemacht?«

»Das weiß keiner«, antwortete Penninkhof. Er stand mit dem Rücken zu van Arkel und sprach in den Regen. »Außer ihm selbst natürlich. Die anderen beiden können es nicht mehr verraten.« Er drehte sich um. »Krans benutzt Frauen. Er hat das gewisse Etwas. Der reinste Zauberer. Wenn Anton etwas von einem Mann will, setzt er eine Frau auf ihn an, die irgendwann dafür sorgt, dass er bekommt, was er will.«

»Und Linda sollte Carlo van Beuningen bearbeiten.«

»Davon kann man ausgehen, ja.«

»Warum?«

»Das weißt du nicht? Anton besitzt alles: Vieh, Ställe, einen Tierarzt, der für ihn arbeitet, hunderte Bauern, die nach seiner Pfeife tanzen, Frauen, die für ihn arbeiten ... Das Einzige, was er nicht besitzt, ist ein Schlachthaus, das einen lukrativen Vertrag mit einem Babynahrungshersteller hat. Aber er muss nicht mehr lange darauf warten, befürchte ich, denn die Witwe van Beuningen frisst ihm auch schon aus der Hand.«

»Warum erzählst du mir das alles erst jetzt?«

Penninkhof trat an den Rand der Rampe und starrte

wieder hinaus in den Regen. »Das alles sind doch nichts als Gerüchte.«

Van Arkel legte ihm die Hand auf die Schulter und fragte: »Hat Krans dich auch erpresst?«

Penninkhof nickte.

»Mit einer Frau?«

»Ja.«

»Tut er das immer noch?«

Penninkhof gab keine Antwort.

»Frans?«

Penninkhof drehte sich um und schaute van Arkel direkt ins Gesicht. »Nein, aber fast wäre ich darauf hereingefallen. Fast, genau wie van Beuningen. Ich wollte auch meine Frau verlassen und diese andere heiraten.«

»Warum hast du es nicht getan?«

»Johan Waanders ist dahintergekommen. Bis dahin war noch nichts geschehen, jedenfalls nichts, was meine Position im Dienst gefährdet hätte ... Er redete mit mir, mit dem Mädchen und mit meiner Frau. Er überzeugte uns alle drei davon, dass es besser wäre, wenn ich bei meiner Frau bliebe ...«

»Und das Mädchen?«

»Ich sehe sie noch hin und wieder, sie gibt Informationen an mich weiter. Du würdest dich wundern, was die alles wissen.«

»Arbeitet sie noch für Krans?«

»Spielt das eine Rolle, Ben? Als Zeugin ist sie wertlos. Sie hält ihre Identität sorgfältig geheim, und wenn sie es nicht täte, würde ich es tun.«

Van Arkel lächelte. »Natürlich bleibt sie anonym. Aber könntest du sie vielleicht noch einmal fragen, wie das genau war mit Krans am Silvesterabend?«

»Er war an dem Abend bei Linda.«

»Das sagtest du bereits. Gibt es keine Zeugen?«

»Frag doch mal Martha de Munnink.«

»Martha und ich reden nicht mehr miteinander.«

»Bring ihr ein Geschenk mit. Martha liebt kleine Geschenke. Sie ist eifersüchtig auf all diese Frauen, die für Anton arbeiten. Es fällt mir immer wieder auf, wie ergeben ihm seine Leute sind. Wenn ich selbst Chef wäre, würde ich sagen: beneidenswert ergeben. Die Einzige, die es mit ihm aufnehmen kann, ist Martha.«

Sie kehrten wieder zurück. Am Eingang zum Schlachthof blieb Penninkhof stehen und sagte: »Meiner Quelle zufolge hat Lindas türkische Nachbarin ihn gesehen.«

»Danke. Haydar muss noch einmal mit ihr reden. Könnte er sich auch mit deiner Informantin unterhalten? Das geht auch anonym, notfalls am Telefon.«

»Ich werde sie fragen.«

»Ich hasse es, wenn dich andere Frauen kratzen«, sagte Rita und strich ihm behutsam Salbe auf die Wange.

»Alle glauben, du wärst das gewesen«, sagte van Arkel.

»Ist mir egal, was andere glauben.« Seltsam, dass Ben sich so hatte zurichten lassen. Er war anderen gegenüber abweisend, nicht liebenswürdig wie Jonathan. Manche Leute hatten Angst vor ihm, aber ihr vermittelte er ein unglaubliches Gefühl der Sicherheit. Ihre Künstlerkollegen fanden ihn langweilig und verstanden nicht, dass sie an der Seite eines Mannes leben konnte, für den der Tod eine Art Handelsartikel war. Der Tod von Linda Stam und Carlo van Beuningen besaß eine grausame Schönheit, für die Ben in der Tat nicht empfänglich war. Für ihn endete das Drama, wo das Rätsel begann. Doch das Drama war das Rätsel. Jemand, der auf so grausame Weise seine Liebste und sich selbst umbrachte, hatte ein Drama in seiner Seele verborgen. Es war gewuchert wie ein Geschwür, bis es eines Tages plötzlich aufplatzte. War Linda so etwas wie ein *deus ex machina* gewesen? Rita dachte an ihre einzige Begegnung mit Carlo van Beuningen zurück, als sie und Ben im letzten Jahr zufällig in eine Jagdgesellschaft hineingeraten waren. Er hatte einen positiven Eindruck bei ihr hinterlassen. Höflich und beherrscht. Nichts wies auch nur die Spur auf die späteren Ereignisse in jener Neujahrsnacht hin. Die Männer in seiner Gesellschaft hatten ihn respektiert. Sogar Ben, der einen kleinen Privatkrieg mit ihm ausfocht, bei dem es um eine Waldparzelle ging, die wegen eines Leichenfundes nicht bejagt werden durfte, gab später zu, dass er ein feiner Herr war. Wer oder was hatte das Monster in ihm geweckt, das zwei Menschen ums Leben brachte? Helga? Jonathan war äußerst beeindruckt von ihr. Ben behauptete, sie stoße andere Menschen ab. Aber das galt auch für ihn. Ob sie sich gegenseitig im anderen wiedererkannten? Oder hatte sie etwa Ben …?

»Diese Helga erinnert mich an eine Gottesanbeterin«, bemerkte sie. »Ben hat heute ein Referat über diese Heuschreckenart geschrieben. Ein prächtiges Tier mit tödlichen Fangarmen, mit denen sie das Männchen nach der Paarung zerquetscht. Man sollte meinen, dass das Männchen im Laufe der Evolution klüger geworden wäre, aber das Weibchen ist einfach unwiderstehlich.«

»So wie du.« Sein Lächeln beruhigte sie auf einmal.

Ebenfalls lächelnd erwiderte sie: »Ich pflege meine Liebhaber aber nicht zu zerquetschen.«

»Hast du gewusst, dass Carlo sie Heuschrecke nannte?«

»Ob sie ihn zerquetscht hat?«

»Wenn sie etwas mit seinem Tod zu tun hätte, hätte sie doch niemals unsere Hypothese von dem Selbstmord angezweifelt.«

»Ich meine das nicht wörtlich. Vielleicht hat sie ihm den Tod gewünscht. Ben hat erzählt, dass Gottesanbeterin auf Dänisch *knæler* heißt. Fand er lustig. Er hat es als Titel für sein Referat gewählt.«

»Warum zeigt er mir so etwas nie?«

»Du hast doch keine Zeit für ihn, wenn du an einem Fall arbeitest.« Sie hob die Hand, um seinem Protest zuvorzukommen. »Er zeigt es dir morgen früh.«

»Bin gespannt, was ihr daraus gemacht habt«, sagte er lächelnd. Dann verhärteten sich seine Züge. »Helga ist nicht der Typ, der in die Knie geht. Vor niemandem.«

Sie schaute ihn an. »Wenn ich du wäre, würde ich mich noch einmal mit ihr unterhalten.«

19

Ich blickte in Teuns mürrisches Gesicht, während uns Waanders und Penninkhof erklärten, was sie in Antons Stieren gefunden hatten. Ich versuchte, die Folgen ihrer Entdeckung abzuschätzen. Natürlich wusste ich, dass zahlreiche Mäster Hormone einsetzten, damit ihr Vieh schneller schlachtreif wurde und ein günstigeres Verhältnis zwischen Fleisch und Fett aufwies, aber laut Teun boten die Händler diese Tiere selten uns an, weil Carlo und er streng darauf geachtet hatten, dass ihr Vieh sauber war. Carlo lehnte von sich aus sämtliche Tiere ab, von denen er vermutete, dass sie behandelt waren. Er habe einen Riecher dafür gehabt, sagte Teun. Er habe schon am Verhalten erkennen können, ob ein Tier unter dem Einfluss eines verbotenen Mittels stand. Das alles hatte ich Anton bereits erzählt, als er uns anbot, unsere Verluste beim Schweinefleisch mit Rindfleisch zu kompensieren. Antons Bedingungen waren günstig: achtzig Cent pro Kilo und ein Bonus bei Übergewicht der Schlachtkörpermasse. Verdächtig günstig, meinte Teun, aber Anton lachte, als ich ihm von Teuns Skepsis berichtete. Er sagte, er betrachte das als Freundschaftsdienst, jetzt, wo wir durch die Bläschenkrankheit in Bedrängnis geraten seien. *Nawijn* hatte uns vor dem Prozess, der alles veränderte, zugestanden, das vereinbarte Quantum Schweinefleisch durch Rindfleisch zu ersetzen. Anton lieferte im Januar und im Februar achthundert Rinder, an denen Fleischbeschauer Enkelt kein einziges verdächtiges Fleckchen entdecken konnte. Es sah tatsächlich danach aus, als wolle uns Anton aus der Not helfen, seinem schlechten Ruf als berüchtigtster Viehhändler der gesamten nördlichen Niederlande zum Trotz. Über die Hintergründe dieses Freundschaftsdienstes mochte ich lieber nicht allzu gründlich nachdenken. Anton machte mir keine Avancen, aber manchmal schaute er mich so eigenartig an, wie ein Raubtier seine Beute. Teun meinte, er sei keinen Pfifferling wert, aber mir gegenüber verhielt er sich wie ein Freund.

Und jetzt hatte man in Antons Stieren das neue Mittel entdeckt, das Kannibalismus bei Ratten und Schweinen verursachte. Welche Auswirkungen es auf den Menschen hatte, war noch unbekannt, aber es hätte nicht viel gefehlt und wir hätten es bald gewusst, wie Inspecteur Waanders sagte, als er das Stück Fleisch auf meinen Schreibtisch legte. Es war von einem tieferen Rot als normales Fleisch, das nach dem Schlachten eine hellbraune Farbe aufweist, und es roch anders, obwohl ich mich fragte, wer außer mir den Unterschied wahrgenommen hätte. Ich hatte mich inzwischen an die Schlachthofgerüche gewöhnt, von denen einige so penetrant sind, dass schon Leuten mit normalem Geruchssinn davon übel wird. Diese Gerüche kann man klar zuordnen: Blut, Exkremente, Innereien und der übel riechende Atem von Tieren in Todesangst. Doch dieses Fleisch verströmte eine ölartige Ausdünstung mit einer merkwürdigen bittersüßen Note, als habe es in verdorbenem Essig gelegen. Waanders bat mich, den Geruch zu beschreiben. Ich beschrieb, was ich roch, und er machte mir ein Kompliment zu meiner feinen Nase. Er fragte, wo Anton sei. Ich antwortete, er und seine Leute seien unterwegs, um eine neue Ladung Rinder zu holen, doch Waanders erwiderte lächelnd, der Herr Krans, wie er ihn hatnäckig nannte, würde vorläufig keine Rinder mehr liefern, außer für den Destruktor. Die beiden Beamten vom *AID* freuten sich ganz unverhohlen über ihre Entdeckung, wie Jäger, denen endlich ein begehrtes Wild ins Netz gegangen ist.

Teun hörte sich mit unbewegter Miene den Inhalt der Strafanzeige an. Waanders trug eine Halbbrille und erinnerte mit seinem vollen Gesicht an einen Pfarrer. Der salbungsvolle Ton, in dem er vorlas, verstärkte diesen Eindruck noch.

»Was haben wir eigentlich mit der Sache zu tun?«, fragte ich.

Waanders schaute mich über seine Lesebrille hinweg schweigend an. Dann erklärte er mir, dass jeder in der Reihe, vom Bauern bis zum Metzger, seine eigene Verantwortung trüge. Vom Schlachter würde erwartet, alles über die angebotenen Tiere zu wissen, selbst wenn er sie am Tag der Schlachtung zum ersten und letzten Mal sähe, und er sei dazu verpflichtet, alle notwendigen Maßnahmen zu ergreifen, um verdächtige Tiere von den anderen zu isolieren. So salbaderte er noch eine Weile, bis Teun ihn unterbrach und fragte, ob er die Anzeige lesen dürfe. Er durfte. Ich las mir den Text ebenfalls durch. Es war ein typisches Behördenschreiben, doch der Inhalt ließ an Deutlichkeit nichts zu wünschen übrig. Uns drohte eine hohe Geldstrafe. Ich protestierte noch ein wenig, aber Teun schwieg beharrlich, was natürlich das Vernünftigste war. Waanders erklärte, es ginge nicht um uns, sondern um den Händler.

»Dann holt ihn euch!«, fuhr Teun ihn an. »Oder traut ihr euch nicht?«

»Gegen Meneer Krans ergeht Strafanzeige wegen Handels mit hormonverseuchtem Vieh«, sagte Waanders.

»Die Strafe zahlt der doch aus der Portokasse«, sagte Teun.

»Diese nicht«, erwiderte Penninkhof grimmig. »Und ganz bestimmt nicht, wenn wir seine Tiere in den Destruktor schicken.«

»Dazu müssten Sie aber erst etwas finden«, wandte Teun ein. »Was an verseuchtem Fleisch vorhanden war, hängt entweder hier am Haken oder ist mittlerweile im Viehtransporter auf dem Weg nach Nirgendwo. Haben Sie jemanden auf seinem Hof postiert?«

»Zwei Mann«, bestätigte Waanders.

»In einem Auto?«

»Ja.«

»Dumm«, sagte Teun.

»Er hat Recht«, sagte Penninkhof. »Wir müssen sofort hinfahren.«

»Was nun?«, fragte ich, als sie weg waren.

Teun sah mich an und sagte: »Wir müssen uns nach einem neuen Zulieferer umsehen. Mit garantiert sauberer Ware.«

»Und wo soll ich den hernehmen, Teun? Heutzutage werden doch alle Tiere behandelt.«

»Vielleicht sollten wir Rinder aus Irland importieren. Es heißt, die seien hundertprozentig sauber.«

»Wer sagt das?«

»Die Iren.«

»Na und? Was nützt mir das schon!«, erwiderte ich wütend.

»Jetzt machen Sie sich doch nicht solche Sorgen«, sagte er beschwichtigend. »Die meisten Mäster geben ihren Tieren Clenbuterol, aber ich kenne genug, die das Zeug nicht verwenden. Nicht etwa aus Überzeugung, sondern weil sie Angst haben oder zu geizig sind oder weil sie glauben, der Herr packe ihren Viechern schon ein paar Kilo mehr auf die Rippen, wenn sie nur genug beten.«

»Wären sie bereit, an uns zu liefern?«

»Wenn wir gut bezahlen, beliefert uns jeder.«

»Gut bezahlen«, schimpfte ich. »Wovon denn? Wir kriegen eine Geldstrafe von zehntausend Euro aufgebrummt!«

»Jetzt warten Sie doch erst mal ab, Mevrouw. Die Anzeige ist noch nicht raus. Sie haben doch gehört, was Waanders gesagt hat: Es geht nicht um uns. Sie sind hinter Krans her, und jetzt haben sie endlich etwas gefunden, mit dem sie ihn packen können.«

»Anton ist unangreifbar«, erwiderte ich.

»Das möchte er jeden gern glauben machen«, sagte Teun grimmig. »Aber diesmal ist er dran.«

»Warum? Sie haben doch selbst gesagt, dass er alle verdächtigen Tiere längst aus dem Stall geholt hat.« Ich wartete einen Moment und fragte dann: »Was wollte van Arkel eigentlich hier?«

»Das möchte ich auch gerne wissen.«

»Er hatte böse Kratzer auf der Wange.«

Teun grinste. »Streit mit Martha, wie ich hörte.«

»Warum denn?«

»Er hat ihre Hunde erschossen.«

»Er wird einen guten Grund dazu gehabt haben«, meinte ich. Anton hatte mir erzählt, dass die beiden scharfen Bouviers frei auf seinem Grundstück herumliefen. »Aber ich weiß immer noch nicht, was er hier wollte. Anton hat ziemlichen Respekt vor ihm, stimmt's?«

»Ja, er war heute Morgen ziemlich schnell weg.«

Anton war in der Tat so hastig aufgebrochen, dass es

wie eine Flucht wirkte. Ohne ein Wort zu sagen. Merkwürdig. Wenn man den Gerüchten glaubte, hatte er vor niemandem Angst. Und besaß einen unglaublichen Charme. Aber Teun ließ sich davon nicht beeindrucken, Teun konnte Anton nicht ausstehen. Er hasste ihn regelrecht. Er sprach seine Aversionen allerdings nicht aus, denn dank Antons Lieferungen hatten wir in diesem Quartal unseren normalen Umsatz erzielt. Das war Teun auch klar. Was wusste er sonst noch? Gestern hatte er ganz beiläufig Antons Frauen erwähnt. Frauen, im Plural. Vielleicht war ich ihm daraufhin zu schroff über den Mund gefahren, denn er hatte anschließend kein Wort mehr darüber verloren.

»Was haben Sie gestern über Antons Frauen gesagt?«, fragte ich.

»Alles nur üble Klatschgeschichten«, antwortete er unwillig. »Weit unter Ihrem Niveau.«

Ich schaute ihn an. Mürrisch erwiderte er meinen Blick.

»Er hat mir ein Angebot gemacht. Er will meine Anteile kaufen.«

Teun erschrak. »Das ist nicht Ihr Ernst!«

Ich nickte. »Doch. Gestern.«

»Warum erzählen Sie mir das erst heute?«

»Ich wollte eine Nacht darüber schlafen.«

»Und? Werden Sie darauf eingehen?«, fragte er gespannt.

»Ich weiß es noch nicht. Ich wollte erst mit Ihnen darüber reden.«

»Tun Sie es nicht! Um Himmels willen, tun Sie es nicht!«

»Warum nicht? Meine Bank meint, es sei ein gutes Angebot.«

»Was Ihre Anteile wirklich wert sind, wissen Sie erst in dem Moment, wenn Ihnen ein Fachmann ein Angebot unterbreitet.«

»Krans ist ein Fachmann.«

»Tun Sie es nicht!«, wiederholte Teun eindringlich.

»Warum nicht, Teun? Können Sie sich ernsthaft vorstellen, dass ich diesen Schlachthof leite? Oder Niels, wenn er demnächst fertig ist, falls er überhaupt dazu bereit wäre? Oder etwa Betty? Wir eignen uns doch alle drei nicht dazu. Sie sind in diesem Betrieb unverzichtbar und Carlo war es auch, aber ich stümpere doch nur herum. Ohne Sie wäre ich verloren.«

»Sie unterschätzen sich. Ihr Mann hatte fünfundzwanzig Jahre Erfahrung, Sie haben gerade mal drei Monate hinter sich. Was er konnte, können Sie auch. Nicht in der Schlachterei, aber das ist auch gar nicht nötig. Das ist meine Arbeit. Sie kümmern sich um das Geschäftliche und dabei machen Sie Ihre Sache wirklich gut. Viel besser, als ich erwartet hatte.«

»Wir halten uns nur dank der Lieferungen von Anton Krans über Wasser.«

»Aber wir halten uns über Wasser«, sagte Teun. »Und wenn Sie diesen Kerl rausschmeißen, sorgen wir gemeinsam dafür, dass es weitergeht.«

»Ach Teun, können Sie sich vorstellen, wie ich auf dem Markt mit all diesen Ganoven in Arbeitskitteln per Handschlag Geschäfte mache? Ich erkenne ja nicht mal den Unterschied zwischen einem Ochsen und einem Stier. Die können mir sonst was weismachen. Und außerdem fühle ich mich dabei nicht wohl, wissen Sie. Ich mag kein Fleisch und schon gar nicht all dieses Zeug, mit dem es heutzutage voll gepumpt wird. Tief im Herzen gebe ich den *AID*-Mitarbeitern Recht. Und Sie doch auch. Diese Geschichte von heute Morgen kostet uns zehntausend Euro. Wie soll ich so etwas in Zukunft vermeiden?«

»Ganz einfach. Werfen Sie Krans raus.«

»Aber alle Händler verwenden doch dieses Zeugs.«

»Stimmt nicht. Der Viehhandel hat einen schlechten Ruf, aber damit tut man mindestens der Hälfte der Händler Unrecht. Wenn Sie sauberes Fleisch wollen, so wie Ihr Mann, werden Sie es bekommen. Auch jetzt.«

Ich seufzte. »Ich habe aber keine Lust mehr.«

»Sie wollen an Krans verkaufen. Warum nicht an mich?«

»Haben Sie anderthalb Millionen?«

»Nein, aber Krans müsste auch einen Kredit aufnehmen.«

Wir schwiegen. Nach einer Weile fragte ich: »Was wäre Ihnen am liebsten?«

»Wenn Sie hier blieben und wir gemeinsam die Firma *Van Beuningen* leiten würden. Sie sind für das Geschäftliche zuständig, ich für das Schlachthaus. Wir bilden Niels aus, und wenn er so weit ist, übernimmt er die Firma von Ihnen. Ich bleibe noch zehn Jahre und dann suchen wir einen Nachfolger für mich.«

Ich lächelte. »Den gibt es nicht.«

Er erwiderte mein Lächeln. »Aber natürlich gibt es den. Das hier ist ein guter Betrieb, aber niemand ist unersetzlich. Ihr Mann und ich haben die Firma aufgebaut und ich lasse es nicht zu, dass einer wie Krans sie kaputtmacht.«

»Was haben Sie bloß gegen Anton Krans?«, fragte ich.

»Krans ist ein mieser Typ«, sagte er abfällig. »Er zerstört Menschen. Im Falle einer Übernahme würde er sämtliche Mitarbeiter entlassen und seine eigenen Büttel einstellen. Innerhalb eines Monats würden hier nur noch krumme Geschäfte gemacht.«

»Aber wozu haben wir denn die Fleischbeschauer?«

»Ach …«

Dieses eine Wörtchen sagte mehr als eine lange Erklärung. Natürlich kannte ich die einschlägigen Geschichten. Der integere Enkelt fuhr einen Opel Kadett, während seine Kollegen Koops und Severijns Neuwagen besaßen, die mehr als ein Jahresgehalt kosteten.

»Woher weißt du so genau, dass sie von Anton bestochen werden?«

»Koops und Severijns tauchen nur an den Tagen auf, an denen Krans Vieh liefert. Sie finden nie etwas. Heute Morgen war Koops krank und Enkelt sprang für ihn ein. Man konnte Krans förmlich ansehen, wie er erschrak.«

»Und wenn ich es zur Bedingung machen würde, dass Anton niemanden entlässt?«

Teun brach in schallendes Gelächter aus. So musste Wotan gelacht haben, als er über die Wolken fuhr. »Der verspricht Ihnen das Blaue vom Himmel herunter, und kaum haben Sie ihm den Rücken zugedreht, macht er, was er will.«

Ich will nicht mehr, dachte ich. Ich kann doch nicht nur Carlos treuestem Mitarbeiter zuliebe hier bleiben. Oder doch? Was hätte Carlo getan? Er war außer sich gewesen, als ich ihm im Oktober eröffnete, dass ich meine Anteile verkaufen wollte. Er betrachtete es als Verrat: an sich, an den Kindern, an meinem Vater …

»Was haben Sie gestern über Krans' Frauen gesagt?«, fragte ich noch einmal.

»Frauen?«, wiederholte er gespielt naiv. »Er hat nur eine. Martha de Munnink.«

»Sie sagten aber: Frauen.«

Teun gab keine Antwort und blickte starr ins Leere.

»Jetzt sagen Sie schon!«, drängte ich. »Hat es etwas mit Carlo zu tun?«

Er brummte etwas Unverständliches.

»Teun?«

»Fragen Sie Krans doch selber!«

Ich erschrak. Einen solchen Ton hatte er mir gegenüber noch nie angeschlagen. »Erzählen Sie mir alles, was Sie wissen«, forderte ich so ruhig wie möglich. »Auch wenn es schockierend ist.«

»Krans benutzt Frauen, um Männer zu manipulieren.«

»Hat er Linda Stam benutzt, um Carlo zu korrumpieren?«

»Fragen Sie ihn.«

»Ich frage aber Sie.«

»Woher soll ich das wissen?«

»Sie wissen es, Teun. Kommen Sie, Sie können jetzt nicht mehr zurück.«

»Na schön«, brummte er. »Der Chef war verrückt nach dieser Frau.«

»Das weiß ich.«

»Wissen Sie, was Sie tun sollten? Sie sollten Krans ohne Umschweife darauf ansprechen.«

»Ich habe nicht den Mut dazu«, bekannte ich.

»Tun Sie es hier«, sagte er. »Ich sehe zu, dass ich währenddessen in Ihrer Nähe bleibe.«

Natürlich, so simpel war die Lösung. Ihn einfach fragen. Einfach in diese harten, blauen Augen schauen und fragen, ob er mit Linda und meinem Mann ein Spiel gespielt hatte. Ein Spiel mit tödlichem Ausgang. Er müsste eigentlich Angst vor mir haben, aber stattdessen habe ich Angst vor ihm, dem charmanten Raubtier. Er ist charmant. Charmant auf die Art, auf die einfache Mädchen fliegen. Einfache Mädchen und Witwen von Schlachthofbesitzern. Ich rieche seinen jungenhaften Geruch und frage mich, wie es wäre, mit ihm ins Bett zu gehen. Er hat große Füße. Hatte dieser unbekannte Besucher in Lindas Wohnung nicht Schuhgröße sechsundvierzig? War das ein Zufall, wie Jonathan meinte? Jonathan, dieser Feigling! Schickt mir seinen Inspecteur auf den Hals, weil er selbst angeblich dem Opfer zu nahe gestanden hat!

Jonathan ist ein Feigling, genau wie ich. Das kann man von van Arkel nicht behaupten. Ein ungehobelter Klotz, dieser Mensch, aber jemanden vor einem Stier zu retten, das machen ihm nicht viele nach. Sogar Teun bewundert ihn dafür. Ob ich ihn auf Antons Spur bringen sollte? Oder war er ihm bereits auf den Fersen und deshalb heute Morgen hier aufgetaucht? Schade, dass ich nicht weiter auf eine Antwort gedrängt hatte. Andererseits hatte ich es ja versucht, aber er wollte nicht mit mir reden.

Wenn Anton etwas von einem Mann will, setzt er eine Frau auf ihn an. Wenn er etwas von einer Frau will, setzt er einen Mann auf sie an: sich selbst. Plötzlich fiel es mir wie Schuppen von den Augen. Ich wagte es nicht, Teun zu beichten, dass ich bereits einen Vorvertrag für den Verkauf unterzeichnet hatte, aber ich entwickelte einen Plan, wie ich aus der Sache wieder herauskommen konnte.

»Sie haben Recht«, sagte ich. »Ich werde ihn darauf ansprechen. So bald wie möglich …«

»Tun Sie das.«

»Nehmen wir an, er hat etwas mit Carlos Tod zu tun. Was machen wir dann?«

Teun verschränkte seine gewaltigen Arme. »Dann quetschen wir aus ihm raus, was an Silvester passiert ist.«

»Und dann?«

Er schaute mich an. »Dann übergeben wir ihn der Polizei.«

»Aber er würde niemals gestehen!«

»Doch, falls er Ihren Mann wirklich ermordet hat. Aber noch wissen wir das nicht.« Er schaute mich mit einem fast väterlichen Blick an. »Und solange wir uns nicht sicher sind, darf er uns Rinder liefern. Nach dem heutigen Morgen wird er schon dafür sorgen, dass sie sauber sind.« Sein Ausdruck verhärtete sich. »Und anschließend breche ich ihm seinen dreckigen Hals!«

Er zerquetscht ihn, dachte ich. Er glaubt, dass Anton Carlo ermordet hat oder hat ermorden lassen, obwohl ... Ich muss ihn anrufen.

»Die Nachbarin hat Krans am Silversterabend in Lindas Wohnung gesehen«, sagte Seyat. »Aber er war schon gegangen, bevor Carlo eintraf. Später kam noch jemand.« Er gab wieder, was die Türkin ihm nach einem stundenlangen Verhör erzählt hatte.

»So«, sagte van Arkel. »Dadurch sieht die Sache ja auf einmal ganz anders aus. Warum hat sie das nicht schon früher gesagt?«

»Sie hat nur geredet, weil Frans Penninkhof sie ausdrücklich darum bat. Sie fordert Personenschutz. Sie lebt in ständiger Todesangst vor ihrer Schwiegerfamilie. Ihre eigene Familie befindet sich in der Türkei und ihre Schwiegerfamilie droht, sie einzusperren wie eine Gefangene, weil sie von ihrem Mann nichts mehr wissen will. Am liebsten würde sie sich wie eine Maus in ihrem Loch verkriechen. Und das Letzte, was man in einer solchen Situation tun darf, ist, sich in die Angelegenheiten anderer einzumischen.«

20

Anton sprach mich zweimal auf unseren Vorvertrag an, und jedes Mal versuchte ich, mich herauszureden, die Angelegenheit auf einen günstigeren Zeitpunkt zu verschieben, wenn ich mein Gleichgewicht wiedergefunden hätte, wenn ich Gewissheit über meine Zukunft hätte, wenn ich wüsste, was mein Sohn vorhabe, einleuchtende Argumente für eine frisch verwitwete Frau. Und Anton spielte mit, weil er genau wusste, dass ich nachgeben würde, wenn mir die Probleme über den Kopf wüchsen. Problem Nummer eins: der Verlust des *Nawijn*-Vertrags. Problem Nummer zwei: die Bläschenkrankheit, durch die wir von heute auf morgen keine Schweine mehr geliefert bekamen. Problem Nummer drei: meine Unerfahrenheit als Schlachthofchefin. Problem Nummer vier: meine Abhängigkeit von Antons Lieferungen. Und Problem Nummer fünf: meine Unterschrift unter dem Vorvertrag.

Heute Abend kommt er, um zu fordern, was ihm gehört.

Rob Baan hat mir letzte Woche ins Gewissen geredet. Der gute Rob. Er hat mich vor Anton Krans gewarnt. Wer hatte das nicht, angefangen bei meinem lieben Ehegatten! Rob gab sich alle Mühe, auf seine typische, geistreiche Art. Er war rührend besorgt. Ich tat, als würde ich von meinen Gefühlen übermannt, und zog meine Schultern sanft unter seinem Arm weg. Rob verstand und nahm wieder die Rolle von Carlos ältestem Freund ein, der dessen Erbe vor den Dummheiten der Witwe zu schützen versucht.

Jonathan rief mich heute Abend an, um mir mitzuteilen, was sein Bluthund entdeckt hatte. Er klärte mich in allen Einzelheiten über die Machenschaften des Anton Krans auf, aber noch nicht mal zu diesem Zeitpunkt wollte ich etwas davon wissen! Warum nicht? Welche Erklärung gab es für meine Faszination von einem Mann, den jeder als Kriminellen betrachtete? Er hat das gewisse Etwas, ist von einem geheimnisvollen Fluidum umgeben, das Frauen anzieht und Männer einschüchtert. Alle Männer, außer Teun und Inspecteur van Arkel. Van Arkel käme noch heute Abend vorbei, um mir die Einzelheiten mitzuteilen, aber er wollte mich vorher persönlich darauf vorbereiten, sagte Jonathan, unserer alten Freundschaft zuliebe ... Ich entgegnete, er könne mir mal den Buckel runterrutschen mitsamt seiner alten Freundschaft, und legte auf. Braver, feiger Jonathan! Gott, wie ich Feiglinge hasse. Vielleicht ist es das, was mich an Anton so anzieht, der Mut eines Mannes, der das Gesetz mit Füßen tritt.

Ich dachte an jenen Abend im Dezember, an dem ich ihm meine Anteile angeboten hatte.

Wir hatten ein Konzert besucht. Anton brachte mich nach Hause. Carlo war bei Linda. Ich fürchtete mich auf einmal vor dem dunklen, leeren Haus und fragte ihn, ob er noch mit hereinkommen wolle. Wir tranken etwas. Anton erzählte zum ersten Mal von seinem Beruf. Einen Monat vorher hätte ich ein Gespräch über Vieh höchstens ein paar Minuten ertragen, aber jetzt lauschte ich ihm mit dem Interesse einer verliebten Frau. Anton ist ein unglaublich geschickter Redner. Er spricht über Kunst, als würde er etwas davon verstehen, und über andere Menschen, als fände er sie faszinierend, und als er nun über das einzige Thema redete, wovon er wirklich etwas versteht, hörte man die Kasse förmlich klingeln. Bevor er ging, neigte er sich zuerst nach vorn, um mich zu küssen, und dann kniete er sich auf einmal hin und presste die Nase in meinen Schritt. Ich blieb stocksteif stehen, als er meinen Rock hochschob und mir den Slip herunterzog. Ich wollte ihn wegschubsen, aber er setzte seine Zunge ebenso kunstfertig ein wie beim Reden und entfachte ein Feuer, das erst erlosch, als ich meine Schenkel zusammenpresste und unbeherrscht stöhnend zum Höhepunkt kam. Die Erinnerung an dieses Gefühl, das intensiver war als alles, was ich je selbst bei mir zu Stande gebracht hatte, war widerwärtig und faszinierend zugleich.

Ich schob ihn weg und ordnete meine Kleidung. Als ich ihn zur Tür brachte, küsste er mich. Ich roch mich selbst und zog den Kopf zurück. Später erkannte ich diesen plötzlichen Ekel wieder, als ich Marthas Kratzspuren auf van Arkels Wange berührte und er mit einem Ruck das Gesicht abwendete.

Eine Woche darauf unterzeichnete ich den Vorvertrag. Und jetzt saß ich in Carlos Büro und wartete auf Anton Krans. Die Leute von der Abendschicht waren bereits nach Hause gegangen. Nur Teun Keppel war noch dageblieben und unternahm einen letzten Kontrollrundgang, mit dem er jeden Arbeitstag abschloss, egal wie spät es wurde. Er hatte Carlos bewährten Cocktail bei Antons Stieren verwendet, sodass wir das Fleisch ein paar Tage länger aufbewahren konnten, in der Hoffnung, dass Antons Kannibalenmittel sich vor der Auslieferung abbauen würde. Es war riskant. Ich durfte gar nicht daran denken, dass meine neuen Kunden entdecken könnten, was wir mit dem Fleisch angestellt hatten.

Ich hörte ein Auto. Ich dachte zunächst, es sei van Arkel, und zum ersten Mal freute ich mich über sein Kommen, aber das Motorengeräusch klang nicht wie sein alter Alfa. Ich erkannte Antons Schritte auf der Eisentreppe. Er trat ein, ohne ein Wort zu sagen, und legte mir den Vertrag auf den Schreibtisch.

»Setz dich, Anton«, sagte ich ruhig, obwohl mir das Herz bis zum Hals klopfte.

Er rückte einen Stuhl vor meinen Schreibtisch und setzte sich.

»Was willst du hier?«, fragte ich.

Er tippte auf den Vertrag. »Unterschreibe«, sagte er nur.

Ich schüttelte den Kopf. »Nein, ich habe es mir anders überlegt.«

Er grinste. »Du hängst am Fliegenfänger, Helga.«

»O nein«, erwiderte ich. »Dadurch, dass du dein Vieh mit Gift voll gepumpt hast, wird der Vertrag null und nichtig.«

»Was verstehst du schon von Vieh«, sagte er verächtlich.

»Genug, um zu wissen, von wem ich Lieferungen akzeptiere und von wem nicht. Du fällst seit heute in letztere Kategorie.«

Er tippte auf den Vertrag. »Deine Unterschrift!«

Ich schob den Vertrag brüsk von mir weg. »Ich habe Nein gesagt!«

»Ich kann dich dazu zwingen, Helga.«

»Du kannst gar nichts«, entgegnete ich langsam. »Ich möchte, dass du gehst. Ich erwarte Besuch.«

»Ich gehe, sobald du unterzeichnet hast.«

»Du gehst jetzt sofort, Anton!«

Er schüttelte den Kopf und sagte: »Ich weiß alles.«

Seine Miene blieb unbewegt, doch seinen Augen sah

ich an, dass er es wusste. Ich holte tief Luft und versuchte, das Zittern meiner Hände zu unterdrücken, indem ich sie zwischen die Oberschenkel klemmte.

»Du hast Carlo ermordet«, sagte er.

»Du bist ja verrückt!«

»Nein, bin ich nicht.« Er grinste. »Du hast sie alle beide ermordet.«

Ich trat ans Fenster. Wie lange würde es dauern, bis van Arkel eintraf? Ich ging zurück an den Schreibtisch, setzte mich hin und zündete mir eine Zigarette an. Anton blickte mich schweigend an. Ich blies ihm eine Rauchwolke entgegen.

Wieder grinste er und sagte: »Geschickt, Helga. Verdammt geschickt. Ehrlich, ich habe Respekt vor dir. Jeder glaubt, ich hätte es getan.«

Er meint es ernst, dachte ich. Obwohl ich ihn wirklich überrascht habe, ebenso wie ich mich selbst überraschte in jener Silvesternacht.

Nachdem Carlo weggefahren war, ging ich nach oben und fing an, mich zu schminken. Es war gar nicht so einfach, die Ähnlichkeit zu einer zwölf Jahre jüngeren Frau herzustellen, aber das Resultat war zufrieden stellend. Mehr als zufrieden stellend. Im Halbdunkel hätte mich niemand wiedererkannt. Ich trug weiche, dünne Lederhandschuhe, einen roten taillierten Mantel und schwarze Pumps, wie Linda sie bei unserer letzten Begegnung getragen hatte. Ich nahm Carlos Pistole aus dem Schreibtisch, vergewisserte mich, dass sie geladen war, und steckte sie in meine Tasche. Ich entdeckte das Notizbuch hinten in der Schublade, blätterte darin herum und warf es wieder hin, als ich auf eine lyrische Beschreibung von

Lindas Hintern stieß. Rasch lief ich nach unten. Dinkytoy kam schwanzwedelnd auf mich zugetrippelt, aber ich sperrte sie im Wintergarten ein. Ich wischte die Hundehaare von meinem neuen Mantel. Bevor ich aufbrach, betrachtete ich mich noch einmal in dem großen Spiegel in der Diele. Ich sah gut aus: eine Hure im Sonntagsstaat. Ich hoffte, dass Carlo aufmachen würde. Er würde einen Herzinfarkt kriegen vor Schreck. Und genau das war ja auch meine Absicht, dachte ich grimmig: Sie sollten sich beide zu Tode erschrecken.

Ich fuhr über einen Umweg nach Hooydonk, um die Milchdosenwerfer zu vermeiden. Das Viertel lag auffällig ruhig da. Die Artillerie hatte ihr Pulver bereits verschossen. Auf dem Parkplatz stand eine alte Rostlaube unter der einzigen Laterne, die noch brannte, obwohl das Glas kaputt war. Das Auto schaukelte leicht hin und her, als bewege sich jemand darin.

Ich parkte auf der Rückseite des Gebäudes. Die Straße war menschenleer und auch das Treppenhaus war verlassen. Ich nahm den Aufzug und stieg im achten Stock aus. Das Glas der Flurlampe war zerbrochen und sie leuchtete nur noch schwach gelblich. Von der Altstadt her ertönte das Krachen von Feuerwerkskörpern. Ich blieb vor Lindas Wohnungstür stehen und drückte auf die Klingel. Keine Reaktion. Ich klingelte erneut. Jetzt hörte ich ein Geräusch und kurz darauf wurde die Tür geöffnet. Carlo blickte mich schweigend an, ein Glas Bier in der Hand.

»Prost«, sagte ich. »Darf ich reinkommen?«

Er schüttelte langsam, verständnislos den Kopf. Im ersten Moment dachte ich, er würde mir die Tür vor der Nase zuknallen, doch er trat beiseite und ließ mich ein. Er drückte die Tür zum Wohnzimmer auf und ließ mich vorgehen. Er gab der Frau auf dem Balkon ein unbeholfenes Zeichen und sagte: »Guck mal, wer hier ist.«

Linda schaute mich sprachlos an. Sogar in dieser äußerst angespannten Situation fiel mir auf, wie stark sie mir ähnelte. Carlo schloss die Tür und machte Anstalten, hinaus auf den Balkon zu gehen.

»Warte!«, sagte ich schneidend.

Carlo blieb stehen. Ich zog die Pistole aus der Tasche und richtete sie auf Linda.

»Helga!«, rief Carlo. »Bist du verrückt geworden?«

»Stehen bleiben!« Ich fuchtelte mit der Pistole.

»Alle beide!«

Sie erstarrten. Carlo stand drei Meter von mir entfernt. Linda krallte sich an der Balkonbrüstung fest.

»Es ist vorbei«, sagte ich. »Hier und jetzt.«

Ich zielte auf Lindas Kopf.

Sie wurde leichenblass. »Carlo! Tu doch etwas! Sie ist verrückt! Sie schießt!«

Carlo stürzte sich auf mich und packte mich am Handgelenk. Ich stieß ihm mein Knie in den Schritt. Er schrie auf und riss mich unbeherrscht am Arm. Ich umklammerte die Pistole, fest entschlossen, sie mir nicht abnehmen zu lassen.

Der Schuss krachte durch die Wohnung.

Carlo fiel in einer unnatürlichen, grotesken Haltung auf den Rücken, Arme und Beine von sich gestreckt. Linda stieß einen leisen, jammernden Schrei aus. Ich zwang sie, auf dem Balkon stehen zu bleiben, und kniete mich neben meinen Ehemann. Ich blickte ihn aus nächster Nähe an, aber Carlos Augen sahen nichts mehr. In seinem Hinterkopf klaffte ein hässliches Loch.

Ich stand auf. Linda trat einen Schritt nach vorn.

»Bleib stehen!«, herrschte ich sie an.

Sie gehorchte.

Ich ging auf sie zu und sagte: »Eigentlich bin ich wegen dir gekommen.«

Ich richtete die Pistole auf sie.

»Nein!«

Sie wich zurück, bis sie mit dem Hintern an das Balkongeländer stieß, mit diesem verfluchten Hintern, den Carlo in seinem Notizbuch beschrieben hatte. Sie klammerte sich mit einer Hand an der Brüstung fest und streckte die andere Hand nach mir aus. Ihr Gesicht war angstverzerrt. Sie lehnte sich gefährlich weit hintenüber.

In dem Moment, als ich schoss, stürzte sie über das Geländer. Ich hörte sie schreien und kurz darauf den furchtbaren Schlag, mit dem sie aufprallte.

Ich drückte Carlo die Pistole in die Hand. Ich lauschte aufmerksam, bevor ich die Wohnung verließ, doch im ganzen Gebäude regte sich nichts. Draußen krachten die Silvesterknaller. Ich schaute durch einen schmalen Türspalt hinaus in den Flur. Neben mir wurde eine Haustür geöffnet und eine Frau mit dunklen Haaren spähte ebenfalls durch einen Spalt hinaus. Kurz darauf schloss sich die Tür wieder. Ich wartete ein paar Sekunden und schaute noch einmal hinaus. Diesmal sah ich niemanden. Ich huschte zum Lift und fuhr hinunter. Im Nachhinein erscheint es unglaublich, dass mich niemand gesehen hat, aber in dem Moment fand ich es ganz selbstverständlich. Ich fuhr nach Hause und harrte der Dinge, die da kommen würden.

Anton hatte mich durchschaut. Wie, ist mir ein Rätsel, aber er wirkte beunruhigend selbstsicher.

»Komm mit.«

Ich ergriff seine Hand und führte ihn in Richtung des Sammeltrichters mit Fleisch- und Knochenresten. Hand in Hand blieben wir auf der Galerie stehen. Teun fuhr mit dem Gabelstapler hin und her und befüllte den Trichter. Anton und ich sagten nichts, aber bei dem Lärm hätte man ohnehin sein eigenes Wort nicht verstanden.

Von dort oben schaut man genau in den Trichter hinein. Es ist ein widerlicher Anblick, dieser gärende, wogende Brei, aber das entsprach genau meiner Stimmung. Anton schaute mit dem ungerührten Blick hinein, mit dem er sämtliche Widerwärtigkeiten in seinem Leben betrachtet haben musste.

Ich kniete mich vor ihn. Das Bodengitter der Galerie schnitt mir in die Knie. Ich rutschte nach vorn, bis ich auf seinen Schuhspitzen kniete, und öffnete den Reißverschluss seiner Hose. Sein Penis war lächerlich klein, wurde aber rasch größer, als ich ihn in den Mund nahm. Anton fing an, sich zu bewegen. Aus den Augenwinkeln heraus sah ich, wie Teun den Gabelstapler anhielt und reglos sitzen blieb.

Anton stöhnte. Seine Bewegungen wurden heftiger und er umklammerte meinen Kopf mit seinen Riesenhänden. Ich machte mich los und hielt seine Finger locker zwischen meinen.

Dann biss ich zu. Anton stieß einen unmenschlichen Schrei aus. Er riss seinen rechten Fuß unter mir weg und versetzte mir einen gewaltigen Tritt gegen die Brust. Ich fiel nach hinten. Ich befürchtete, er würde mich tottrampeln, doch er beugte sich schreiend über die Brüstung, mit beiden Händen den blutenden Stumpf umklammernd.

Teun kam heraufgerannt. Ich konnte nicht erkennen,

ob er Anton schubste, aber in dem Moment, als er an ihm vorbeiging, stürzte Anton über die Balustrade. Das Schreien hörte abrupt auf.

Teun trug mich ins Büro. Er setzte mich auf einen Stuhl und öffnete meine Kleidung. Meine Brust tat schrecklich weh. Ich wollte etwas sagen, brachte aber nur ein heiseres, unverständliches Flüstern hervor. Ich verlor das Bewusstsein.

Ich weiß nicht genau, wie lange ich ohnmächtig war, aber ich schätze, über eine halbe Stunde, denn als ich wieder zu mir kam, hockte van Arkel neben mir und schaute mich an, als sei ich ein seltenes Tier, auf das er Jagd gemacht hatte und das ihm zufällig von selbst in die Arme gelaufen war.

»Können Sie laufen?«

Ich schüttelte andeutungsweise den Kopf. Ich hatte das Gefühl, meine Lungen würden zerreißen.

»Sie sehen doch, dass sie verletzt ist!«, fuhr Teun ihn an. »Ich habe einen Krankenwagen gerufen. Er kann jeden Moment hier sein.«

Van Arkel ignorierte ihn. »Man hat Sie gesehen, als Sie aus ihrer Wohnung kamen«, sagte er.

Ich konnte mich immer noch nicht bewegen und meine Brust schmerzte unerträglich, aber ich hatte das Gefühl, schärfer zu hören und zu sehen denn je. Er schaute mich eine Weile schweigend an.

»Krans ist tot«, sagte er schließlich. Mit einem veränderten Gesichtsausdruck fragte er: »Warum haben Sie uns von sich aus auf Ihre Spur gebracht?«

Ich bewegte die Lippen. »Schuldgefühle …«, hauchte ich tonlos.

Er nickte. Teun schüttelte den Kopf.

»War Unglück ...«, flüsterte ich. »Alles ...«

Teun legte van Arkel die Hand auf die Schulter. »Jetzt lassen Sie sie doch in Ruhe. Ich kann Ihnen alles erklären. Da kommt der Krankenwagen.«

Die Sanitäter legten mich auf eine Bahre und trugen mich über die Galerie zur Treppe. Van Arkel folgte uns, Teun ging voraus. Er hob ein blutiges Stückchen Fleisch vom Bodengitter auf und warf es achtlos in den Trichter. Dann ging er hinunter und schaltete die Maschine aus.

Mehr von Jacob Vis

Der Kopf von Ijsselmonde

Aus dem Niederländischen von Stefanie Schäfer
Deutsche Erstausgabe ISBN 3-89425-538-2

In einem Wald bei Ijsselmonde findet ein Arbeiter den abgetrennten Kopf eines Farbigen. Wer der Mann ist, erfahren Inspecteur Ben van Arkel und sein Team noch am selben Tag, doch warum Ronnie van Splunter umgebracht wurde, bleibt im Dunkeln. Der Schlachthofangestellte Mulder will der Polizei einen heißen Tipp geben, doch das bekommt ihm nicht gut: Mit einer Sendung tiefgekühlter Schweine verschwindet er nach Italien – fachkundig in zwei Hälften zerlegt.

»Auf 253 Seiten geht es um Mord – und wenn die zu Ende gelesen sind, möchte man gleich zum nächsten Krimi von Vis greifen. Spannend ist die Handlung, lässt den Leser nicht los – bis hin zum sicherlich nicht erwarteten Ende. ... Alle Handlungsfäden werden vom Autor sicher und mit leichter Hand zu einem schon genialen Gesamtwerk verwoben, das zu lesen sich in jedem Fall lohnt.«
Emsdettener Volkszeitung

»Das Buch überzeugt auch durch die kluge Konstruktion und den überaus sympathischen Ermittler Ben van Arkel. Gerne möchte man mit ihm noch weitere Fälle lösen. Das ist durchaus möglich, denn dieses in den Niederlanden bereits 1994 erschienene Buch ist nur eines von vielen des fleißigen Autors. Bleibt zu hoffen, dass der Verlag die deutschsprachigen Krimifans mit weiteren Übersetzungen von Jacob Vis' Werken erfreuen wird.« ekz-Informationsdienst

»Drastische Einblicke in die ungeschminkte niederländische Provinz ....« Der Standard – Album

»Ein äußerst clever konstruierter Kriminalroman mit einer überaus überraschenden Schlusspointe ... Der überaus spannende, fesselnde Roman ist schnörkellos geschrieben, überzeugt auch durch sein Personal und behandelt fast beiläufig auch die Problematik von in den Niederlanden lebenden ausländischen Bevölkerungsgruppen.«
Bergsträßer Anzeiger

Krimis von Jac. Toes

»Mit Toes betritt nicht nur ein neuer Krimi-Autor die deutsche Szene, er kreiert gleichsam den neuen Stil eines holländischen Kriminalromans.« (Richter ohne Robe)

»Jac. Toes hat keine Hemmungen vor ungewöhnlichen Geschichten und überraschenden Coups.« (Darmstädter Echo)

Auf der Strecke geblieben

Ein Fall für Fred Benter und Donald de Wacht
Aus dem Niederländischen von Stefanie Schäfer ISBN 3-89425-506-4

Der Anwalt Fred Benter und der Journalist Donald de Wacht kommen einer vertuschten Affäre aus den Achtzigerjahren auf die Spur und geraten dabei selbst in Lebensgefahr.

Tief gesunken

Der zweite Fall für Fred Benter und Donald de Wacht
Aus dem Niederländischen von Stefanie Schäfer ISBN 3-89425-516-1

In der Arnheimer Mafia rollen Köpfe. Eine Abrechnung unter Kriminellen? Oder hat die Polizei ihre Finger im Spiel?

Verrat

Der dritte Fall für Fred Benter und Donald de Wacht
Aus dem Niederländischen von Stefanie Schäfer ISBN 3-89425-528-5

Der Tod einer jungen Prostituierten führt Fred Benter nach Südamerika. Währenddessen steckt Donald de Wacht in einer schweren Lebenskrise.

Fotofinish

Aus dem Niederländischen von Stefanie Schäfer ISBN 3-89425-534-X

In vier Marathonläufen kämpft Stan Dewende um den ersten Platz – und um das eigene Überleben.

»Diese genial konstruierte Erzählung ist viel mehr als bloß ein Krimi.«
Badische Neueste Nachrichten

Der freie Mann

Aus dem Niederländischen von Stefanie Schäfer ISBN 3-89425-545-5

Ein Thriller über Leidenschaft und Verrat, die Verlockungen des Tango und die Suche nach einem brutalen Mörder

grafit

Krimis von Felix Thijssen

»Felix Thijssen ist ein guter Erzähler, er nimmt sich Zeit für seine Figuren und für die Motivationen der Bösen wie der Guten; nichts gerät ihm aus den Fugen und nichts gibt er zu früh preis. Dafür hat man ihm völlig zu Recht den holländischen Krimipreis gegeben.« Heilbronner Stimme

»Thijssen bietet dem Krimi-Leser eine beachtliche Menge: Volumen ohne Leerlauf, eine distanzierte Liebeserklärung an seine niederländische Heimat, das Flair weiterer europäischer Landschaften und Spannung, die sich nicht an der Anzahl der Leichen misst.« Rheinische Post

»Max Winter und CyberNel sind ein tolles Gespann, und was die beiden herausbekommen, ist verdammt spannend.« WDR

Cleopatra
Max Winters erster Fall
Aus dem Niederländischen von Stefanie Schäfer

Isabelle
Max Winters zweiter Fall
Aus dem Niederländischen von Stefanie Schäfer

Tiffany
Max Winters dritter Fall
Aus dem Niederländischen von Stefanie Schäfer

Ingrid
Max Winters vierter Fall
Aus dem Niederländischen von Stefanie Schäfer

Caroline
Max Winters fünfter Fall
Aus dem Niederländischen von Stefanie Schäfer

Charlotte
Max Winters sechster Fall
Aus dem Niederländischen von Stefanie Schäfer

Rosa
Max Winters siebter Fall
Aus dem Niederländischen von Stefanie Schäfer

Krimis vom Lande

Peter Godazgar

Unter Schweinen

ISBN 3-89425-296-0

»Vor echten Kulissen aus Halle und Merseburg jagt Godazgar seinen Helden und dessen wunderlichen Bierkumpel Albert durch eine Geschichte, wie sie Detlev Buck, der Meister des schwarzen Provinzkrimi, nicht schöner hätte ersinnen können.« Mitteldeutsche Zeitung

Wilfried Eggers

Die Tote, der Bauer, sein Anwalt und andere

ISBN 3-89425-233-2

»Vom Recht, vom Moor und von den Bauern hat Eggers also eine Ahnung und darüber schreibt er zum Glück auch. Und wie! ... Stilsicher wechselt der Schriftsteller zwischen den Milieus, die er treffsicher und amüsant beschreibt.« Westdeutsche Zeitung

Leenders/Bay/Leenders

Ackermann tanzt

Der siebte Fall des Klever K 1

219 Seiten, DM 15,80 ISBN 3-89425-225-1

»Wenn auf Scheunenfesten oder anderen Festivitäten handfester Zoff droht, kommt eine maskierte schwarzgekleidete Ordnertruppe und sorgt für Ruhe. Bestellt wurden die ›Ordner‹ angeblich von niemandem. Seltsam auch, daß Einbrüche der Polizei vorher gemeldet werden. Dann wird ein jugendlicher Einbrecher tot am Tatort aufgefunden, der Komplize ist auf der Flucht.« NRZ

Fabian Lenk

Mitgefangen, mitgehangen

ISBN 3-89425-209-X

»Ramsberg heißt der kleine Ort, in dem ein selbsternannter Henker umgeht und die Herzen der Honoratioren mit Furcht und Zittern erfüllt. Denn allzu viele der ihren hängen plötzlich an Scheunenbalken und Gartenbäumen, und das gerade jetzt, wo Ramsberg dank des neuen Stausees zum Urlaubsparadies werden soll. Der Boulevardjournalist Frank Bachmann berichtet über die Morde und stößt auf eine interessante Intrige und Landverkäufe, korrupte Juristen und Lokalpolitiker.« Listen

grafit